Knaur.

Knaur.

Im Knaur Taschenbuch Verlag sind bereits folgende Bücher der Autorin erschienen:
Eine ungehorsame Frau
Frauen lügen besser
Frühstück zu viert
Ich habe nein gesagt

Über die Autorin:
Annemarie Schoenle ist eine der bekanntesten Drehbuchautorinnen Deutschlands. Alle ihre Bücher wurden erfolgreich verfilmt. Die Drehbücher dazu verfasste sie selbst und erhielt für *Nur eine kleine Affäre* den Adolf-Grimme-Preis. Sie ist Mutter einer erwachsenen Tochter und lebt mit ihrem Mann in der Nähe von München.

Annemarie Schoenle

Nur eine kleine Affäre

Roman

Knaur Taschenbuch Verlag

Dieser Titel erschien im Knaur Taschenbuch Verlag
bereits unter den Bandnummern 60098, 60719 und 71120.

Besuchen Sie uns im Internet:
www.knaur.de

Vollständige Taschenbuch-Neuausgabe Oktober 2004
Knaur Taschenbuch. Ein Unternehmen der Droemerschen Verlagsanstalt
Th. Knaur Nachf.GmbH & Co. KG, München

Umschlaggestaltung: ZERO Werbeagentur, München
Satz: Ventura Publisher im Verlag
Druck und Bindung: Clausen & Bosse, Leck
Printed in Germany
ISBN 3-426-62830-92

2 4 5 3 1

Eins

Es regnete schon seit Tagen. Die Straßen glänzten vor Nässe, graufeuchte Nebelschwaden hingen in den kahlen Bäumen, deren Äste sich im eisigen Märzwind bogen, und auf der mächtigen Pranke eines der stolz aufgerichteten Löwen vor der Münchner Residenz hockte eine Taube und starrte vorwurfsvoll auf Teresas lilafarbenen, mit neckischen Schleifen und Rüschen verzierten Schirm. Der Schirm gehörte Oma Neutze und stammte aus einer Zeit, als man Petticoats trug und auf nierenförmigen Tischen Poker spielte.

Teresa schniefte in ein Taschentuch und lief auf hohen, bleistiftdünnen Absätzen durch den Hofgarten. Sie hoffte inständig, ihr Make-up, dessen Krönung ein blauglitzerndes Herzchen auf ihrer bemerkenswert klaren, weißen Stirn war, möge noch ein paar Schritte, genauer gesagt bis zum Eingang des Hotels »Vier Jahreszeiten« halten. Dieses Make-up und die Kleidung, die sie trug – ein pinkfarbener Schlauchrock, schwarze Netzstrümpfe und ein schwarzer netzdurchwirkter Kasack –, waren Teresas ureigenste Erfindung und sollten Valentin Brettschneider, Deutschlands bekanntesten Modedesigner, dazu bringen, ein gänzlich brachliegendes Ta-

lent zu erkennen. Kurzum, Teresa hatte den sehnlichen Wunsch, das weibliche Pendant zu Valentin zu werden: der deutschen Frauen größte Modeschöpferin.
Leider tippte sie bis jetzt nur für ihn. Doch das würde sich ändern, dachte sie, als sie auf dickem Teppich zu seinem Zimmer ging: Sie hatte am Morgen ihre Tarotkarten gelegt, und es fand sich die Karte der *Kraft* beim *Rad des Schicksals* – ein untrügliches Zeichen, daß Teresas Fähigkeit, dem Leben und seinen Problemen mit optimistischer Hoffnung zu begegnen, eine Veränderung der Umstände signalisierte.
»Das Rad wird sich drehen«, hatte sie zu Heiner, ihrem Mann, gesagt. Doch der hatte nur in einem abscheulichen Brei aus Hirse, Roggen, Korn und Quark gerührt und einen strafenden Blick auf Teresas Brot geworfen, das, dick bestrichen mit Butter, neben der Karte der *Kraft* lag.

Valentin Brettschneider bot Teresa höflich einen Stuhl an und diktierte einen Brief an ein Modehaus in Castrop-Rauxel. Zwischendurch telefonierte er, kramte in einer Mappe mit Entwürfen und blickte, die Zeichnung eines atemberaubenden Abendkleides in der Hand, nachdenklich auf Teresas netzbestrumpfte Beine. Sofort schlug sie die Beine so aufreizend reizend übereinander, wie sie es in einem uralten Spielfilm mit Sonja Ziemann gesehen hatte – *Das Hotel* hatte der Streifen sinnigerweise geheißen –, und legte in ihr Lächeln knisternde Verführung.
»Ach ja, Frau Gärtner... Wenn ich die Briefe bis morgen vormittag haben könnte?« sagte Valentin Brett-

schneider, weit davon entfernt, die Kontrolle über sich zu verlieren. Teresa beschlich der Verdacht, daß er, wie viele seiner Kollegen, mehr dem eigenen Geschlecht zugeneigt war. Gütiger Himmel! Welch eine Verschwendung! Bei diesem sensiblen Gesicht! Diesen Lippen! Diesen Händen! Teresas Kopfhaut begann zu kribbeln.
Auf dem Nachhauseweg beschloß sie, noch einen Supermarkt aufzusuchen; denn sie jobbte nicht nur als Schreibkraft durchreisender Geschäftsleute, sie befaßte sich auch mit Testbefragungen, die der Marktanalyse von sehr unterschiedlichen Produkten dienten – eine frustrierende Angelegenheit, wenn man bedachte, daß sie dadurch den Machern in den diversen Chefetagen das Material lieferte, Bedürfnisse zu wecken, die keine waren. Doch was half's! Heiners Lehrergehalt reichte hinten und vorne nicht, und sie selbst hatte sich, trotz ihrer schon achtundzwanzig Jahre, immer noch nicht entschieden, welch anderer Beruf als der der Modedesignerin ihren Fähigkeiten gerecht werden könnte.
»Daß dich diese Kurzzeit-Jobs nicht ankotzen!« pflegte Heiner verächtlich auszurufen, wenn sie auf ihrer alten Olympia Briefe tippte oder mit wichtigem Gesicht blaue, grüne und rosarote Testbogen vor sich ausbreitete. Heiner war, ebenfalls achtundzwanzigjährig, Gymnasiallehrer. Biologie und Chemie – also da fragte man sich wirklich, was deprimierender war!

Die Gänge zwischen den Verkaufsständen waren gähnend leer, ein langweiliger Dienstagnachmittag tröpfelte vor sich hin. Teresa holte einen der Bogen aus ihrer

mit bunten Mickymäusen bemalten Plastiktasche und stellte sich dann, ganz unauffällig in ihrem offenen Trenchcoat, den schwarzen Netzstrümpfen und dem pinkfarbenen Schlauchrock, neben den Stand mit den Zahncremes.
Kauft der Kunde spontan eine Zahncreme, oder verweilt er unentschlossen am Regal?

Teresa blickte sich um. Es verweilte niemand. Nur eine Frau mittleren Alters, in spießigen grünen Loden gekleidet, raffte sehr spontan ein paar Dosen mit Hundefutter an sich. Über Hundefutter hatte Teresa keinen Testbogen. Also nahm sie eine der Zahncremes, weil man Zahncreme schließlich immer brauchte, ging zur Kasse und zahlte. Die Frau mit dem Hundefutter betrachtete fasziniert Teresas Glitzerherzchen auf der Stirn und schüttelte den Kopf. Ha! Schon wieder eine Ignorantin in Sachen modischen Fortschritts und ein Beweis mehr, wie sehr die deutsche Frau einer Modeschöpferin von Teresas Format bedurfte. Die ihr in die Wiege gelegte Berufung – sie hatte schon als Vierjährige ihre Latzhosen mit Buntlackspray bearbeitet – war keine fragwürdige Illusion, sondern zwingende Realität.

Heiner kam nach Hause, als Teresa vor dem großen Spiegel im Flur stand und auf den pinkfarbenen Schlauchrock eine schwarze Tüllschleife nähte.
»Unmöglich«, sagte er und warf seine Aktentasche auf den Schreibtisch, der in einer efeuumrankten Ecke des Schlafzimmers stand. Teresa und Heiner bewohnten eine triste Neubauwohnung in der Nähe der Isarauen.

Sie hatte einen quadratischen Flur, eine quadratische Küche, ein quadratisches Wohnzimmer, ein quadratisches Schlafzimmer und ein quadratisches Bad. Nur die Toilettenschüssel war nicht quadratisch. Ein eklatanter Stilbruch, wie Teresa fand.

»Sieht es nicht sensationell aus?« fragte sie und schob ihr Gesicht nah an den Spiegel. Das Gesicht war hellhäutig, schmal, unter den graublauen Augen lagen feine Schatten, die Augenbrauen waren hellblond, so hellblond wie das schulterlange, glatte Haar. Teresa lächelte sich zu. Einer ihrer Vorderzähne stand schräg – sie hatte es abgelehnt, sich noch mit siebzehn Jahren einer Kieferregulierung zu unterziehen und mit Zahnspange herumzulaufen. Dieser leicht schräg gestellte Vorderzahn verlieh ihr ein pfiffiges Aussehen: Sie war ein hochgewachsener, überschlanker, augenzwinkernder Schelm, bildhübsch, mit sympathischen Mängeln, und ein verrücktes Huhn, wie Heiner noch bei ihrer Hochzeit vor drei Jahren zärtlich geflüstert hatte. Inzwischen war seine Vorliebe für ausgefallene Ideen völlig erloschen, auch hatte seine Stimme an Volumen zugenommen, und Teresa erkannte immer öfter ein begehrliches Funkeln in seinen Augen, wenn er im Werbefernsehen dezent gekleidete junge Hausfrauen betrachtete, die Wäsche auf eine fünfzig Kilometer lange Leine hängten.

»Wozu die rosarote Aufmachung?« fragte er.

»Besuch zum Essen. Ingeborg und Karlheinz.«

»Na, wunderbar. Und ich habe noch Wolfgang Engel eingeladen. Der arme Kerl lief mir heute über den Weg, bleich wie ein Gespenst. Er komponiert immer noch an seinen *Sieben Todsünden* und sieht selber schon wie eine solche aus.«

Teresa zuckte die Achseln. »Na und? Kriegt er halt auch etwas zu essen.«

»Eine interessante Zusammenstellung. Ingeborg und Karlheinz, die Yuppies aus der Versicherungsbranche, Wolfgang, der Musiklehrer mit dem Mozarttick ... und du.« Dieses »und du« klang beileibe nicht nach Hochachtung.

»Was soll der abfällige Ton, mein Herzchen?«

»Mein Herzchen«, oder, noch schlimmer, »mein grüner Heinrich«, waren Teresas beliebteste Kampfansagen.

»Oh, nichts, nichts.« Heiner gähnte und schlurfte in die Küche, und Teresa fragte sich, sehr konkret, was sie eigentlich bewogen hatte, ihn zu heiraten. Er war schon äußerlich nicht ihr Typ – sie bevorzugte mittelgroße, kräftige, blonde, bartlose Männer. Heiner aber war groß, hager, hatte braunes Haar, braune Augen, einen albernen kleinen Schnurrbart, der so wenig gedieh wie Schnittlauch auf dem Fensterbrett, dunkel behaarte Hände, dunkel behaarte Beine und den strengen Blick des fanatischen Asketen. Er trug Breitcordhosen, in der Dritten Welt gefertigte Rupfenhemden und Birkenstocktreter (nur gut, daß Valentin Brettschneider ihn niemals zu Gesicht bekam!). Auch innerlich war er weit davon entfernt, sie dauerhaft zu überzeugen. Zu Fall gebracht hatte sie eigentlich nur seine nie versiegende Zielstrebigkeit, eine Eigenschaft, die Teresas Wesen so fremd war wie Enthusiasmus dem Phlegmatiker und der sie von jeher recht hilflos gegenüberstand.

»Was hast du gekocht?«
Teresa überhörte die Frage geflissentlich.
»Darf ich raten?«
Teresa schwieg.
»Schnitzel und Pommes frites?«
»Ha, daneben!« schrie Teresa triumphierend.
»Dann gibt es Cannelloni aus der Dose.«
»Richtig.«
Heiner funkelte sie an. »Bist du verrückt? Ein Essen für fünf Leute! Eine Dose Cannelloni kostet vier Mark fünfundsechzig! Du mußt mindestens fünf Dosen aufmachen, um allein den gefräßigen Karlheinz abzufüttern. Also brauchst du sicherlich insgesamt zehn Dosen.«
»Fünfzehn Dosen, nachdem du auch noch deinen Wolfgang Engel anschleppst«, sagte Teresa eisig. »Und nimm bitte zur Kenntnis, daß die Cannelloni im Sonderangebot sind. Sie kosten diese Woche vier Mark fünfundfünfzig.«
»Toll. Lässige siebzig Mark also. Warum stellst du dich nicht ausnahmsweise einmal selbst in die Küche? Du hast doch nichts zu tun den ganzen Tag!«
»Ich war bei Valentin Brettschneider im ›Vier Jahreszeiten‹. Und habe Marktanalyse für Zahnpasta gemacht. Für Marktanalyse braucht man Geduld und Beobachtungsgabe. Wie sonst könnte ich so wichtige Fragen beantworten wie *Welche Zahncreme nimmt der Kunde in die Hand und in welcher Reihenfolge?* Du siehst also, ich konnte beim besten Willen nicht auch noch selbst kochen.« Teresa lachte verächtlich. »Ach ja«, sagte sie dann, weil ihr trotzdem an einer Verständigung lag,

»außerdem ist heute ›Alf-Tag‹. Ich muß also, bevor die Meute kommt, auch noch fernsehen.«

»Wer ist Alf?«

»Ein Außerirdischer.«

»Spinnst du?«

»Ich nicht. Aber du. Weil du dich wirklich um nichts kümmerst, was deiner Allgemeinbildung zugute käme. Wer interessiert sich schon für chemische Formeln! Aber daß Alf seine Raumfähre nach Melmac verpaßt hat und nun festsitzt bei der Familie Tanner, das solltest du mit deinen Schulkindern diskutieren!«

Heiner betrachtete sie mit dem gleichen Widerwillen, mit dem er am Morgen ihr Butterbrot beäugt hatte.

»Wie du durchs Abitur gekommen bist, ist mir ein Rätsel. So was von schlechtem Geschmack und desolater Halbbildung! Bloß gut, daß du das Pädagogikstudium an den Nagel gehängt hast. Stell dir vor, man hätte dich auf Deutschlands Kinder losgelassen!«

»Hätte Deutschland bestimmt gutgetan. Mit mir hätten die Kinder wenigstens ihren Spaß gehabt.«

»Und deine Unterrichtsstunden über Fernsehserien und Mickymaus würden sie natürlich weiterbringen im Leben!«

»Natürlich. Ich würde sie lehren, Romantik zu bejahen, sich zu Sentimentalitäten zu bekennen und so eine Front zu bilden gegen euch Naturwissenschaftler. Euer cooles Gequatsche ist nämlich auch nur Klischee.«

»Sich dem Leben zu stellen und sich darin zurechtzufinden, das ist es, was man den Kindern beibringen muß.«

»Arme Kinder. Klingt wie die Hatz auf kleine Häschen«,

sagte Teresa. Und weil in Heiners Augen wieder jenes gnadenlose moralische Funkeln trat, das Teresa bis zur Weißglut reizte, setzte sie heftig hinzu: »Wenn du wüßtest, wie du mich manchmal anödest.«
»Du mich auch«, erwiderte er und holte sich Hefeflokken mit Frischkeimlingen aus dem Kühlschrank.
Sofort klebte sich Teresa dicke Hartwurst auf ein Stück Weißbrot. Frust erzeugt Hunger! Und daß dieser lächerliche Pauker auf Hefeflocken mit Keimlingen abfuhr, war bezeichnend. Lebten nicht auch die Puritaner so schrecklich gesund? Wandelte Cromwell nicht einst in grobem Bauernlinnen? Der fanatische Henker!

Am Abend saßen sie in der quadratischen Küche um einen quadratischen Tisch: Ingeborg, Teresas beste Freundin, Karlheinz, ihr Mann, und Wolfgang Engel. Ingeborg war eine schwerknochige, dunkelhaarige Frau mit tiefer Stimme, breiten Hüften und schwellenden Körperformen. Diese schwellenden Rundungen, die schweren Augenlider, die schwarzen Wimpern und die ausgeprägte Schaljapin-Stimme verführten manchen Mann, an schlummernde, gleich Lava ausbrechende Leidenschaft zu glauben, an schwüle Nächte und Tage voll mütterlicher Reife, Assoziationen, die Ingeborg sehr belustigten. Denn sie war, zwei Jahre jünger als Teresa, eine nüchterne, sachliche Person von kühlem Temperament, distanziertem Wesen und äußerst modernen Ansichten. Sie war tüchtig, gescheit und belesen, und ihre ab und zu aufflammende Leidenschaft galt eher ihrer Karriere als Sachbearbeiterin einer Versicherungsgesell-

schaft als den abenteuerlichen Träumen einiger ihrer Kollegen.
Karlheinz, ein dreißigjähriger, etwas zur Fülle neigender Mann, Betriebswirtschaftler und bei der gleichen Versicherungsgesellschaft wie Ingeborg tätig, betonte gern, daß er Ingeborg geheiratet habe, weil sie in der Schadensabteilung für Haftpflicht die Frau mit den fundiertesten Kenntnissen gewesen sei und weil er eine Vorliebe für moderne, gescheite Frauen habe. Teresa vermutete, daß ihm eher an Ingeborgs unverbrüchlicher Solidarität lag – es hieß, er sei polygam, ein Faun, wenn es um leibliche Genüsse jedweder Art ging. Tatsache war, daß er stundenlang über ein Soßenrezept diskutieren und gleichzeitig die Frauen an seinem Tisch taxieren konnte wie ein Sperber ein paar sorglos gackernde Hühner im Getreidefeld.
Teresas Blick wanderte zu Wolfgang Engel. Ihn kannte sie erst seit einem Jahr, sie mochte ihn, und in dem Maße, wie er sie mit spöttisch-freundlicher Herablassung behandelte, als sei sie ein Kind, dem man manches nachsah und verzieh, wuchs ihre Neugierde. Er war untersetzt, muskulös, hatte schwarzes, glattes Haar, das in den Nacken wucherte, dunkle Augen, eine mächtig vorspringende Nase, er trug eine randlose Brille und war ein quirliger Mensch mit einer aggressiv-fröhlichen Ausstrahlung. Er unterrichtete an der gleichen Schule wie Heiner, war Musiklehrer, doch nur, wie er immer wieder erklärte, des schnöden Mammons wegen. Er nährte ebenfalls eine Berufung: Er komponierte; dies und die Tatsache, daß er Dustin Hoffman glich, war der Grund,

warum Teresa ihn so gut leiden konnte. Mit Berufungen, vor allen Dingen mit solchen, die noch nicht von Erfolg gekrönt waren, kannte sie sich aus, und Dustin Hoffmans Filme versetzten sie von jeher in bewundernde Anbetung.

»Aber irgendwann«, sagte Wolfgang Engel gerade mit sehr sicherer Stimme, »werden meine Kompositionen auch Erfolg haben.«

»Komponist...«, Teresa lächelte. »Ich stelle mir da immer Beethoven vor mit zerstrubbeltem Haar und musikalischem Irrsinn in den Augen. Oder Mozart. Ach ja, Mozart. Wie er die *Kleine Nachtmusik* komponiert und reihenweise die Frauen vernascht.«

»Na, das paßt doch ausgezeichnet«, sagte Heiner. »Wolfgang verehrt Mozart über alles, und was seinen Konsum an Frauen anbelangt...«

»Was willst du! Ich bin Junggeselle, ich kann's mir erlauben.«

»Erlauben tun sich's andere auch«, warf Ingeborg ein und sah Karlheinz an.

»Sind die Cannelloni selbst gemacht?« fragte Karlheinz.

»Selbst warm gemacht«, antwortete Teresa. Dann zwinkerte sie Ingeborg zu. »Hast du Lust, dir meine neue Kreation anzusehen? Zigeunerlook. Ziehe ich morgen abend an, wenn wir zu Veronika in die ›Drehorgel‹ gehen.« Sie wandte sich an Wolfgang. »Veronika ist eine Freundin. Sie will Schauspielerin werden und jobbt als Bedienung.«

»Auch so ein verrücktes Huhn wie meine teure Gattin«,

witzelte Heiner. »Nur einen Achtstundentag will keine durchstehen.«
»Du doch auch nicht. Oder willst du sagen, du bist Lehrer geworden, weil du dich rund um die Uhr nur für die heranwachsende Jugend interessierst?« Teresa schnitt eine Grimasse. »Wenn du mich fragst, bist du sowieso ungeeignet für den Lehrberuf. Oberförster... Das wäre das richtige für dich.«
»Wie das?« fragte Wolfgang Engel verdutzt.
»Weil Bäume und Tiere nicht widersprechen können. Und weil so viel gesunde Luft um ihn wäre. Keine Abgase! Kresse und Frischkeimlinge im eigenen Gärtchen! Pausbäckige Kinder in der Wiege!«
Heiner warf ihr einen scharfen Blick zu.
»Nein? Keine Kinder?« fragte Teresa.
»Kennst du einen vernünftigen Lehrer, der nach ein paar Jahren Schuldienst noch eigene Kinder will?«
»Na! Mit Pestalozzi hast du aber auch nicht viel gemein.«
»Ich hatte eine Kollegin, die zehn Jahre die lieben Kleinen in einer Grundschule betreut hat. Dann heiratete sie und bekam drei Kinder. Eines Tages drehte sie durch. Sie ging nach England und machte eine Geschlechtsumwandlung.«
»Kommst du, Ingeborg?« fragte Teresa spitz. Wenn das Thema auf Kinder kam, wurde Heiner so giftig wie ein Röhrchen Blausäure.

Im Schlafzimmer setzte sich Ingeborg auf Heiners Schreibtisch und glättete sorgsam die Falten ihres Seidenrockes.

»Karlheinz hat schon wieder eine Neue«, sagte sie. »Sie ist neunzehn. Maniküre bei seinem Nobelfriseur. Eine Maniküre mit Abitur, wohin soll das bloß noch führen.«

»Macht dir das nichts aus?«

»Daß sie Abitur hat?«

»Blöde Gans. Daß er ein Verhältnis hat.«

»Was willst du... Er verwirklicht sich eben. Er hing doch viel zu lange an den Rockschößen seiner Mutter. Jetzt hat er natürlich einen ungeheuren sexuellen Nachholbedarf.«

»Warum hat er dann geheiratet?«

»Er wollte keine Bindungsängste aufkommen lassen. Außerdem hätten seine Eltern einem Zusammenleben ohne Trauschein sehr ablehnend gegenübergestanden.«

»Wer fragt heute schon noch die Eltern?«

»Kinder, die erben wollen. Aber das war nicht das Ausschlaggebende. Wir wollten heiraten, um zu beweisen, daß man das Zusammenleben auch progressiv gestalten kann. Jeder kann tun und lassen, was er will! Solange man nur ehrlich ist zueinander.«

»Die total moderne Ehe. Ich weiß nicht...« Teresa zog die Schultern hoch.

Ingeborg sprang vom Schreibtisch und lachte. »Du Ignorantin. Eine Traumehe führst du doch auch nicht. Obwohl du so schön romantisch vor dich hindöst.«

»Es gibt keine Traumehen. Und Heiner ist schon okay. Seine Ansichten sind ein bißchen fanatisch. Und daß er sich jetzt der Ökowelle verschrieben hat und nur noch biologisch angebautes Obst ißt und diese Körner in sich hineinstopft...« Teresa kicherte. »Gestern hat er ein Kilo Äpfel verschlungen. War ein Sonderangebot vom Supermarkt. Wußte er aber nicht. Er dachte, es sei reinrassiger Demeter-Anbau.«

»Na, laß dich bloß nicht von ihm erwischen. Wie ich ihn kenne, wäre das der absolute Scheidungsgrund.«

»I wo«, sagte Teresa vergnügt. »Er ist doch froh, daß er mich hat. Fanatiker brauchen Leute um sich, die alles falsch machen. Wen sollten sie sonst wohl bekehren?«

Mitten in der Nacht, genauer gesagt um sieben Uhr siebenundzwanzig, sprang Heiner aus dem Bett, stürzte in seinen Jogginganzug und murmelte etwas von »Tee, wenn ich wiederkomme«.

Teresa starrte zur quadratischen Decke ihres quadratischen Schlafzimmers. Früher hatte Heiner auch manches Mal gejoggt... danach. Und sich verabschiedet mit einem zärtlichen Küßchen auf die Nase. Teresa setzte sich auf. Bei Erica Jong hatte sie gelesen, daß ein paar Jahre Ehe bereits lüstern machten nach anderen Partnern. Ob Heiner deshalb schüsselweise Haferflocken verspeiste? Sie warf ihr Laken zurück und stellte sich vor den großen Schrankspiegel. Mit dem weißen Männerhemd, auf das sie Daisy Duck gebügelt hatte, sah sie aus wie ein zu lang geratenes blondes Kind. Keinerlei Sex-Appeal. Nur zerzaustes Haar, blasses Gesicht und hohe Storchenbeine. Erica Jong. Ob die wirklich alles erlebt hatte, was sie so von sich gab? Mannomann!

Sie duschte, schlüpfte in ihren hübschesten Morgenrock

und deckte den Frühstückstisch:

> Fette Butter – gehärtete Pflanzenmargarine.
> Nitritbelastete Wurst – Frischrahm mit Honig.
> Weißbrot – Sechskornbrot.
> Kuchen – Frischkornbrei.
> Industriezucker – Süßstoff.
> Bohnenkaffee – Vierfruchttee.

Teresas prüfender Blick schweifte über die Tafel. Ihr Unbehagen legte sich auf der Stelle. Exakt fünfzig Prozent Gesundheit sprangen ihr in die Augen. Wenn das nicht ein total tolerantes Breakfast war! *Mann, Teresa, du bist absolute Spitze,* hätte Alf jetzt gesagt.
Aber typisch Fanatiker – Heiner nörgelte nur am Weißbrot herum und an der nitritbelasteten Wurst.
»Wie sieht dein Tag heute aus?« fragte er dann muffig.
»Briefe abgeben im Hotel. Marktanalyse Zahnpasta und Butterkekse. Oma Neutze besuchen. Abends die ›Drehorgel‹. Veronika hat Geburtstag. Kommst du mit?«
»Nein, danke. Die rauchige Luft macht mich ganz krank. Und Veronika erst recht.«
»Ich möchte aber gern, daß du mitkommst.«
»Ich kann nicht. Heute ist Mittwoch. Und Mittwoch abends gebe ich meine Atemtherapie.«
»Du liebe Güte. Wissen die Leute denn wirklich nicht, wie sie atmen sollen?«
»Atmen bedeutet mehr als Sauerstoff aufnehmen und Kohlendioxid abgeben, mein Schatz. Der Atem verbindet Soma und Psyche.«
»Soma was?«

»Weißt du natürlich wieder nicht. Ich hab' dir's ja gesagt: deine desolate Halbbildung!«
»Mein grüner Heinrich, werd' bloß nicht ausfallend.«
Teresa wurde wütend. Sie warf drei Stück gewürfelten Industriezucker in ihren Kaffee und schnitt sich ein dikkes Stück Schinken ab. Nicht, daß sie noch Hunger gehabt hätte! Aber bei Schinken bekam Heiner immer ganz feuchte Augen und schluckte bei jedem Bissen mit. Sein Soma gab sich einfach nicht zufrieden mit Bambussprossen auf Quark und reagierte, wie es schon bei Adam reagiert hatte: schwach.
»Willst du?« fragte sie.
Er war doch noch nicht rettungslos verloren. Er verzehrte den Schinken mit geradezu unanständiger Hast.
Derart ermutigt, ließ Teresa ihren hübschen Morgenrock mit vollendeter Marilyn-Monroe-Pose von den Schultern gleiten. »Und dazu unverfälscht natürliche Vollwertkost, Honey«, hauchte sie. Und da sie Daisy Duck nach dem Duschen nicht mehr angezogen hatte, trat eine Umkehrung der Verhältnisse ein.
Heiners Psyche verfiel, und sein Soma stärkte sich. Diese Puritaner! Ein bißchen Fleisch, und schon verrieten sie all ihre Ideale!

Zwei Stunden später gab Teresa im Hotel »Vier Jahreszeiten« die sauber getippten Briefe an der Rezeption ab.
»Herr Brettschneider wird heute nachmittag abreisen«, teilte man ihr mit, »und erst in einigen Wochen wieder in München sein.«
Teresa war enttäuscht. Sie hatte ihre orientalischen Plu-

derhosen aus schwarzem Samt und ein rotes, knapp sitzendes Jäckchen, das ebenfalls aus Oma Neutzes Fundus stammte, angezogen und sich mit silbernen Halbmond-Ohrringen geschmückt für den Fall, daß Valentin sie in sein Zimmer bitten und weitere geschäftliche Aktionen mit ihr besprechen wollte. Nun mußte sie sich mit den Pluderhosen schon am Vormittag in den Supermarkt stellen, um Zahncreme und Butterkekse zu testen, obwohl ihr Aufzug sicherlich besser zum Produkt »Türkischer Honig« gepaßt hätte. Doch Türkischer Honig war, soviel Teresa wußte, noch nie getestet worden.
Guten Tag, Sie haben gerade Dr. Müllers Butterkekse in ganz neuer Verpackung gekauft. Darf ich Ihnen ein paar Fragen zu dem Produkt stellen?
Zwei Hausfrauen starrten auf Teresas Hosen und schoben ihre Einkaufswagen, ohne ein Wort zu sagen, weiter. Ein ziemlich betagter Punker mit einem Korb voller Babynahrung und Bierdosen (wenn Punkies nun schon mit Henkelkörben wie Rotkäppchen herumliefen, wohin sollte es noch kommen mit der Welt!) lud sie ein, eine der Dosen mit ihm zu leeren, und ein typischer Banker zog seinen Schlips gerade und sagte, daß er schrecklich im Streß sei und leider nicht dienen könne mit seiner maßgeblichen Meinung. Nur ein junges Mädchen gab bereitwillig Auskunft. Nein, ihr sei die neue Verpakkung gar nicht aufgefallen. Sie kaufe diese blöden Kekse immer für ihren blöden Bruder. Der stopfe sich wie ein Wahnsinniger damit voll, aber das sei echt gut, dann halte er wenigstens den Mund.
Bei den Zahncremes tat sich auch nicht viel. Die meisten

Leute griffen nach einem Produkt, das Teresa nicht testen sollte. Ihr blieb also nur übrig, die kluge und in den Testbogen bereits vorgedruckte Frage zu stellen: *Würden Sie mir bitte sagen, warum Sie sich heute für eine andere Zahncreme entschieden haben?*
Den Vogel schoß ein Mittvierziger ab. Er meinte, er habe jeden einzelnen seiner verdammten Zähne verloren, obwohl er sich mindestens zweimal die Woche die verdammten Zähne geputzt habe. Mit Teresas verdammter Zahncreme.
»Herzlichen Dank für das Interview«, antwortete Teresa artig. Auch dieser Satz war bereits vorgegeben. Für wie blöd hielten die Marktforschungsinstitute ihre Mitarbeiter eigentlich? Teresa kaufte in der Backwarenabteilung zwei Stück Prinzregententorte, so frustriert war sie. Nur Oma Neutzes tintenschwarzer Kaffee konnte ihr noch aus der Banalität des Lebens helfen.

Die Straße, in der Oma Neutze wohnte, war noch gediegenes altes München. Die Wohnung auch. Sie hatte sechs Zimmer, drei Kammern und eine Küche, in der normalerweise eine zehnköpfige Familie Platz gehabt hätte.
Als Teresa die ausgetretenen, bohnergewachsten Treppen hinaufkeuchte, stand Oma Neutze in einer Kittelschürze an der Wohnungstür und putzte das Namensschild. »Mechthild Neutze«, das »M« von Mechthild war mit einer Girlande umschlungen. »Das Schild stammt noch von meiner Großmutter. Sie war es auch, die darauf bestand, mich mit ihrem monströsen Vorna-

men zu beglücken«, sagte sie. Und, mit einem Blick auf Teresa: »Nett siehst du aus. Ja, ja, dieses rote Jäckchen. Das hatte ich zu meinem ersten Faschingsball an. Da habe ich deinen Großvater kennengelernt. Ich war Haremsdame, er Sindbad. Wir sind zwei Nächte nicht nach Haus gegangen, und mein Vater tobte. Er hat deinen Großvater ins Arbeitszimmer zitiert und ihm gesagt, wenn er mich nicht auf der Stelle heirate, werde er ihn mit der Peitsche an den Altar treiben. Aber das war gar nicht nötig. Dein Großvater und ich, wir waren auch ohne Peitsche bereits im siebten Himmel. Und wären es heute noch, wenn er damals nicht in Sibirien geblieben wäre.« Sie spritzte ein bißchen Sidol auf das Wörtchen »Neutze«, und Teresa fragte sich, was aus ihr wohl geworden wäre ohne diese muntere kleine Frau, die niemals klagte, nie aufgab, die dem Leben ihre Zähigkeit entgegensetzte, ihre Fröhlichkeit, ihren nie erlahmenden Glauben an das Gute und die auch, ohne Groll, den Tod als unentrinnbares Schicksal akzeptierte. Er hatte ihr, außer Teresa, alle Menschen genommen, die sie liebte: ihre Eltern, ihre Geschwister, ihren Mann und ihr Kind, Teresas Mutter, die ein halbes Jahr nach Teresas Geburt durch einen Autounfall gestorben war und die den Namen von Teresas Vater nie genannt hatte. »Wahrscheinlich weil sie ihn selbst nicht wußte«, pflegte Oma Neutze lakonisch zu sagen. Mehr sagte sie nicht, und Teresa, die eine verblaßte Fotografie besaß, auf der eine blonde, überschlanke Frau erschrocken auf den Säugling in ihren Armen starrte, billigte Oma Neutzes Schweigsamkeit und wischte ohne Tränen die Erinnerung an jene Jahre aus, in denen sie noch nach den Eltern gefragt und nie eine befriedigende Antwort erhalten hatte. Mit der Zeit bedeutete für sie Oma Neutze alles an Familie, was sie sich wünschte und dessen sie bedurfte, und plötzlich, im düsteren Treppenhaus stehend, kam ihr in den Sinn, daß sie Heiner nicht dazurechnete. Heiner war ihr Mann, gut und schön, aber sie sah sich nicht mit ihm alt werden. Einen Heiner, der mit gebeugtem Rücken und grauem Haar mit ihr durch die Tage des Alters ging, gab es nicht. Warum, wußte sie nicht zu sagen. Vielleicht weil er ihr heute schon manches Mal so entsetzlich vergreist vorkam und sie sich weder vorstellen konnte, daß dieser üble Eindruck noch einer Steigerung fähig war, noch, daß sie geeignet wäre, einem gebeugten alten Mann sein Sechskornbrot in mundgerechte Würfel zu schneiden. »Ich hab' getestet und bin ganz schlapp. Machst du deine schwarze Tinte?«

»Aber gern, Kindchen. Und einen guten Cognac habe ich auch da. Vom Oberst aus dem zweiten Stock. Seine Kinder wollen, daß er ins Altersheim geht, und ich mußte ihn trösten.« Sie seufzte und schob das Putztuch in die Tasche ihrer Kittelschürze. »Außerdem habe ich Neuigkeiten.«

Wenn Oma Neutze Neuigkeiten hatte, änderte sich meist nicht nur ihr Leben. Die deutlichen Offenbarungen, die sie in den Stunden regen Nachdenkens überfielen, hatten schon mancherlei bewirkt: daß Teresa, erst zehnjährig, mit Nadel und Faden umzugehen lernte und mit zwölf bereits ihr erstes selbstgeschneidertes Kleid trug, daß man aus einer engen Neubauwohnung auszog und diese Sechszimmerwohnung mietete, um einzelne Zimmer gewinnbringend an alleinstehende Berufstätige weitervermieten zu können, daß aus einem Nachlaß eine ganze Bibliothek ersteigert wurde, »weil nur Leute, die lesen, ihre Scheuklappen ablegen«, und, erst vor kurzem, die Anschaffung eines kleinen Autos, das »die klapprige Frieda« genannt wurde und das Oma Neutze erst fahren konnte, als sie mit sechsundsechzig Jahren ihren Führerschein machte.

»Welche Neuigkeiten?« fragte Teresa.

»Der Oberst hat mich draufgebracht. Er ist ein so rüstiger Mann. Es ist eine Schande, daß er ins Altersheim soll.«

»Willst du ihn heiraten?«

»Aber nein. Ich habe nur deinen Großvater geliebt. Und dabei bleibt es.«

»Was dann? Männern kann man, meines Erachtens, nur helfen, wenn man sie heiratet.«

»Ich gründe eine Wohngemeinschaft für alte Menschen. Ich selbst bin erst achtundsechzig und kerngesund. Die Wohnung ist leer, seit meine zwei Studenten ausgezogen sind, also, was meinst du? Ist das nicht eine herrliche Idee?«

»Eine Graue-Panther-WG. Ich weiß nicht...« Teresa beschlich Unbehagen bei der Vorstellung alter, krummbeiniger Menschen, auf die der Tod lauerte und die durch die sonnigen Zimmer ihrer Kindheit schlurften. Sie vermeinte schon jetzt die trostlosen Gerüche des Alters zu verspüren, Kampfer, Essigsaure Tonerde, Kamille.

»Ich denke an Frau Reintinger aus dem Nebenhaus, die soll auch ins Altersheim, weil ihr Mann gestorben ist und die Wohnung viel zu groß ist für sie. Und an die dicke Martha. Die ist schon in einem Heim und will unbedingt wieder raus. Dann der Oberst. Und ich.«
»Eine heiße Sache. Der Oberst wird sich vorkommen wie ein Gockel im Hühnerhof. Aber mal im Ernst... Du bürdest dir eine Unmenge Verantwortung und Arbeit auf. Die anderen sind viel älter als du. Wenn sie mal bettlägerig werden...«
»Dann gibt es Pflegepersonal. Wir legen unsere Renten zusammen, und jeder hat Erspartes.« Oma Neutze holte die Cognacflasche und Zigaretten. »Man kann doch nicht alles, was über sechzig ist, in ein Heim abschieben!«
»Aber was sagt der Vermieter dazu?«
»Wieso? Ich habe bis jetzt auch untervermietet, und er hatte nichts dagegen. Na, laß nur Kindchen. Heute abend treffen wir uns und reden über das Projekt.« Sie zündete sich eine Zigarette an und trank einen Schluck Cognac. »Und nun zu dir. Wie geht's?«
Teresa zuckte die Achseln. »Der schöne Valentin ist abgereist, ohne mich überhaupt wahrzunehmen. Meine Tests laufen auch miserabel. Und Heiner wird immer wunderlicher. Jetzt hat er sich auch noch eine Getreidemühle zugelegt und ein putziges kleines Holzschäufelchen. Damit schaufelt er aus Leinensäckchen die verschiedensten Körnchen in die Mühle, gibt alles in ein Schüsselchen, schnitzelt ein Äpfelchen hinzu, verrührt Joghurt und kriegt dabei einen so selbstzufriedenen Gesichtsausdruck, daß ich schreien könnte.«

»Na, na. Sei ein bißchen tolerant. Jeder kann doch essen, was er will!«

»Das ist es gar nicht«, rief Teresa erbost. »Es ist die Philosophie, die dahintersteckt! Mag sein, daß andere Naturapostel weniger fanatisch sind, aber er, er schießt wieder einmal den Vogel ab. Alles, was er macht, macht er zweihundertprozentig, sogar unsere Atemtechnik will er umstellen.«

»Wie das denn?«

»Ich darf nicht mehr atmen, wie ich will. Achtundzwanzig Jahre hab' ich mich wohl gefühlt mit meiner Nase und meinem Brustkorb und meinem Zwerchfell, aber alles war verkehrt. Jetzt soll ich mit ihm lernen, wie man wirklich atmet. Den verlängerten Atem, die Siebener-Atmung, den Windmühlen-Atem, den Schnüffel-Atem.« Teresa begann zu lachen. »Der Schnüffel-Atem! Der bildet den Abschluß des Tages. Stell dir vor! Ich liege in den Kissen, voller Sehnsucht auf meinen Herzallerliebsten wartend. Der sitzt mit durchgedrücktem Kreuz und starrem Blick auf dem Bettvorleger, holt tief Luft, hält sie an. Ich erröte hold, denn ich denke natürlich, es sei meinetwegen. Ist aber nicht meinetwegen. Ist die neue Entspannungstechnik. Kurz vor einem Erstikkungsanfall, bevor ihm die Augen endgültig aus dem Kopf fallen, stößt er seinen kostbaren Atem in einem leidenschaftlichen Stakkato aus, schnüffelnd wie ein Hund, der ein Bäumchen sucht. Und wozu das Ganze, verehrtes Publikum? Um der Vitalität willen. Der Schnüffel-Atem soll erfrischen und Kraft schenken.«

»Tut er's denn?«

»Mitnichten. Mein grüner Heinrich steigt nach dieser Übung ins Bett und wünscht eine geruhsame Nacht, und ich habe nicht den blassesten Dunst, was er macht mit seiner neugewonnenen Vitalität. Auf jeden Fall nichts, was mich erfreut.«

Nun lachte auch Oma Neutze. Ihr kleines Gesicht mit der ledrigen, von Falten durchzogenen Haut der starken Raucherin schob sich zusammen. »Das gibt sich wieder, wart's ab«, sagte sie. »Willst du zum Essen bleiben?«

»Nein. Ich hab's eilig. Heute abend ist Geburtstagsfeier in der ›Drehorgel‹. Veronika wird dreißig. Irgendein Typ soll kommen, der ihr eine kleine Rolle in einem Boulevardstück geben will. Ist das nicht super?«

»Mit dreißig wird es auch höchste Zeit, daß sie irgend etwas mit sich anfängt. Wenn sie noch ein bißchen wartet, bleiben ihr bloß noch Mutterrollen. Ich kenne aber keine einzige Schauspielerin, die mit Mutterrollen angefangen hat.«

»Die Schauspielerei ist halt Veronikas Berufung.«

»Irgendwann einmal ist der Zug abgefahren für Berufungen«, erwiderte Oma Neutze, und Teresa fragte sich erschrocken, ob ihr Zug auch schon abgefahren sei. Aber dann fiel ihr ein, daß Modeschöpferinnen sicherlich sehr großer menschlicher Reife bedürfen, um zu erkennen, was die Frauen kleidet und den Männern gefällt. »Vielleicht für Veronika«, sagte sie. »Aber nicht für mich.«

»Na! Von nichts kommt nichts. Und daß du wichtige Jahre vertrödelst mit Briefetippen... ich weiß nicht recht.«

Teresa verabschiedete sich. Sie mußte noch Backofen-Frites besorgen fürs Abendessen. Und für Heiner Weizenkleie. Oma Neutze war sicher eine intelligente Frau. Aber von künstlerischen Reifeprozessen und dem Konkurrenzkampf auf dem weiblichen Arbeitsmarkt hatte sie nicht die leiseste Ahnung.

Es war gegen halb zwölf, als die vollbusige, rothaarige Veronika das »Gretchen« deklamierte und die ganze »Drehorgel« sich kaputtlachte. Der Typ, der ihr eine Rolle in einem Boulevardstück versprochen hatte, lag quer über dem Tisch und sah eigentlich mehr wie ein total betrunkener Beleuchter aus. Teresa, in einem knallroten Zigeunerrock und einem schwarzen Oberteil, hätte wetten mögen, daß er zuerst bei Veronika Kaffee trinken wollte, bevor er sich näher über diese geheimnisvolle Rolle ausließ.

»Was glaubst du«, flüsterte sie Ingeborg zu. »Ist er Regisseur oder nicht?«

»Wenn der Regisseur ist, bin ich Cinderella. Ich weiß nicht, wo Veronika immer diese Nieten auftreibt.«

»Sag es ihr nicht. Nicht heute abend. Sie hat doch Geburtstag.«

»Ich werde mich hüten. Ich mische mich prinzipiell nicht in die Angelegenheiten anderer Leute ein. Übrigens...«, sie bestellte sich noch einen Kir Royal, »daß dein Heiner dich neuerdings behandelt wie eine total Bekloppte, finde ich nicht gerade die feine Art.« Dann erzählte sie, daß Karlheinz auf Geschäftsreise sei und daß sich diese blutjunge Fingernägelkosmetikerin sonderbarerweise in Urlaub befinde. Teresa antwortete, dafür, daß sie eine progressive Ehe führe und sich eigentlich nicht für die Seitensprünge ihres Mannes interessiere, sei sie erstaunlich gut informiert. Und Veronika, die inzwischen wieder Pils ausschenkte und Teller schleppte, raunte im Vorübergehen: »Er hat gesagt, es sei eine kleine Sprechrolle. Und daß wir uns hinterher noch zusammensetzen wollen, um darüber zu diskutieren.«

»Zusammensetzen wo?« fragte Teresa.

»Bei mir«, sagte Veronika schnell. »Da haben wir es näher.«

Ingeborg verzog spöttisch die Lippen, und Teresa trank ihr Glas leer und fand, Valentin Brettschneiders edles Gesicht vor Augen, daß es schon eine sonderbare Sache sei mit den Frauen im allgemeinen und mit den Frauen und der Kunst: Nichts ging ohne Männer.

Als sie nach Hause kam, schlief Heiner schon. Sie legte eine Beatles-Platte auf. Alles in allem gesehen, war es ein frustrierender Tag gewesen, und sie dachte mit leichter Panik, daß die Zeit verrann, auch für sie, und daß nichts sich änderte. Das deprimierte sie so sehr, daß sie an Heiners alten Whisky ging, den seine Eltern ihm zu Weihnachten geschenkt hatten und den er immer dann hervorholte, wenn eine von ihm gewünschte eheliche Aussprache mangels Teresas Bereitschaft zur Logik nicht das harmonische Ende fand, das er sich vorstellte. Aber da er ja nun gesund lebte, brauchte er den Whisky nicht mehr, denn kein Mensch hatte je gehört, daß Whisky gesund war für einen, der sich nur noch von Hirse-Soufflé mit Quarksauce ernährte.

Sie stellte sich unter die Dusche und benutzte eine Seife, die nach Zimt und Heublumen roch. Zimt und Heublumen waren anerkannt natürliche Produkte und kamen sicherlich gleich nach Hirse und Quark.
Dann ging sie zu Heiner ins Schlafzimmer. »It's been a hard day's night, and I've been working like a dog«, sang sie ihm mit rauher Stimme ins Ohr. Aber er zog nur die Bettdecke höher; er hatte sie allerdings schon vor der Hochzeit vor seiner brachliegenden Musikalität gewarnt.
Teresa schlüpfte fröstelnd in ihr Daisy-Duck-Hemd, den Geruch von Zimt, Heublumen und Whisky in der Nase, ging in die Küche und holte ihre Tarotkarten. Am besten war, sie beleuchtete ihre Lebensaspekte esoterisch-übersinnlich, nachdem Heiner sich nicht bereit gefunden hatte, etwas für die ganz normale Sinnlichkeit zu tun. Was hatte sie vor kurzem bei George Bernard Shaw gelesen? (Erica Jong mußte Georgie übrigens auch studiert haben!) »Geschlechtlich genommen ist der Mann eine Einrichtung der Frau, die den Zweck hat, das Geheiß der Natur auf die wohlfeilste Art zu erfüllen.« Na! Sie schrieb diesen höchst naturwissenschaftlichen Satz auf Heiners Unterlagen für den morgigen Biologieunterricht. Dann blätterte sie ein paar Tarotkarten auf den Tisch. Der *Eremit* dominierte. Das bedeutete einen emotionalen Rückzug von weltlichen Aktivitäten und das Wachsen innerer Reife. Das mußte sie unbedingt Heiner erzählen. Morgen früh. Bevor er joggte.

Zwei

»Was ist bloß los mit dir?« Ingeborg war am Telefon, in ihrer dunklen Schaljapin-Stimme schwang Besorgnis. »Du läßt rein gar nichts mehr von dir hören. Hast du dich abgewandt von der schnöden Welt?«

»Mach dich ruhig lustig über mich. Das ändert nichts an den Tatsachen.«

»An welchen Tatsachen?«

»An der Sinnlosigkeit meines Lebens. Ich bin ausgepowert. Eine leere Hülse. Spreu im Wind.«

»Oh, oh, oh.«

»Oh, oh, oh«, äffte Teresa sie nach. »Du klingst wie ein einsamer Kojote im Zoo. Laß mich gefälligst in Ruh mit deinem tierischen Mitleid.«

»Hast du gestern nacht gebechert?«

»Nein, habe ich nicht. Ich habe mit Heiner Matetee geschlürft und an Vollkornkeksen geknabbert. Aber das hat unsere Beziehung auch nicht belebt.«

»Eine Frau im Frühling... Du brauchst Abwechslung. Schaff dir einen Liebhaber an!«

Teresa lachte. Böse. Dann sagte sie: »Heiner meint, daß ich mir einen Job suchen solle als Sekretärin. Oder als Verkäuferin in einem Naturkostladen, da hat er Beziehungen. Auf jeden Fall sei es an der Zeit, daß ich den Realitäten ins Auge blicke und erwachsen werde. Die Biokekse sind die Piranhas seines Geistes, wenn du mich fragst. Als ob man erwachsen würde, wenn man all seine Ideale in den Schrank stellt und nur noch von einer festen Einnahmequelle träumt und von drei Wochen Urlaub auf dem Bauernhof!« Sie schraubte ihre Stimme hoch: »Bienen summen, eine Kirchenglocke läutet, ein Bächlein plätschert. Grauenhaft!«

»Sei doch froh, daß Heiner so konsequent ist und Ziele hat.«

»Seine Ziele sind aber nicht die meinen. Ich habe gar nichts gegen gesundes Leben. Wohl aber etwas gegen frömmelnde Fanatiker. In deren Herzen sich die Vision einer heilen Käseknödelwelt ausbreitet.«

»Bei Gott! Dein Zustand ist ja viel ernster, als ich angenommen habe. Wer verlangt von dir die heile Welt?«

»Heiner – sag' ich doch. Er will heuer im Urlaub nicht ans Meer, weder nördlich noch südlich. Er will auf einen Bauernhof. Am liebsten ins Fränkische, demetergeführt.«

Ingeborg kicherte. Das gemeine Stück, sie hatte ein Gemüt wie ein Fleischerhund.

»Bloß gut, daß wenigstens dir dein Humor noch nicht abhanden gekommen ist«, sagte Teresa spitz.

»Na ja. Ein Sekretärinnen-Job wäre gar keine so schlechte Idee. Irgendwas mußt du ja mal tun. Und dein Valentin Brettschneider hat dich auch nicht weitergebracht in der Modebranche. Du siehst ihn doch bloß einmal im Monat. Und tippst für ihn Briefe. Wie eine Sekretärin eben.«

»Verstehst du denn nicht? Ich brauche doch von ihm nur eine Assistentinnenstelle in einer Konfektionsfirma oder einem großen Modesalon. Dann hab' ich's geschafft! Denn die Voraussetzungen für den Modeberuf bringe ich mit, ich weiß es. Ich weiß es einfach! Siehst du: Du brauchst Gespür für Farben. Für Stoffe. Kreativität. Und vor allen Dingen Gespür für die Zukunft. All das habe ich, verdammt noch mal. Was ich nicht habe, ist die Begabung, die rechte Hand eines Wirtschaftsbosses zu sein oder Roggensemmeln und Sesambrot zu verkaufen.«

»Müßtest du nicht zuerst einmal eine ganz solide Schneiderinnen-Ausbildung besitzen?«

»Als Designerin nicht. Außerdem – ich konnte dank Oma Neutze schon als Zwölfjährige besser nähen als unsere Schneiderin um die Ecke. Ich habe sämtliche Schnittmusterkurse besucht, die es gibt. Sogar solche, die sich mit Computerschnitten befassen. Ich brauche nur eine Chance.«

»Die kriegst du aber nicht, wenn du auf deinem Hintern sitzt und wartest, daß man dich entdeckt, meine Liebe. Wenn du so von dir überzeugt bist, warum hast du dann noch keine Stelle als Assistentin?«

»Weil ich mich noch nicht ernsthaft darum bemüht habe.«

»Und warum nicht?«

»Weil ich ausgepowert bin, eine leere Hülse, Spreu im Wind. Klingelt es? Wir sind wieder am Anfang unseres Gesprächs.«

Ingeborg schwieg. Dann sagte sie: »Weißt du was?

Heute abend steigt in meiner Versicherung eine große Fete. Mit kaltem Buffet, Tanz, Tombola und allen sonstigen Schikanen. Ich lade dich ein. Ich habe zwei Karten, und Karlheinz hat sowieso keine Lust mitzugehen. Dich aber wird ein bißchen Trallala wieder auf Touren bringen.«

»Und welches Trallala bringt unterdessen Karlheinz auf Touren?« Teresa hatte noch nicht vergessen, wie gemein Ingeborg gekichert hatte.

»Er besucht ein Verkaufstraining. ›Motivation der Versicherungsnehmer.‹ Da muß er hin, in seiner Position«, sagte Ingeborg kühl. »Also, was ist? Kommst du nun mit?«

Teresa blickte unschlüssig auf ihre schwarzlackierten Zehennägel. »Ich weiß nicht recht... Wahrscheinlich bin ich heute abend total erschossen. Am Vormittag besucht mich Wolfang Engel, ich hab' versprochen, ihm einen Brief ans Finanzamt zu tippen. Die kommen nicht zurecht mit seiner inneren Berufung als Komponist, diese phantasielosen Beamtenheinis. Dann brauche ich dringend einen neuen Haarschnitt, und hinterher düse ich in die Prinzregentenstraße. Da habe ich telefonisch einen Typ aufgetan, der mir ein Heiminterview gibt. Über Fertiggerichte. Heiminterviews werden viel besser bezahlt als Befragungen im Supermarkt.«

»Du gehst zu einem wildfremden Kerl allein in die Wohnung?«

»Soll ich Oma Neutze mitnehmen? Als Anstandswauwau?«

»Aber wenn du nun an einen Wüstling gerätst? Und er dich anfällt?«

»Berufsrisiko. Außerdem sage ich bei männlichen Heiminterviews immer, ich sei Theologiestudentin. Die Reaktion der Testpersonen ist umwerfend.«

»Inwiefern?«

»Na ja. Die einen nehmen sofort ihren begehrlichen Blick aus den Augen. Eine Theologiestudentin kommt für sie gleich nach der Jungfrau Maria. Die macht man auch nicht an, wenn sie einem über den Weg läuft. Die anderen staunen dich an wie eine siebenschwänzige Katze und bieten dir keinen Whisky mehr an, sondern Diätlimonade. Die dritte Sorte allerdings ist gefährlich. Pervers. Die törnt die Theologiestudentin erst richtig an. Die hat sich schon lange gewünscht, eine angehende Religionslehrerin aufs Kreuz zu legen.«

»Und was machst du dann?«

»Ich trete einen geordneten Rückzug an. Sage, daß ich als Nebenfach Sport belegt habe. Schwerpunkt Judo.«

»Sachen gibt's. Also? Gehst du nun mit oder nicht?«

»Und Heiner?«

»Wie wär's mit Naturreisküchlein zum Aufwärmen?«

»Und gesunder Graupensoße.«

»Und einem Glas Kefir.«

Teresa gluckste vergnügt. Sie verabredeten sich für sieben Uhr.

Weil sie Heiner am Abend allein lassen würde, widmete sie sich, als versöhnende Geste sozusagen, der Hausarbeit. Sie putzte sogar das Schränkchen unter der Spüle und stellte auf den quadratischen Tisch eine quadratische Vase aus blauem Glas, in die sie die lila Papierrosen, die

Heiner ihr letztes Jahr auf dem Oktoberfest geschossen hatte, drapierte. Ach ja. Da hatte er noch mit leuchtenden Augen in eine chemieverseuchte Fischsemmel gebissen und war mit ihr Achterbahn gefahren. Ein nachtdunkler Himmel, glitzernde Lichter in der Tiefe, das Gewoge fröhlicher Menschen, pralle Lustigkeit, Flitter, Attraktionen. Die Faszination des Bizarren. Doch sie befürchtete, daß auch Oktoberfestbesuche Heiners unerbittlicher Ökologiewelle zum Opfer fallen würden.

Bei diesem Gedanken stellte sie die Hausarbeit sofort ein. Sie ließ sich auf ihr Bett fallen, lag nur da. Überlegte, was dieser mit Terminen gespickte Tag wohl bringen mochte und was eine Frau trägt, wenn kalter Aprilwind durch die Straßen pfeift, die Sonne ein müdes Gesicht zeigt und sie es mit drei Männern unterschiedlichen Temperaments zu tun hat. Mit Wolfgang Engel (der registrierte Frauen nur, wenn sie mit einer Oberweite brillierten, die ihren Intelligenzquotienten bei weitem überschritt), ihrem Friseur (er liebte seinen Lehrling) und dem eifrigen Käufer von Fertiggerichten und Dosensuppen namens Maiborn. Victor. Sonore Professor-Brinkmann-Stimme, herzliches Lachen – mehr wußte sie nicht von ihm. Sie seufzte und schleppte sich zum Kleiderschrank. Sie entschied sich für einen schwarzen Rock, einen schwarzen Pulli und eine schwarze Samtschleife, die sie in ihr blondes Haar band. Nun sah sie aus wie eine zu Sartres Füßen kauernde Existentialistin. Das war ihr sehr recht. Existentialistinnen lebten außerhalb aller geltenden gesellschaftlichen und moralischen Konventionen. Lehnten bürgerliche Verhaltensweisen ab. Die fuhren bestimmt im Sommer nicht auf einen Bauernhof, um die Absurdität ihres Daseins zu ergründen. Eher nach Wladiwostok. Oder ins Walt-Disney-Land.

Wolfgang Engel musterte sie mit hochgezogenen Brauen. Sie sehe aus wie eine Suffragette auf dem Marsch zum Buckinghampalast, meinte er heiter. Er ließ sich in einen Stuhl plumpsen. Seine Jeans hatten Ölspritzer – diese verdammte alte Rostbeule von Auto, stöhnte er. Er mache seit Tagen nichts anderes, als mit ratlosem Gesicht Schrauben zu lockern, um sie anschließend genauso ratlos wieder festzuziehen. Die typisch männliche Alibihandlung, denn im Grunde habe er von der Technik so wenig Ahnung wie von Steuererklärungen. Damit zog er seine Lohnsteuerkarte und ein paar schmuddelige Bescheinigungen aus einer Plastiktüte. Auch seine Hände hatten Ölspritzer, und Teresa bemerkte, daß auf den Fingern drahtige schwarze Härchen wuchsen. Er hatte die Hände eines Handwerkers oder Landwirts, derb, mit breiten Gelenken. Aber er war kein Handwerker, er war Komponist. Musiker. Er spielte Klavier; beim letzten Schulkonzert, als Teresa neben Heiner in der ersten Reihe gesessen und auf Wolfgangs kräftige Finger gestarrt hatte, die mit einer fast herausfordernden Sicherheit über die Tasten liefen, wünschte sie sich für einen irrwitzig kurzen Moment, diese Hände besser zu kennen.
Er unterbrach ihre Gedanken. Er sagte, sie solle dem Finanzamt bitte klarmachen, daß er in erster Linie Kom-

ponist und nicht Lehrer sei, daß er einen Haufen Sonderausgaben habe und anomale außerordentliche Belastungen und daß er deshalb kein Verständnis aufbringen könne für die kleinkarierten steuerlichen Abzüge von seinem Gehalt, das man getrost als mickrig bezeichnen dürfe. Und daß diese unsägliche Frau Kornbichler, die seinen letztjährigen Steuerbescheid unterzeichnet habe, typisch weiblich und daher saublöd auf seine Sonderausgaben reagiert habe.
Teresa setzte sich vor ihre alte Olympia, spannte einen Bogen Papier ein und sagte, sich spöttisch lächelnd mit Frau Kornbichler als weiblichem Wesen solidarisierend: »Männliche Genies haben es in unserer matriarchalisch geführten Welt, scheint mir, sehr schwer.«
»Eben. Was tut ein Weib im Finanzamt?«
»Das Reich der Frau ist das Heim; sie gewinnt ihren Herrn durch süße Unterwerfung.«
Wolfgangs dunkle Augen blitzten auf. Interessiert? Belustigt? Teresa nahm sich vor, öfter Schwarz zu tragen und eine Existentialistin zu sein. Er lächelte und sagte: »Endlich eine Frau, die kapiert, wo ihr Platz ist. Und im übrigen: Was heißt hier ›männliches Genie‹? Genie ist immer männlich. Oder hast du schon einmal eine Frau getroffen, die ordentlich komponieren kann? Oder mit ihrem Geschreibsel an Goethe heranreicht?«
Teresa erwiderte, daß Genie gefördertes Talent sei und daß Frauen eben nie gefördert worden seien. »Aus Angst wahrscheinlich, sie könnten es weiter bringen als die Männer.«
»Frauen sind nicht kreativ.«

»Da kann ich bloß lachen.«
»Dann tu's doch«, sagte Wolfgang, und nun saß in seinen Augen der Schalk. Der verdammte Kerl, er hatte sie nur auf den Arm genommen!

Carsten, ihr Friseur, schnitt ihr Haar wieder auf Schulterlänge und färbte ein paar Strähnen hellblond. Dann besprayte er ihren Kopf, als sei er ein von Schädlingen befallener Acker, und betonte, daß man im Laden nur mehr biologische Färbe- und Spraymittel verwende. Teresa beschloß sofort, Heiner ebenfalls zu ihrem Friseur zu schicken. Dann konnte er sich davon überzeugen, wie umweltbewußt sie lebte.
In einer Boutique kaufte sie sich eine breite rote Stoffschärpe und band diese, lässig geknüpft, über den schwarzen Pulli. Jetzt sah sie für eine Existentialistin zu fröhlich und für eine Theologiestudentin zu weltlich aus. Gesetzt den Fall, der dritte Mann des Tages, dieser Victor Maiborn, war ein kleiner, Fertigsuppen schlürfender Spießer oder ein tattriger, Frauen verachtender Gelehrter, der nur mehr seinen metaphysischen Studien lebte, war es sowieso egal, welchen Eindruck sie machte. Wenn sein Anblick aber hielt, was die aufregend tiefe Stimme versprach, war es besser, sie wandelte nicht einher wie das Aushängeschild einer Bestattungsfirma. Also ersetzte sie auch gleich noch ihre schwarze Haarschleife durch eine rote und tuschte sich, nachdem sie bezahlt hatte, vor einem der Ankleidespiegel die Wimpern neu. Dann ging sie in eine Parfümerie und fragte nach einem teuren Parfum, dessen Namen sie aus der Werbung

kannte und bei dessen Duft die Männer sogar während der Rush-hour auf der Sixth Avenue zu kleinen Smoking-Säulen erstarrten. Sie ließ sich von der hochnäsigen Verkäuferin davon hinter die Ohren und auf den Hals sprühen und sagte dann, daß der Duft sie doch nicht so überzeuge, wie sie angenommen habe und daß sie sich den Kauf noch überlegen wolle. Sie lächelte erwartungsvoll. Aber die Verkäuferin machte keine Anstalten, ihr ein paar Proben des Nobelparfums zuzustecken. Sie sah sie lediglich ebenfalls erwartungsvoll an. Also blickte Teresa mit der Miene der dauergestreßten High-Society-Lady zur Uhr. Es blieb ihr noch eine halbe Stunde Zeit, um zur Prinzregentenstraße zu kommen. Ihr war es ein Rätsel, warum Heiner immer an ihrem Organisationstalent herummäkelte.

Noch nie im Leben hatte sie eine so überperfekte Wohnung gesehen. Das heißt doch, natürlich, auf einer Boulevardbühne letzthin. Das Stück hatte drei Akte, alles spielte sich im Wohnzimmer der beiden Hauptdarsteller ab. Unentwegt wurden den weißen Schleiflackmöbeln mit Goldverzierung Whiskyflaschen und Gläser entnommen und Flaschen und Gläser wieder darin verstaut. Die Sitzgarnituren waren aus hellgeblümtem Chintz (im Theaterprogramm stand, die Firma Möbel-Steigenberger habe sich der Dekoration angenommen – kein Product Placement natürlich, sondern absatzfördernde Kommunikation mit dem Publikum!). Ein ebenfalls goldverzierter Teewagen diente als Telefontischchen, und dicke Teppiche schluckten jeden Schritt der sonnengebräunten, makellos gekleideten Schauspieler.

Genauso eine Wohnung besaß dieser Victor Maiborn – er kaufte zweifellos auch bei Steigenberger –, und Teresas schwarze Kleidung stellte trotz des roten Gürtels und der roten Samtschleife eine grausame Unterbrechung dieser Beige-Gold-Weiß-Töne dar. Sie kam sich vor wie eine Krähe, die versehentlich ihren grauen Acker verlassen hat und im Orchideenhaus des Botanischen Gartens gelandet ist.
Victor Maiborns Anblick erinnerte fatal an die Aufkleber von Mecklenburgischer Streichwurst – Gutsherrenart. Stattliche Statur, graudurchwirktes, blondes, festes Haar, die Augen blau, das Gesicht eher rund. Und die Kleidung dandyhaft perfekt. Beige Hose, feinkarierter Sakko, glänzende Schuhspitzen, faltenlos weiße Manschetten. Die Hände dezent gebräunt und die Stimme tatsächlich so dunkel wie am Telefon – mit einem rauhen Unterton, der Teresa ähnlich aufregte wie Wolfgang Engels kräftige Hände mit den schwarzen Härchen auf den Fingerrücken.
»Ich komme vom Marktforschungsinstitut Müller GmbH«, sagte sie nervös. »Wir haben bereits miteinander telefoniert.«
»Aber ja.« Er lächelte ausgesprochen sympathisch, das Lächeln stieg in seine blauen, blauen Augen, und wäre er nicht so betagt gewesen – Teresa schätzte ihn gut und gerne auf fünfundvierzig bis fünfzig Jahre –, dann hätte sie dieses Lächeln den Rest ihrer Vernunft gekostet – was natürlich nicht allzuviel besagte. Er schritt ihr voran in das weiß-goldene Wohnzimmer, und sie bemerkte auf Schränken und Konsolen die verschiedenartigsten Anti-

quitäten, angestrahlt von kleinen, geschickt hinter beigen Holzverschalungen verborgenen Lämpchen. Eine Rosenverkäuferin, Porzellan, eine Tänzerin, Porzellan, eine Schäferin, Porzellan, eine Jugendstilvase, Keramik (Ehekräche konnte der Gute sich bei Gott nicht leisten), eine Goldwaage, die in einem weißen (!) Lederetui ruhte, ein Mörser in einem imitierten Babyschuh, eine Pfeife mit bemaltem Porzellankopf. Hinter einem Rundbogen vermutete Teresa den Schlafraum, denn in einer beleuchteten Ecke stand ein Waschtisch aus Bambus, er trug eine Marmorplatte und erinnerte an die Kolonialzeit. Eine Art Moskitonetz aus feiner Gaze schwebte von der Decke und fiel über eine breite Liege, die Teresa nur mehr zur Hälfte sah. Dieses Dekor ließ allerdings eher auf einen Junggesellen schließen. Sicherlich waren Bett und Spiegel ebenfalls beleuchtet, und das Licht wurde, pfiff man einmal kurz durch die Zähne, schummrig, während sich die Stereoanlage einschaltete und *Everybody loves somebody sometimes* spielte. Teresa wurde so vorsichtig wie eine Schnecke angesichts von drei Päckchen Schneckentod. Sie sagte: »Ich bin eigentlich Theologiestudentin.«
»Welch eine Verschwendung«, antwortete er, doch sie bemerkte gleich, daß er nicht zur dritten Kategorie zählte. Er zog sie nicht ins Schlafzimmer, er pfiff nicht, er bot ihr lediglich sehr höflich einen Stuhl an, fragte sie, ob sie ein Glas Sherry wünsche oder ein Mineralwasser, und sie antwortete, weil sie sich nicht gerne katalogisieren lassen wollte, sie hätte am liebsten einen Cognac. Das brachte ihn ein wenig aus der Fassung. Eine Theolo-

giestudentin, die am späten Vormittag bereits nach Cognac verlangte, schien ihm suspekt.
»Natürlich sind unsere Interviews nach den strengsten Gesichtspunkten, was Datenschutz anbelangt, ausgearbeitet«, sagte Teresa, nachdem sie am Cognac genippt und ihren faden schwarzen Rock geschickt etwas höher gezogen hatte. Sie legte mit wichtiger Miene ihre Testbogen auf den runden Glastisch. »Das heißt, wir notieren zwar, welchen Geschlechts und welchen Alters die befragte Person ist, welcher Berufsgruppe sie angehört und wie ihr soziales Umfeld aussieht – also, ob sie ledig, verheiratet, geschieden oder verwitwet ist. Aber wir geben weder den Namen noch die Adresse an. Alles klar soweit?«
Er nickte. Er setzte sich auf den Stuhl, der dicht neben dem ihren stand, zog seine makellos gebügelten, beigen Hosenbeine hoch – er hatte olivfarbene Socken an mit einem eingestickten schwarzen Buchstaben im Bündchen. Nun roch Teresa auch sein Rasierwasser. Es war zu herb, sie konnte es vom ersten Moment an nicht leiden.
Er sagte, ein amüsiertes Lächeln um die Lippen, daß er männlichen Geschlechts sei, zweiundfünfzig Jahre alt (dafür hatte er sich gut gehalten, das mußte der Neid ihm lassen!), Werbekaufmann, selbständig arbeitend, ledig.
»In meinem Haushalt«, fuhr er dann fort und blickte sich wohlgefällig um, »leben keine weiteren Personen. Zumindest nicht ständig.«
»Okay. Dann sind Sie geradezu prädestiniert für meine Umfrage über Dosenfertiggerichte und Fertigmenüs.«
»Ich hasse Dosenfertiggerichte. Ich bin leidenschaftli-

cher Koch. Ein Dosenfertiggericht kommt nicht einmal auf meinen Tisch, wenn ich krank bin. Dann nämlich telefoniere ich mit meinem Chinesen im Erdgeschoß und lasse mich beliefern.«

»Aha«, sagte Teresa. »Und warum haben Sie sich für dieses Interview zur Verfügung gestellt?«

»Pure Neugierde. Ich bin, wie gesagt, Werbekaufmann. Also interessiere ich mich auch für Marktforschung, nicht wahr?«

»Und was machen wir nun?«

»Ich schlage vor, wir besuchen meinen kleinen Chinesen, Sie nehmen Ihre Testbogen mit, und wir machen fiktive Angaben. Einverstanden?«

Teresa überlegte blitzschnell. Ein Chinese im Erdgeschoß war unverfänglicher als weiß-goldene Schleiflackmöbel, auf denen liebeskranke Porzellanschäferinnen schmachteten. Auch ungefährlicher als dieses Schlafzimmer mit samtbezogener Liege und einem Waschtisch aus der Kolonialzeit! Dies wies nämlich sehr alarmierend auf anrüchig verfeinerten Geschmack und auf eine Vorliebe für wahrscheinlich englisches Brauchtum hin, und was die englischen Gentlemen sich in bezug auf Affairen unter Moskitonetzen so alles geleistet hatten, war jedem kleinen Kind bekannt, das die einschlägigen Filme mit Ava Gardner und Lana Turner gesehen hatte. Außerdem – ein kostenloses Schlemmeressen ohne Heiners vorwurfsvollen Sektiererblick war wirklich nicht zu verachten.

»Einverstanden«, sagte sie. »Obwohl...« Sie zögerte. »Wissen Sie, Schwindelangaben in den Testbogen sind natürlich verboten.«

»Gut. Dann bin ich nicht Victor Maiborn, zweiundfünfzig Jahre alt, sondern Bernhard Maiborn, siebenundzwanzig Jahre. Bernhard ist mein Sohn, müssen Sie wissen. Er studiert Soziologie, Psychologie und hängt der These an, daß Essen die unwichtigste Sache der Welt sei und daß ich, als ausgesprochener Gourmet, nur mit dem Bauch denke. Ich kann mir vorstellen, daß Bernhard mehr als eine Suppendose pro Tag öffnet, ist das nicht wunderbar?«

»Ich dachte, Sie sind nicht verheiratet?«

»Ich bin geschieden. Meine Frau lebt inzwischen auf einer kleinen griechischen Insel. Sie töpfert, schnitzt Panflöten und holt sich jeden Abend einen anderen Hirtengott in ihre einfache Behausung. Spontane Selbsterfahrung, nicht wahr?« Er lachte. »Und meine beiden Söhne sind bereits erwachsen, Gott sei Dank.« Er redete, wie alle Menschen, die alleine leben, rasch und viel.

»Sie mögen keine Kinder?«

»Nur wenn sie blond sind und so viel Charme besitzen wie Sie.« Er sagte es sehr nett, ohne diesen wachen Blick des professionellen Mädchenschänders, sein etwas reserviertes Lächeln stellte sogar Distanz her: Sieh mal, ich will dir nichts Böses, du könntest meine Tochter sein, ich erfreue mich lediglich an deiner jugendlichen Frische.

Teresa legte ihren Kopf zur Seite. »Okay«, sagte sie, »dann also auf zu Pekingente und Bambussprossen.« Sie spielte, ohne zu überlegen, sein Spiel mit. Gab sich jugendlich keß, forsch, unkompliziert. Das Bewußtsein, daß er so viele Jahre älter war als sie, befreite sie von jeglichen Komplexen, die sie jüngeren Männern gegenüber ab und an hatte: Was immer dieser Victor Maiborn auch war, reicher Schwerenöter, erfahrener Lebemann oder charmanter Ladykiller – sie hatte etwas, das er nicht besaß: den Reiz und Zauber eines jungen Menschen.

Die Testbogen hatten sie im Nu erledigt. Jener Bernhard Maiborn, den sie gar nicht kannte und den sie sich der Einfachheit halber ebenfalls als eine Art Mecklenburgischen Gutsherrn jüngerer Ausgabe vorstellte, badete schier in Dosensuppen und Fertigmenüs, er kaufte diese Produkte regelmäßig mittwochs, freitags und samstags, liebte die immer gleiche Geschmacksrichtung, war kein Wechselesser, besaß kein Mikrowellengerät, sondern bereitete seine Menüs und Süppchen auf einem normalen Herd zu.

Teresa und Victor tranken rasch hintereinander zwei Campari, um die schwierige Arbeit zu bewältigen, und Teresa war bereits leicht beschwipst, als das Essen serviert wurde. Sie erzählte Victor, daß sie für einen bedeutenden Mann der Modebranche arbeite und diese schwachsinnigen Tests nur nebenbei mache, daß sie vorhabe, der Welt größte Modedesignerin zu werden, es sei nur eine Frage der Zeit, bis man ihr eine Chance gebe, und daß sie, ach ja, fast hätte sie es vergessen, verheiratet sei. Mit Heiner. Einem Lehrer.

»Und Ihr Theologiestudium?«

»War nur eine Schutzbehauptung. Manche männlichen Testpersonen nehmen den Begriff ›Test‹ sehr wörtlich und schließen in das zu testende Material die Befragerin gleich ein. Doch bei Ihnen ist diese Art von Schutz nicht nötig.«

»Nein?« fragte er. Trotz seines intensiven Lächelns wirkte er etwas zerstreut, hektisch. Der Alkoholgenuß hatte sein Gesicht gerötet, seine Augen folgten den Frauen, die das Lokal betraten, seine Hände blieben ständig in Bewegung, er winkte dem Ober, verrückte einen Aschenbecher, füllte Teresas Glas nach.

Als er bezahlte, sah Teresa aus dem Fenster. Die Sonne zeigte kein müdes Gesicht mehr, sie strahlte in nachmittäglicher Pracht, einige Leute trugen ihre Mäntel über dem Arm. Auf der gegenüber liegenden Seite, in einem Torbogen, zog eine junge Frau einen Spiegel aus der Tasche und verrieb Farbe auf ihren Lippen.

»Nun, Fräulein Gärtner...«

»Frau Gärtner. Ich bin verheiratet, erinnern Sie sich?«

»Ich erinnere mich. Leider. Was für ein beneidenswerter Mann, Ihr Mann.«

Teresa kicherte. »Da täuschen Sie sich. Ich bin für meinen Mann ein einziges Ärgernis. Weil ich so prinzipienlos bin. Er ist konvertiert, verstehen Sie?«

»Sie meinen, er hat seine Glaubensrichtung geändert?«

»Ja, in jeder Beziehung. Alles... fleischlos.« Teresa wurde rot.

Victor Maiborn blickte sie an. Klickediklickediklick. Nun war er wieder lebenstüchtige Zweiundfünfzig. Er sagte: »Ich kann Sie mir sowieso nicht vorstellen als Ehefrau.«

»Sondern?«

»Als erfolgreiche junge Dame, die zielstrebig und mit sehr viel Charme ihren Weg geht.«

vow!! Wenn man bedachte, daß Heiner ihr immer an den Kopf warf, sie sei eine kindische Gans, die ihr Leben vertrödelte! Teresa befürchtete zwar, daß die Wahrheit mehr auf Heiners Seite lag, doch wer wollte an so einem Tag schon Wahrheit? Sie beugte sich vor und küßte Victor auf die glattrasierte Wange. »Danke«, sagte sie mit süßer Jungmädchenstimme. Dann versprach sie ihm, sich in den nächsten Tagen wieder zu melden.

Zu Hause legte sie sich zuerst einmal in die Badewanne. Der Alkohol hatte sie nicht, wie sonst, schläfrig gemacht, sondern ihr ein ausgesprochen gesteigertes Selbstwertgefühl beschert. Am Morgen noch denunziert als alberne Person, am Abend eine umworbene Frau. Sie bewegte ihre blassen Beine im Wasser, auf den blonden Härchen bildeten sich feine Blasen. Wie es wohl war, einen älteren Mann zu kennen? Ob er nackt auch noch so gut aussah wie in makellos gebügelten beigen Hosen? Sie überlegte, ob sie einen zweiundfünfzigjährigen nackten Mann kannte. Aber ihr fielen immer nur die alten Männer in der gemischten Sauna ihres Schwimmbades ein. Die hatten mit Victor Maiborn nun wirklich gar nichts gemein. Oder doch?
Später schichtete sie auf einen Teller Knäckebrot und Magerkäse, denn für Naturreisküchlein mit Graupensoße reichte die Zeit nicht mehr. Aber auch Knäckebrot und Magerkäse waren urgesund, und da Heiner am Nachmittag noch eine Lehrerkonferenz hatte, war es sowieso besser, seinen empfindlichen Magen nicht allzusehr zu belasten.

Während sie sich ankleidete – ein weißes, unschuldiges Vestalinnengewand mit goldenem Gürtel –, spielte sie eine Beatles-Platte. *Good day sunshine,* keine Zimmerlautstärke mehr, und sie sang sogar noch mit: »I feel good in a special way, I'm in love, and it's a sunny day.« Dabei dachte sie wieder an Victor Maiborn. Natürlich würde sie den Kerl nicht noch einmal anrufen, wozu auch? Aber sie war ihm dankbar. Er hatte ihr das Gefühl gegeben, eine hundertprozentige Frau zu sein. Das war Heiner so überzeugend nicht einmal während der Flitterwochen gelungen. Und weil der Abglanz dieses romantischen Mittagessens immer noch in ihrem Herzen wohnte, konnte sie jetzt, ohne zu schaudern, auch in die Tiefe ihres Selbsts tauchen. Sie setzte sich vor Heiners Schreibtisch und schloß die Augen ganz fest. Liebte sie ihren Mann? Das Problem war, daß man nicht lieben kann, was einem ständig klarmacht, unterlegen zu sein. Aber sie achtete ihn. Bewunderte ihn. Sie erschrak und machte die Augen wieder auf. Es gab wohl nichts Trostloseres, als seinen Mann nur zu achten und zu bewundern. Wolfgang Engels ölverschmierte Hände und Victor Maiborns braune Haut zwischen Söckchenrand und Hosenstulpen kamen ihr in den Sinn. Nein, nein, das waren die falschen Gedanken! Sie hatte der Liebe nachgegrübelt, nicht wahr?
Eines aber wußte sie: Es gibt Männer, die einen aufbauen, und solche, die einen herunterziehen. Und Heiner zog sie herunter. Wenn es nach ihm ginge, säße sie im grauen Vorzimmer einer Import-Export-Firma und tippte schwachsinnige Briefe, mit denen sie hundert

Zentner Obst und Südfrüchte von Italien nach Deutschland beförderte. Oder füllte Getreideflocken und Dinkel (was war Dinkel???) in dunkelbraune Papiertüten.
Und wenn es nach Victor Maiborn ginge?
Sie schrieb auf Heiners Notizblock, daß sie mit Ingeborg ausgehe und daß er nicht zu warten brauche. Er hatte zwar noch nie auf sie gewartet, aber sie verspürte, seit sie in dieser weiß-beige-goldenen Perfektwohnung in der Prinzregentenstraße gewesen war, den Drang, ihr Leben, auch verbal, in etwas gepflegtere Bahnen zu lenken. Dann schrieb sie noch, daß sie nach reiflicher Überlegung sein Ansinnen, sich als Sekretärin oder Verkäuferin zu verdingen, mit aller Entschiedenheit zurückweisen müsse, daß sie sich am Freitag wieder mit Valentin Brettschneider im »Vier Jahreszeiten« treffe und daß in ihren Tarotkarten neuerdings der *Magier* dominiere, was den eindeutigen Beweis liefere, daß bald schon der freie Fluß ihrer Energie sie vorwärtspeitschen werde und nichts sie aufhalten könne in ihrem Bestreben, Karriere zu machen. Und sie setzte noch hinzu, weil sie Heiners manische Sucht nach gesicherter Existenz kannte: »Ich strebe eine Assistentenstelle in einem großen Modehaus an.« Darunter schrieb sie: »In Liebe, Teresa.« Nach einiger Überlegung strich sie »In Liebe« wieder durch. Schließlich hatte er sie eine unreife Göre genannt. Sie legte den Block neben den Teller mit dem Knäckebrot und dem Magerkäse. Da sie nicht wollte, daß der Magerkäse in Zusammenhang gebracht wurde mit dem, was sie Heiner schriftlich mitgeteilt hatte, bestreute sie den Käse mit Kümmel und Paprika und legte noch eine Pfeffergurke daneben.

Als sie gegen drei Uhr morgens nach Hause kam, waren Magerkäse und Knäckebrot verschwunden. Auf dem Zettel hatte Heiner den Satz »Ich strebe eine Assistentenstelle in einem großen Modehaus an« dick unterstrichen und danebengeschrieben: »Die Botschaft hör' ich wohl, allein mir fehlt der Glaube.« Dann eben nicht. Sie ging ins Schlafzimmer, knipste das Licht an und sagte ganz laut: »Ich habe ein Pferd gewonnen.«

Heiner fuhr hoch. »Wassislos?«

»Ich habe in der Tombola ein Pferd gewonnen.«

»Ein Pferd, haha.«

»Ja. Mit braunen Augen, einem braunen Fell und brauner Mähne.«

»Was tun wir mit einem Pferd?«

»Darauf reiten.«

»Wo steht es?«

»Im Wohnzimmer.«

Heiner sprang aus dem Bett.

Und da stand es wirklich. Mit riesengroßen braunen Augen, brauner Mähne, braunem Schweif. Teresa schwang sich auf den Ledersattel, umklammerte mit beiden Händen die hölzernen Griffstangen, die an den prächtigen Nüstern befestigt waren, und schaukelte, beleuchtet vom Schein einer Straßenlampe, sanft hin und her.

»Es heißt ›John Wayne‹.«

Heiner starrte sie an. Dann sagte er: »Wenn du dir auch noch eine Babyrassel wünschst und eine Quietschente, laß es mich wissen.« Er drehte sich um und ging zurück ins Schlafzimmer. Teresa lächelte ihm nach. Dachte da-

bei an Victor Maiborn. Er hätte sie bestimmt reizend gefunden in ihrem weißen Vestalinnenkleid, schaukelnd im Mondschein. Er war eben ein Gourmet, nicht nur beim Essen.
Vielleicht würde sie ihn doch noch einmal anrufen.

Drei

Dunkle Wolken trieben am Himmel. Teresa lief in den Garten, auf eine graue Steintreppe zu, die mit grauen steinernen Tieren gesäumt war. Ein Löwe, ein Widder, ein Schwan. In dem Garten ein kleines Schwimmbekken. Es war Sommer. Die hohen Pappeln verloren ihr Laub, gelbe Blätter schwammen auf dem mit algigen Schlieren überzogenen Wasser.

»Unartiges Kind, will einfach nicht schwimmen!« schrie Heiner.

In Teresa stieg Angst auf, sie preßte ihre Hände an die Ohren. Als sie sah, daß Heiners Mund nicht stillstand, nicht aufgab, holte sie tief Luft und sprang in das Bekken. Sie ruderte mit den Armen und tauchte unter. Dann öffnete sie die Augen ganz weit. Auf der Oberfläche des Wassers trudelten die gelben Blätter, Heiners Schatten breitete sich aus, wurde größer und größer. Ihre Angst steigerte sich. Sie stieß sich mit den Füßen am glitschigen Boden des Beckens ab und tauchte auf. Ihre Cousine Anna starrte aus porzellanblauen Augen auf sie herunter und rief erstaunt: »Du kannst ja doch schon schwimmen!« Teresa antwortete: »Das ist mein Geheimnis. Ich sag' es bloß keinem.«

Sie erwachte. Es dämmerte. Ein schwacher Schimmer des ersten Morgenrots drang durch die Vorhänge. Heiner hatte im Schlaf einen Arm auf Teresas Brust gelegt, sein Gesicht auf den dunkelblauen Kissenbezügen wirkte blaß und bekümmert. Ein blasses, bekümmertes Kindergesicht mit Bart. Teresa schob Heiners Arm zur Seite, rollte sich zusammen, dachte nach. Die Symbolik ihres Traums war sonnenklar. Sie sollte, erstens, Heiners Ratschlag folgen und endlich etwas für sich und ihre Entwicklung tun. Und zweitens sollte sie Anna anrufen. Diese hatte sich vor einigen Jahren gegen den Willen ihrer Eltern mit einem Mann verheiratet, der Verkäufer in einem Möbelgeschäft war, und lebte in einem Vorort Münchens, in einem Haus, das die beiden erst abbezahlt haben würden, wenn sie alt und grau waren. Sie hatten drei Kinder. Oder jetzt schon vier? Jedenfalls verkörperte Anna jenen Typ Frau, der, ohne zu murren, ein Leben führte, das den herkömmlichen Maßstäben entsprach. Teresa vermeinte ganz deutlich zu spüren, daß es wichtig war, mit Anna in Kontakt zu treten.

»Ich hab' heute nacht von dir geträumt«, sagte sie am Telefon zu ihr. Es war Freitag. Heller Vormittag. Heiner war in der Schule, und Teresa wartete, bis es elf Uhr wurde und sie sich mit Valentin Brettschneider treffen konnte.
»Was für eine Überraschung«, rief Anna aus; ihre Stimme klang, trotz des lauten Tons, erschöpft. Im Hintergrund Radiomusik, das Brabbeln eines Babies. »Ist ja nett, daß du dich mal rührst. Hast du auch schon Kinder?«

»Heiner will keine Kinder – bei dieser verheerenden politischen Weltlage...«
»Warum nicht? Eine Ehe ohne Kinder ist... ist...« Anna verstummte.
Die einseitige Perspektive der chronisch Schwangeren! Teresa begann sich zu ärgern. »Eine Ehe ohne Kinder ist auch eine Ehe. Chacun à son goût, nicht wahr?«
Eine Pause entstand. Teresa bedauerte, so patzig gewesen zu sein. »Warum ich anrufe«, sagte sie verlegen, »ich gründe einen Frauenstammtisch. Mittwochs. Hast du nicht Lust, mitzumachen? Wir wären dann zu viert. Veronika, Ingeborg, du, ich.«
»Ich bin doch verheiratet.«
»Wenn alle Männer, die verheiratet sind, ihre Stammtische aufgäben, könnten die Wirte stempeln gehn.«
»Du weißt doch, was ich meine.«
Teresa wußte es nicht. »Ich bin auch verheiratet. Und Ingeborg, meine Freundin, auch.«
»Hat sie Kinder?«
Sie war wie eine tibetanische Gebetsmühle, Teresa bereute jetzt wirklich, sie angerufen und eingeladen zu haben. »Nein. Hat sie nicht.«
»Mit Kindern kann man am Abend nicht weg.«
»Ach. Ist dein Mann nicht zu Hause abends?«
»Sicher. Aber er kann doch nicht Fläschchen geben und wickeln. Ich weiß...« Anna lachte. Stolz. »Viele Männer machen das heute aus dem Effeff. Aber nicht mein Manfred. Er hat unseren kleinen Joseph, als er noch ein Baby war, fallen lassen.«
Absichtlich, dachte Teresa. Sie sagte: »Auch dem niedrigsten Gesinde steht ein freier Abend pro Woche zu.«

Anna zögerte. »Komm doch vorbei, vielleicht kannst du ihn überreden.« Das klang demütig, interessiert, sie war also doch noch nicht rettungslos verloren. »Oder kommt beide, Heiner und du. Zum Essen. Ach ja, bitte«, ihre Stimme belebte sich.
Schweinecurry mit Bohnengemüse, Annas Spezialität – Teresa erinnerte sich.
Sie hatte keine Lust auf Schweinecurry. Und für Heiner war Schweinecurry ähnlich verwerflich wie Knorr's Linseneintopf für Victor Maiborn.
»Du wirst es doch um Himmels willen allein schaffen, deinem Manfred klarzumachen, daß du mal Tapetenwechsel brauchst.«
Anna schwieg. Das Baby im Hintergrund begann zu plärren.
»Lies mal *Die Verteidigung der Rechte der Frau*«, witzelte Teresa.
»Ich mach' mir gar nichts aus diesem ganzen neumodischen Kram. Diesem Feministinnen-Gequatsche.«
»Das Gequatsche stammt aus dem Jahr 1792. Von einer gewissen Mary Wollstonecraft. Wenn die unter den damaligen Umständen auf die Barrikaden gehen konnte, wirst du es in unserer aufgeklärten Zeit auch schaffen.«
»Das sagst du so...«
»Na, na. Zumindest körperliche Bewegungsfreiheit könntest du dir erkämpfen.«
Ein sonderbares Geräusch drang durchs Telefon. Ein heiseres Kratzen. Weinte die dumme Gans?
Nein, sie kicherte. »Schaden tät' es dem Manfred nicht, wenn er sich auch mal um die Kinder kümmern müßte. Nächsten Mittwoch, meinst du?«

»Nächsten Mittwoch, in der ›Drehorgel‹.«
Anna sagte zu, Trotz in der Stimme, und in Teresas Augen stieg missionarischer Glanz. Eine dumpf dahinbrütende weibliche Ehesklavin war erwacht. Ein erfreulicher Beginn des Tages.

Zwei Stunden später betrat sie, ganz en vogue, Valentin Brettschneiders Zimmer im Hotel »Vier Jahreszeiten«. Sie trug einen leichten, glockigen Rock aus Musselin, gelbe Blumen blühten auf lila Stengeln, zarte Blätter rankten sich um den spitzenbesetzten Saum, das enge Jäckchen war ein Fanal an leuchtenden Frühlingsfarben.
Er bot ihr einen Stuhl an. Wie immer. »Bitte«, sa[illegible]
»Danke«, antwortete Teresa. Dann sagte sie, etwas atemlos: »Hätten Sie vielleicht einen kleinen Moment Zeit für mich?«
Er war überrascht. »Bitte«, meinte er abermals.
Der *Magier* in den Tarotkarten! Das Schwimmbecken! Sie holte tief Luft. Sie sprach sehr schnell: »Ich habe schon mit zehn Jahren gelernt zu nähen. Mit vierzehn lungerte ich bereits in der Theatinerstraße herum, in der Maximilianstraße, in allen Straßen mit herrlichen Schaufenstern, großen Hoteleingängen, Theaterpforten. Ich sah wunderbare Frauen in wunderbaren Kleidern, Jacken, Mänteln. Ich sah nichts als Farben und Stoffe. Ich wußte bald schon zu unterscheiden zwischen Seide, Leinen, Crêpe de Chine, Georgette, Satin. Ich zeichnete nachts das Gesehene aus der Erinnerung. Seitdem skizziere ich eigene Entwürfe, nähe alles selbst.

Und seitdem habe ich den Wunsch, Modedesignerin zu werden.«

»Wie alt sind Sie?«

»Achtundzwanzig.«

»Und was tun Sie? Außer Briefetippen, meine ich?«

Teresa wurde rot. »Ich warte auf meine Chance.«

»Mit achtundzwanzig?« Es klang verächtlich.

»Mit achtundzwanzig, ja. Ich habe Abitur gemacht, ein Studium als Pädagogin begonnen, um meiner Großmutter, bei der ich lebte, eine Freude zu machen. Die hatte einen Heidenrespekt vor Lehrern, das hat sich, aus [illegible] familiären Gründen, wieder gelegt. Das Studium [illegible]ich an, Kindererziehung en masse war nichts [illegible]. Ich traf einen reichen Typen, der mich zur Geschäftsführerin seiner kleinen Boutique machte. In Schwabing. Der Laden ging gut. Als der reiche Typ eine unbefriedigte Lady der High-Society an Land zog, mußte ich gehn. Dann kam Heinrich Gärtner. Wir haben geheiratet, und seitdem jobbe ich. Aber ich habe nie meinen Plan aus den Augen verloren.«

»Und was erwarten Sie nun von mir?«

»Ich... Ich wollte Sie bitten, sich an mich zu erinnern. Wenn irgendwo in München oder Umgebung eine Assistentenstelle frei wird. Verstehen Sie – ich mache alles. Auch die niedrigsten Arbeiten. Ich sortiere Knöpfe, bestelle Mantelfutter, ich tippe Briefe, ich putze auch den Laufsteg der Mannequins.«

»Wissen Sie, wie überfüllt dieser Beruf ist? Wie gefährlich die Modebranche? Eine falsche Entscheidung im Herbst für die neue Kollektion im übernächsten Frühjahr – und es kann der Ruin des Modehauses sein.«

»Ich weiß. Ich weiß aber auch, daß ich gut bin. Gut sein könnte«, verbesserte Teresa sich.
»Ist das der Grund, warum Sie für mich schreiben? Um mit mir in Kontakt zu kommen?«
»Ja.«
»Und warum rücken Sie erst heute mit Ihrem Anliegen heraus?«
»Weil ich Ihnen beweisen wollte, daß ich zuverlässig bin. Ob ich nun tippe oder etwas anderes mache.« Dieses Argument war ihr, Gott sei Dank, gerade noch rechtzeitig eingefallen.
»Und warum ausgerechnet ich? Sie kennen mich doch eigentlich gar nicht.«
»Oh, ich weiß eine Menge über Sie. Daß Ihr Vater Besitzer einer Hotelkette war. Daß Sie eigentlich auch ins Hotelfach sollten. Daß Sie sich aber dann für die Modebranche entschieden, Ihre Lehrjahre in Paris, Wien und London hatten und in Wien Ihren ersten eigenen Modesalon eröffneten. Ich dachte mir, wenn jemand so besessen ist von seinen Plänen, wird er Verständnis für mich haben.«
Er lachte. »Ich bin überrascht, wie gut Sie informiert sind. Also schön... Ich bin in drei Wochen wieder in München. Bringen Sie mir Entwürfe für den Modefrühling im nächsten Jahr. Mal sehen, was dran ist an Ihrer Aussage, Sie hätten Gespür.«
Teresa starrte ihn an. Daß es so schnell ging... »Danke«, stammelte sie.

Als Heiner am Nachmittag nach Hause kam, empfing sie ihn mit einem Campari. Sie hatte Flur und Wohnzimmer mit Blumen geschmückt und an der Eingangstür ein Schild angebracht: »Teresa Gärtner – die Frau mit Zukunft.« Sie spielte die Beatles, *Getting better,* sie tanzte im Zimmer herum, sie schubste »John Wayne«, bis die Kufen vom Teppich rutschten, sang: »Ich mache die neue Frühjahrsmode, Frühjahrsmode...«

Heiner schüttelte den Kopf. »Du bringst diesem Lackaffen nur ein paar Skizzen, das ist alles.« Aber er konnte Teresas überschäumende Freude nicht bremsen. Sie zupfte ihn am Bart, meinte, daß er nur eifersüchtig sei, weil er es jetzt mit einer angehenden Karrierefrau zu tun habe, und daß dieser Tag gerade richtig sei, um auszugehen.

»Ausgehen? Nein, danke. Ich bin müde. Ich hatte bis zwei Uhr Unterricht und hinterher noch Sprechstunde. Ich bin total geschafft.«

»Ich will in die ›Drehorgel‹, bitte. Deswegen habe ich auch eine Einladung von Anna abgelehnt.«

»Wer ist Anna?«

»Meine Cousine, weißt du doch.«

»Du meinst diese kleine mollige Person mit dem porzellanblauen Basedow? Diese Mutterkuh?«

»Mußt du unbedingt so ausfallend sein? Es gibt eben Leute, die sich Kinder wünschen. Nicht alle können sich in permanenter Weltuntergangsstimmung befinden.«

»Verschone mich bitte sowohl mit Verwandtschaft, die ich kaum kenne, als auch mit der blödsinnigen ›Drehorgel‹. Ich bin wirklich saumüde heute.«

Er entsprach wieder einmal voll den in ihn gesetzten Erwartungen. »Du bist ja in letzter Zeit wirklich *zu allem* zu müde«, schrie Teresa. Als er nicht antwortete, riß sie wütend das Plakat ab. Dann nahm sie die Blumen aus Vasen und Krügen und band sie zu einem dicken Strauß. Dabei dachte sie unablässig, in einer Art zorniger Vergeltung, an Victor Maiborn. Wie hätte er wohl reagiert auf ihre hemmungslose Freude? Auf ihre berechtigten beruflichen Hoffnungen? Mit Champagner und Rosen, so sicher wie das Amen in der Kirche! Der Verdacht drängte sich auf, daß Heiner ihr nicht mehr gerecht wurde.

Sie brachte die Blumen zu Oma Neutze. In der Wohnung standen Leitern und Farbkübel herum, die Böden waren mit Zeitungspapier ausgelegt. Der Hausherr habe nach einigem Hin und Her und einer kräftigen Mieterhöhung, dem Plan, eine Wohngemeinschaft älterer Menschen zu gründen, zugestimmt, erzählte Oma Neutze. »Die dicke Martha sitzt im Heim schon auf ihren gepackten Koffern. Und die Kinder des Oberst sind stinksauer. Die befürchten eine Heirat. Dann wäre das spärliche Erbe im Eimer.«
Teresa erzählte von Valentin Brettschneider. Von Anna. Von Heiner, der, als Krönung seines herzlosen Desinteresses, am Abend einen Kompostbehälter auf den Balkon gestellt und böse lächelnd gemeint hatte, in diesem könne alles kompostieren, auch ihre Hirngespinste. Dann ließ sie, ganz nebenbei, einfließen, daß sie einen interessanten Mann kennengelernt habe, einen Victor

Maiborn, der in der Werbebranche tätig sei, vielleicht könne er ja einmal etwas für sie, Teresa, tun.
Oma Neutze warf ihr einen scharfen Blick zu. »Wie alt ist er, sagst du?«
»Zweiundfünfzig.«
»Na!« antwortete Oma Neutze nur.

In der »Drehorgel« war nichts los. Ein paar Jugendliche tranken Ginger Ale, Veronika polierte die bunten Glasplatten, die den Tresen bedeckten.
»Ist noch zu früh heute«, sagte sie. Sie zündete sich eine Zigarette an, ihr blasses Gesicht mit den klar gezeichneten, vollen Lippen wirkte müde. An ihrem rechten Handgelenk klirrten silberne Armreife. Sie seufzte. Meinte, daß sie sich um die kleine Sprechrolle umsonst bemüht habe. Denn dieser Regisseur von neulich, der sich gebärdet habe wie ein betrunkener Beleuchter, sei der unbedeutende Theaterleiter einer unbedeutenden Laienspielgruppe. Ganghofer oder Anzengruber sei für den die höchste Herausforderung, und auch da sei er total überfordert. Sie warf einen verzweifelten Blick in Richtung Schanktisch. »Wie ich es sehe, ende ich als Kneipenwirtin. Der gute Eddi zwängt sich neuerdings in enge Jeans und trägt Cowboystiefel. Wenn das nicht alarmierende Signale sind!«
»Hat er das Lokal gepachtet, oder gehört ihm das ganze Haus?«
»Das ganze Haus gehört ihm. Ja, ja, ich weiß, eine gute Partie. Aber er ist schon uralt. Fünfzig.«
»Es gibt tolle Männer mit fünfzig«, versetzte Teresa.

»Was?«
»Schrei nicht so. Ich kenne auch einen in dem Alter. Und der ist wirklich wahnsinnig nett und sieht auch gut aus und...«
»Kenn' ich ihn?«
»Nein. Ist ein... Geschäftsfreund.«
»Seit wann machst du Geschäfte?«
»Ich bin Interviewerin. Ich mache Tests.«
»Und in welcher Funktion hast du ihn getestet?«
»Als potentiellen Verbraucher von Dosenfertiggerichten.«
»Wie romantisch. Na gut, dann frag ihn mal, ob er einen Job in einem Werbespot für mich hat. Das wär' doch ein Anfang. Eine üppige Rothaarige, die mit verführerischem Lächeln Linsen mit Speck löffelt. ›Kein Talent, doch ein Charakter!‹ «
Teresa lachte. »Du hast Talent. Vor allen Dingen fürs Komische. Ich würde mir das mit Eddi noch einmal überlegen. Hier oben die Kneipe und im Keller eine kleine Bühne. Kabarett vielleicht. Wäre das nichts?«
Veronika starrte sie an. »Mensch, Teresa! Das klingt gar nicht mal so blöd. Der Eddi ist Wachs in meinen Händen und...« Sie versank in tiefes Nachdenken.
»Hallo, du. Bevor du total ins Koma fällst, revanchier dich bei mir. Tu mir auch einen Gefallen.«
»Okay. Fang an.«
»Plaudere aus dem reichen Schatz deiner Erfahrungen.«
»In welcher Richtung?«
Teresa zögerte. »Also... Wie denkst du über... Seitensprünge?«

»Seitensprünge? Was für ein monströses Wort! Man hat heute keine Seitensprünge mehr. Man hat etwas laufen. Etwas am Kochen. Hat Bedürfnisse. Affairen. Beziehungen. Erfreuliche, unerfreuliche, nacheinander, nebeneinander.«
»Aber wenn man verheiratet ist...«
Veronika grinste. »Oma Neutzes kleiner Liebling. Mit den Geranienkästen auf der Fensterbank und dem stummen Wunsch im Herzen, stets brav und glücklich zu sein! Wenn du mich fragst – und das hast du ja getan: Dein Heiner ist ein humorloser Trottel. Also bring etwas Farbe in dein Leben.«
»Mich interessiert das Thema ganz im allgemeinen«, antwortete Teresa hochmütig. »Mehr aus philosophischem Interesse. Außerdem redest du schon wie Ingeborg. Die faselt auch in einem fort vom progressiven Alltag. Weil der gute Karlheinz ein so progressives Liebesleben hat und sie einen seelischen Aufhänger braucht.«
»Na, und? So ein Farbtupfer hie und da ist nicht nur für die Mode opportun. Dann erträgst du auch deinen Ehemann wieder besser.«
»Ist aber doch Betrug, wie man's auch nennt. Die Lügerei, das Heimlichtun...«
»Zugegeben. Auf diesem Sektor sind erfahrene Leute der Meinung, der Anlauf zum Betrügen sei das netteste an der ganzen Sache. Vielleicht haben sie recht. Nachher wird die Chose entweder entsetzlich fad oder furchtbar stressig. Emotional stressig.«
Teresa runzelte die Stirn. Beim Spiel mit dem Feuer ver-

brannte sich manch einer die Finger. Oder war sie tatsächlich hoffnungslos altmodisch? Schließlich bedeutete es noch keine Untreue, ab und zu mit einem Mann zu telefonieren und mit ihm essen zu gehn. Wenn der eigene Partner zu nichts mehr Lust hat und einen so belebt wie lauwarmes Bier? Sorgen machte ihr allerdings die hauchfeine Grenze, die, wurde sie überschritten, von einer harmlosen Beziehung in den handfesten Betrug führte. Würde sie wissen, wo die Grenze lag? Würde sie sie akzeptieren? Sie überschreiten? Und wenn ja, würde ihr Gewissen dehnbar genug sein, damit zu leben? Andererseits vergeudete Heiner Tag für Tag sowohl sein Leben als auch das ihre. So viel Gejammere um Dinge, die weder er noch sie ändern konnten! Hatte sie nicht das Recht auf ein wenig Spaß?
Sie angelte nach ihrer Handtasche und holte ein paar Münzen aus dem Portemonnaie. »Ich muß mal rasch eine... Testperson anrufen.« Als sie Victor Maiborns Nummer wählte, klopfte ihr Herz bis zum Hals. Wieder versuchte sie sich einzureden, daß es eine normale Sache sei, einen Mann anzurufen, den man zufällig kennengelernt hat und der einem sympathisch ist. Wahrscheinlich nährte sie, aufgewachsen in rein weiblicher Atmosphäre, sowieso nur einen latent schlummernden Vaterkomplex. Aber womit, zum Teufel, begründete sie ihren Anruf? Was sagte sie? »Hallo, hier spricht Teresa Gärtner, ich bin süchtig nach Ihren herzerwärmenden Komplimenten, Ihr väterlicher Charme hat's mir angetan und der unverschämte Blick Ihrer blauen Augen?« Oder: »Ich habe gerade ein halbes Stündchen Zeit – Sie

vielleicht auch?« Er war zu Hause. Sie habe doch versprochen, sich zu melden, sagte sie sehr kühl, und in dem Lokal, in dem sie gerade sitze, grinse ein tönerner Chinese von der Wand. Da habe sie sich an das nette Mittagessen erinnert, für das sie sich nochmals herzlich bedanken wolle...

»Nur der Chinese und Sie in diesem Lokal?«

»Nur er und ich.«

Er kapierte sofort. »Darf ich Ihnen Gesellschaft leisten?«

Teresa sah zu Veronika hinüber. Sie unterhielt sich mit Eddi. »Ist hier nicht gerade der richtige Rahmen.«

»Dann vielleicht die Piano-Bar?«

Teresa sagte, die Piano-Bar sei angemessen. Er legte auf, und sie blieb einen Moment reglos stehen. Nun hatte sie es getan. Sie hatte einen Mann angemacht. Einen alten Mann.

Sie erklärte Veronika mit einem kleinen Augenzwinkern, daß sie zu einer geschäftlichen Verabredung gehe und daß nächsten Mittwoch der erste Frauenstammtisch stattfinde. Ingeborg wisse schon Bescheid, und Cousine Anna habe auch versprochen zu kommen. Die habe sie eingeladen wegen der sozialen Ausgewogenheit. Sie habe drei Kinder und einen Ehemann mit extremistischen Maximalforderungen.

»Forderungen an was?«

»An althergebrachtes Frauentum.«

»Du klingst wie das Leitthema eines feministischen Workshops. Außerdem wußte ich gar nicht, daß wir jetzt einen Stammtisch haben.«

Teresa antwortete, ausgelassen und fröhlich *(Victor wartete auf sie in der Piano-Bar!)*, sie finde es gut, sich einmal wöchentlich zu treffen, um gemeinsam Alltagsprobleme zu erkennen und durch Diskussion und Vorschläge zu deren Bewältigung beizutragen.

»Du meinst, wir zwitschern uns einen an und ziehen die Männer durch den Kakao?«

»Du hast meine Idee zwar recht vulgärsprachlich, aber richtig definiert. Bist du dabei?«

»Aber ja. Ich habe sowieso beschlossen, die Männer nicht mehr ernst zu nehmen. Es sei denn, sie holen mich an die Kammerspiele. Oder bieten mir einen Part an in einer Serie oder Seifenoper. Dann hätte ich ausgesorgt.«

»Bei den Serien bleibt nichts mehr, was sich lohnt. Humanmediziner, Tiermediziner, Jockeys, Krankenschwestern, Rechtsanwälte, Pfarrer, Bierbrauer, Weinpanscher, Kapitäne, Förster. Alles schon dagewesen.«

»Man könnte ja beginnen zu differenzieren: Humanmedizin – Orthopädie. Ein junger Orthopäde hat's zu tun mit einem rothaarigen Tennisarm, einem angeknacksten Lendenwirbel, einem heuchlerischen Meniskus und einer hinterhältigen Bandscheibe. Der Tennisarm liebt den Lendenwirbel, die Bandscheibe will den Tennisarm... Oder ein Hals-Nasen-Ohren-Spezialist. Die eitrigen Mandeln verlieben sich in die entzündeten Nebenhöhlen. Die bösen Polypen überwuchern das junge Glück... Du siehst, das Gebiet ist längst noch nicht ausgereizt.«

»Okay, okay. Du hast mich überzeugt.« Teresa lachte.

Sie trank ihr Glas aus, starrte vor sich hin. In weniger als einer halben Stunde würde sie Victor gegenübersitzen, seine blauen, blauen Augen bewundernd auf ihrem lieblichen Gesicht (seine Augen gingen ihr nicht aus dem Sinn, warum, wußte sie nicht, jeder Mensch hat schließlich Augen). Die Brust wurde ihr enger und enger.
»Ich eigne mich auch zur Serienheldin. Ich habe Angina pectoris«, sagte sie mit einem nervösen Lachen. Sie holte einen Spiegel aus der Tasche und schminkte sich die Lippen. Sie ordnete ihr Haar. Sie telefonierte nach einem Taxi. Um ihre Phantasie spannte sich ein bunter Regenbogen. Wann hatte sie sich zum letztenmal so aufgeregt, glücklich, so ganz und gar verrückt gefühlt? War lange her.

Er saß an einem kleinen Tisch und erhob sich sofort, als sie durch die Tür trat. Sie sehe bezaubernd aus, meinte er und reichte ihr die Getränkekarte. Teresa ertappte sich dabei, daß sie schon bei seinen ersten Worten ihr gewohntes Sein abstreifte wie einen alten Mantel und ihrem Gesicht den naiv-sorglosen Ausdruck einer Sechzehnjährigen verlieh. Und er dankte es ihr. Ach, wie schön es sei, eine so reizende, fröhliche, *unkomplizierte* junge Frau vor sich zu haben.
Teresa lächelte ihn äußerst unkompliziert an. Ihr Charakter, ihr Wesen waren für ihn also leicht zu beurteilen, leicht durchschaubar, überschaubar, verständlich. Das war ihr recht. Das verlieh der ganzen Angelegenheit tatsächlich die oberflächliche Note, die sie verdiente. Die Beweggründe, aus denen er so sehr auf Unkompliziert-

heit im Wesen einer Frau bestand, wären natürlich unter anderen Umständen verdächtig gewesen. Sie klangen fetischistisch. Die Frau als buntbemaltes, pelzverbrämtes, fröhliches Spielzeug. Sie bat den Ober um einen Cognac-Cassis. »Sie haben wohl schlechte Erfahrungen gemacht? War Ihre geschiedene Frau denn ein Trauerkloß?«

Er überlegte. »Kein Trauerkloß. Aber zu ruhig. Zu beherrscht. Mit der überraschenden Neigung zu romantischer Schwärmerei. Sie trennte ihre Stimmungen fein säuberlich. Im Urlaub *war* man fröhlich. Zu Hause *war* man gesetzt. Und je älter und gesetzter sie wurde, desto seltener fuhren wir zusammen in Urlaub. Den Rest können Sie sich denken.« Er zuckte die Achseln.

Teresa rechnete nach. Wenn er zweiundfünfzig war... »Vielleicht hormonell bedingt?«

Es schien ihn nicht mehr zu interessieren, warum seine Frau Depressionen anheimfiel, zumal sie sich jetzt ja wohl davon erholt hatte. Teresa erinnerte sich, daß er ihr erzählt hatte, sie lebe auf einer griechischen Insel und bevorzuge junge Einheimische. Ob sie denen auch sagte, wie wunderbar fröhlich und unkompliziert sie seien? Ein makabrer Gedanke! Sie blickte sich um. An der langgestreckten Bar Männer, Männer, Männer. Rauchige Luft. Ein Pianospieler. *A kiss is just a kiss*... Gedämpftes Licht. Ihr gegenüber Victor Maiborn in dunklem Anzug und hellblauem Hemd. Die gebräunten Hände zu schmal für einen Mann, zu fein, zu feminin. Die Zähne sehr weiß – Himmel, hatte man in dem Alter schon ein Gebiß?? Der Duft seines Rasierwassers herb, herausfor-

dernd männlich. Unbehagen überfiel sie, sie wurde rot. Bestellte den zweiten Cognac-Cassis. Griff nach einem Schälchen mit Erdnüssen.
»Erzählen Sie ein bißchen von sich«, sagte er, und sie entspannte sich. Begann zu sprechen. Ertappte sich abermals dabei, ein völlig falsches Bild zu zeichnen. Gab eine witzige Schilderung ihres Alltags, die etwas ganz Bestimmtes insinuierte: die Vorstellung einer jungen Frau, verheiratet, ein wenig vernachlässigt, ein wenig unverstanden, allein und auf sich gestellt in dem fleißigen Bemühen um die Verwirklichung ihres großen beruflichen Traumes. Sie brauchte einen dritten Cognac-Cassis, um in der Lage zu sein, dem phantasievollen Bild den letzten schwungvollen Pinselstrich zu geben. Sie sei, sagte sie in einer Art von schüchterner Selbsterkenntnis, trotz aller Widrigkeiten guter Dinge, sei überhaupt ein Optimist, eine fröhliche Person, und, im Gegensatz zu ihrem Mann, erfreulich *unkompliziert.*
Die neuerliche Verwendung des Wortes »unkompliziert« gab ihm den Rest. Freudig, mit einer Stimme, in der eine rauh-erotische Veränderung vor sich ging, zappelte er an der Angel seines selbstgelegten Köders. Er winkte dem Ober, bezahlte, erhob sich, geleitete Teresa zu seinem Auto – einem schwarzen Mercedes mit weißen Sitzpolstern – und sagte: »Man rühmt meinen türkischen Kaffee. Doch keine Angst – ich habe nicht vor, Ihnen heute abend in irgendeiner Weise zu nahe zu treten.« Das »heute abend« betonte er. Teresa, gefangen in einem verwirrenden Nebel von Gefühlen, registrierte diese Betonung und die daraus resultierende Hoffnung

mit einer ganz unangemessenen Dankbarkeit. Sie lächelte ihm zu, ihr Herz machte einen kleinen Satz. Wessen rühmte man ihn sonst noch, wenn man seiner gedachte? Das Moskitonetz über seinem Bett fiel ihr ein. Sie erschrak. Der rasche Verfall ihrer Moral stellte die Existenz derselben sehr in Frage. Und wo keine Moral, da keine Hemmschwelle. Heiliger Antonius!

Am nächsten Morgen goß es wie aus Kübeln. Das prasselnde Geräusch der Regentropfen, die auf das Blech des Fensterbretts klopften, das dämmrige Licht im Zimmer, Heiners mißmutiges Gesicht, die Essensreste auf den Tellern, alles, alles deprimierte sie. Sie ließ die Rolläden herunter und stellte das Radio an. Nichts mehr war übrig von der zärtlich-seligen Stimmung des vergangenen Abends. Victor Maiborn war wieder ein zweiundfünfzigjähriger Mann, der guten türkischen Kaffee kochen konnte und mit dem sich nett plaudern ließ. Und der sein Versprechen, ihr in keiner Weise zu nahe zu treten, gehalten hatte, eine Tatsache, die sie enttäuschte und zugleich erleichterte. Nein, es bestand keine Veranlassung, mit Heiner über den gestrigen Abend zu sprechen. Wozu? Sie würde diesen Herrn Maiborn nicht mehr anrufen. Sie würde die nächsten drei Wochen verbissen und ohne Unterlaß an der Ausarbeitung ihrer Skizzen für Valentin Brettschneider arbeiten und nur mehr an ihre künftige Karriere denken. Amouröse Abenteuer konnte sie sich nicht leisten. Und wenn sie sich welche leistete, dann, so hatte sie beschlossen, mit einem anspruchslosen, potenten Bademeister.

Interessiert hätte sie aber doch, warum Victor nicht wenigstens zum Abschied versucht hatte, sie zu küssen. Hatte sie ihre erotische Ausstrahlung überschätzt? Oder hielt er sie gar für tugendsam?

Ach, was bedeutete schon Tugend – ohne Einsicht!

Vier

Die kommenden drei Wochen arbeitete Teresa an den Skizzen für Valentin Brettschneider. Sie unternahm weite Spaziergänge zu großen und kleineren Modeateliers, Boutiquen, Kaufhäusern. Sie verband diese Spaziergänge mit den ihr immer lästiger werdenden Produktbefragungen und pendelte hin und her zwischen Bemerkungen wie: *Einmal ganz ehrlich, fänden Sie es überspitzt, eine Zahnspange für Katzen auf den Markt zu bringen?* und der betont forsch vorgetragenen Bitte, doch zu verraten, ob im nächsten Frühjahr die Lust auf fetzige Löchrige anhalte oder die Modemutige tatsächlich mehr auf romantische Spitze setze. Dabei trat ihr immer deutlicher vor Augen, wie wichtig es für sie war, in erster Linie eigene Kreativität umzusetzen, ohne Rücksicht auf Trends oder bereits hinreichend bekannte Konzepte.

Sie versuchte, Heiner ihre Pläne zu erklären. Sie hatte, trotz aller guten Vorsätze, in der Zwischenzeit öfters mit Victor Maiborn telefoniert, der sich auf einer Geschäftsreise im Rheinland befand, und schlechtes Gewissen plagte sie. Victor wußte, obwohl erst einige Wochen mit ihr bekannt, besser Bescheid über ihre Vorhaben, ihre Aktivitäten, ihre Träume als ihr Ehemann. Das war, fand Teresa, unmoralisch und ungerecht. Als versperre man eine Tür und mache den Vorwurf, nicht besucht zu werden.

»Weißt du«, sagte sie deshalb zu Heiner, »was ich zu Papier bringe, muß aus innerer Überzeugung empfunden sein. Es ist ein Gefühl, das sich auf den ganzen Körper überträgt, ein Lustgewinn, wenn man sieht, daß das, was sich im Kopf vollzieht, auf einer Skizze zum Ausdruck kommt.«

Heiner meinte, das sei wohl das Schwachsinnigste, was er je gehört habe. Sie versuche damit, die Oberflächlichkeit eines ganzen Berufsstandes zu bemänteln. »Weiber, die nichts anderes im Sinn haben als die neueste Mode und die neuesten Farben. Mein Gott, Teresa! Kannst du nichts tun, was wirklich Gewicht hat? Was der Menschheit nutzt?«

»Aber du nutzt der Menschheit natürlich, indem du dich Tag für Tag in deine Schule quälst und dich immer zynischer über deinen Job ausläßt.«

»Ich komme gut zurecht mit den Kindern.«

»Die Frage ist, ob die Kinder mit dir zurechtkommen. Ich glaube, nur ein Mensch, der gerne macht, was er macht, ist letztendlich erfolgreich.«

»Wieso beanspruchst du für dich das Recht, dein Hobby zu deinem Beruf zu erheben? Denk an all die Hunderttausende Fabrikarbeiterinnen, Verkäuferinnen, Kontoristinnen. Die hatten nie die Qual der Wahl. Nein, mein Kind. Die hatten nur eine Alternative: Geld zu verdienen, und zwar rasch.«

»Ach. Willst du mich vielleicht auch noch verantwort-

lich machen für die Sozialstruktur der Bundesrepublik Deutschland? Oder für das ganze Elend der Welt? Soll ich Missionarin werden? Oder willst du mir durch die Blume sagen, daß ich auf deine Kosten lebe? Nun, ich könnte mich durch meine Jobs durchaus auch allein ernähren. Vielleicht tue ich das auch noch. Und vielleicht gibt es ja auch Männer, die mich zu schätzen wissen.«
Was für eine kleinkarierte Bemerkung! Doch Heiner lachte nur. Teresa wurde so wütend, daß sie Heiners Lieblingstasse – weißes Porzellan mit grünen Ranken, ein geschmackloses Geschenk seiner ersten Freundin – zertrümmerte. Damit sank seine Kommunikationsbereitschaft auf ein Minimum. Typisch. Das Glück ihrer Ehe hing an wertlosem Porzellan. Aber als er vor einem halben Jahr rote Stempelfarbe auf das alte T-Shirt gegossen hatte, das er ihr während ihres ersten gemeinsamen Urlaubs auf Mykonos geschenkt hatte, hatte er nicht einmal mit der Wimper gezuckt. »Kauf dir ein neues«, hatte er gemeint. Es lag klar auf der Hand: Er bediente sich immer häufiger sehr flexibler Strategien. Raffiniert ließ er ihre Interessen außer acht, um den seinen zu huldigen. Seine Tasse war wertvoll, die Erinnerung an Mykonos nicht. Sein Beruf war edel, ihr Berufswunsch idiotisch. Seine Freunde waren prima Kumpels, ihre Freundinnen blöde Gänse.
»Ich werde Modedesignerin, und wenn du platzt«, sagte Teresa.
Das tat er nicht. Er schulterte seinen Squashschläger und verabschiedete sich. Und Teresa fischte die Telefonnummer des Mainzer Parkhotels, in dem Victor sich ge-

rade befand und die sie in einer Art heroischer Anwandlung weggeworfen hatte, wieder aus dem Papierkorb.

Es war Montag, zehn Uhr morgens. Teresa hatte mit Valentin Brettschneider telefoniert, und er hatte sie gebeten, mit ihren Entwürfen zu einem Modeatelier in der Innenstadt zu kommen. »Gabriela Thurau, vielleicht ist es Ihnen ein Begriff«, sagte er.
»Aber ja«, antwortete Teresa aufgeregt. »Frau Thurau zieht die High-Society an, daneben viele Schauspielerinnen. Und sie gestaltet Kostüme für Schlagersängerinnen und Pop-Gruppen.«
»Gut informiert«, lobte Valentin Brettschneider. »Nun, ich werde auch dasein, ich habe dort zu tun. Ich möchte gerne, daß sich Frau Thurau Ihre Entwürfe ansieht.«
»Das ist... das ist wahnsinnig großzügig von Ihnen«, stotterte Teresa. »Ich meine, Sie gehen doch ein Risiko ein. Sie haben noch gar nicht geprüft, was ich erarbeitet habe, vielleicht hält mich ja Frau Thurau für vollkommen unbegabt und...«
»Wir werden sehen«, unterbrach er sie. Seine Stimme klang gereizt.
Teresa packte die Entwürfe in eine große Mappe und zog sich sorgfältig an. Sie hatte sich für diesen Tag, der ihr als der wichtigste ihres ganzen Lebens erschien, ein zart ginsterfarbenes Seidenkleid genäht, hatte ein kleines Meisterwerk an Verarbeitung vollbracht und sogar in einer Boutique einen Hut gefunden, der erschwinglich war und ihr vorzüglich zu Gesicht stand. Schwarzes Stroh, gelbe Blüten, Heiner hatte ihn natürlich wieder

unmöglich gefunden und gemeint, das Stroh im Kopf der Frauen reiche vollkommen aus, sie brauchten es sich nicht auch noch ins Haar zu drücken.
Als Teresa vorm Spiegel stand und sich drehte und wendete, vergaß sie ihren Ärger. Ihr blondes Haar fiel seidig auf die Schultern, ihr heller Teint war rosig überhaucht, heute war sie eine Frau zum Träumen, zum Verlieben, fand sie übermütig, und sie warf ihrem Spiegelbild eine Kußhand zu und dachte an Victor. Er bemerkte jedes Accessoire, er huldigte weiblicher Schönheit – sie bedauerte, daß er sie jetzt nicht sehen konnte.

Das Atelier lag im ersten Stock eines weißverputzten, alten Hauses. Marmortreppen, Grünpflanzen, Skulpturen.
»Gabriela Thurau« – geschwungene schwarze Buchstaben auf einer großen Messingplatte. Teresas Herz klopfte zum Zerspringen. Oh, Victor, dachte sie. Dann fiel ihr ein, daß ihr Mann Heiner hieß. Also dachte sie, sehr gehorsam, auch: Oh, Heiner. Aber sie war sich sicher, daß er in Gedanken nicht bei ihr weilte. Er hätte es lieber gesehen, wenn sie, gewandet in einen im Dritte-Welt-Basar gefertigten Kattunumhang, Flugblätter des Inhalts »Heilsame Reigentänze zur Lichtmeßzeit« verteilt hätte. Oder »Erklärungsmodelle der Transaktionsanalyse«. Er fand Mode ähnlich unwichtig wie die Eskimos eine Tiefkühltruhe. Er war ein Egoist und emotional total blockiert, wenn es um ihre Berufswünsche ging. Doch er! Pauker! Ha!
Gabriela Thurau war eine vollschlanke, sehr große Frau

mit einem breitflächigen Gesicht und hohen Backenknochen. Rauchige Stimme. Schwarzgefärbte Löwenmähne. Sie mochte um die Fünfzig sein. Sie musterte Teresa und sagte: »Selbst entworfen und genäht?«
Teresa nickte und sah sich um. In der Ecke des großen Raumes ein langer Tisch. An den Wänden Styroporplatten mit Bleistiftentwürfen und Farbzeichnungen, geordnet nach Blusen, Röcken und Kleidern. Ein paar der Styroporplatten waren leer. Sie öffnete die Mappe. Gabriela Thurau nahm die Skizzen und heftete sie an. Betrachtete Blatt für Blatt. Schwieg. Teresa fühlte, wie kalter Schweiß sich auf ihrer Stirn bildete. Wenn sie durchfiel, wollte sie tatsächlich nur noch Kattun tragen und Birkenstock-Sandalen für die gesunde Durchblutung ihrer Füße. Ach, wenn sie durchfiel, dann war alles zu Ende, dann würde sie ihr Haar mit Asche bestreuen und Nadel und Faden nur mehr benutzen, um Heiners Rupfenhemden zu säumen.
»Sie geben den vielen Blumenmustern, die heuer so beliebt sind, keine Chance?«
Was für eine hinterhältige Frage! In Teresa stieg Panik auf. Vielleicht blühte auf Gabriela Thuraus Stoffen ein Meer farbenprächtiger Blumen, vielleicht war sie auch allergisch gegen Blumen, bekam Pusteln im Gesicht bei ihrem Anblick. Vielleicht hatte sie ihre Entwürfe für den neuen Modefrühling in strenge Karos oder ordentliche Streifen gepreßt. Vielleicht. Teresa nahm all ihren Mut zusammen und sagte fest: »Ich habe mich nicht darum gekümmert, was anscheinend im Trend liegt. Ich habe einfach meine Vorstellungen zu Papier gebracht. Das

finde ich wichtig. Nicht der Trend soll mich bestimmen, sondern ich den Trend.« (Toll! Jeanne d'Arc auf dem Schlachtfeld der Mode!) »Nebenbei gesagt – auch wenn ich nicht so dächte, die Euphorie hinsichtlich der Blumenmuster teile ich nicht. Die meisten sind in den falschen Farben aufgemacht und haben die verteufelte Wirkung, ihre Trägerinnen älter erscheinen zu lassen, als sie sind.«

Valentin Brettschneider betrat den Raum. Er eilte auf Gabriela Thurau zu, rief »Hallo, Liebste«. Küßchen rechts, Küßchen links – Teresa sah geniert zur Seite. Er reichte eine blasse, nervöse Hand. Betrachtete die Skizzen.

»Diese Ärmellösung mit der aufgelockerten Verarbeitung am Bündchen ist interessant. Und die Kragenbreite in völliger Übereinstimmung mit der Silhouette – nicht schlecht. Was meinst du, Gabriela?«

Gabriela Thurau verschränkte die ringgeschmückten Hände.

»Die Zeichnungen sind... ungewöhnlich. Manchmal zu sehr auf Wirkung und zu wenig auf Machbarkeit bedacht. Aber zweifellos... verwertbar.«

»Ja... ja, der Meinung bin ich auch.«

Ihr Lächeln erblühte so strahlend wie eine Bourbonrose in den königlichen Gärten. »Du kannst die junge Frau also getrost mir überlassen. Sehen wir uns heute abend zum Essen?«

Valentin Brettschneider nickte, und sie vereinbarten einen Termin. Dann eilte er in den angrenzenden Raum, in dem Stoffballen auf einem breiten Tisch lagen und ein

überschlanker Mann mit Stirnglatze die Hände rang und nach einer Frau Wilflingseder rief.
»Nun.« Gabriela Thurau wandte sich wieder an Teresa. »Wir wollen einen Weg finden, Sie weiterzubringen. Wissen Sie eigentlich, was für unwahrscheinliches Glück Sie haben, Herrn Brettschneider zu kennen? Ohne ihn wären Sie nie zu mir vorgedrungen.«
Teresa lachte, atemlos. »Ich weiß. Oma Neutze sagte, ich bin ein Sonntagskind.«
»Heute ist Montag.«
»Nein. Sonntag. Sie müssen sich täuschen.«

Am frühen Nachmittag ging sie wie im Traum durch die Innenstadt und rief sich Wort für Wort ihrer Unterhaltung mit Gabriela Thurau ins Gedächtnis. Eine der Designerinnen im Thurau-Salon wollte sich in etwa einem Jahr zur Ruhe setzen. Deshalb gab man ihr, Teresa, die Chance, später diese Position einzunehmen. Zwölf Monate lang würde sie als freie Mitarbeiterin stundenweise im Salon beschäftigt werden. In dieser Zeit konnte sie praxisbezogen arbeiten, auch der zweiten Designerin, einer etwa dreißigjährigen Frau, die Schneidermeisterin war und die Münchner Modeschule besucht hatte, über die Schulter sehen. Und als Anreiz gewissermaßen durfte sie Skizzen für die Pop-Gruppe »Seventeen« entwerfen, die an Silvester einen großen Fernsehauftritt hatte.
Sie telefonierte mit Heiner. »Na, was sagst du jetzt?« rief sie am Ende. »Ist das nicht wunderbar? Aber ich hab's gewußt. Heute früh hatte ich die Karte der *Gerechtigkeit*

in meinem Tarot liegen. Man bekommt, was man verdient hat... Ach, Heiner, ich bin so glücklich. Zum Platzen glücklich.«
Heiner lud sie zum Essen ein. Er schien beeindruckt, er hatte wohl ein positives Ergebnis nicht erwartet.
»Ich bringe nur noch schnell Oma Neutzes Kater zum Tierarzt«, sagte Teresa. »Sie kann nicht weg, weil noch Handwerker in der Wohnung sind, und das Vieh braucht eine Impfung. Dann düse ich sofort nach Hause und geh' mit dir feiern.« Sie legte auf und trat aus der Telefonzelle. Die Sonne überflutete den Marienplatz. Ein junger Mann saß auf seinem Rucksack und spielte auf seiner Geige Solveigs Lied. Ein Mädchen schleckte an einer Eiswaffel, es holte ein Geldstück aus seiner Jackentasche und warf es in den Geigenkasten. Eine bäuerlich gekleidete, rotbackige Frau hockte neben einem Korb mit Meerrettich und Kräutertees. Teresa lächelte ihr zu, die Frau lächelte zurück, ihre dunklen Augen verschwanden hinter feisten Pölsterchen. Teresa kaufte ein Säckchen Kamillentee für Oma Neutze und frischen Meerrettich für Heiner. Weil das Leben so herrlich war, ihre Skizzen verwertbar und Tee und Rettich so gesund.

Als sie, zwei Stunden später, nach Hause kam, saß Heiner im Wohnzimmer und las in der Zeitung. Er hatte ein Glas Whisky vor sich stehen.
»Oh, heute kein Naturapostel?«
»Wenn meine Frau so erfolgreich ist, muß ich wohl einmal abtrünnig werden.«
»Ich hab' eine Überraschung für dich.«

»Noch eine?«
»Eine ganz besondere.« Teresas Gesicht glühte. »Sie hat mit Mykonos zu tun. Du weißt doch noch, wie glücklich wir auf Mykonos waren.« Sie lachte nervös. Dann, als Heiner sie abwartend ansah, fuhr sie hastig fort: »Na ja... Als ich heute im Sprechzimmer beim Tierarzt saß, du weißt schon, wegen Oma Neutzes ollem Felix, da kam eine Frau, sie kam direkt vom Flughafen, und das Flugzeug kam direkt von Mykonos. Diese Frau hatte ein Kätzchen bei sich, einen Kater, ungefähr drei Monate alt, aber so klein und kümmerlich wie ein Neugeborenes. Der arme Kerl lag im Müll, einfach so, und sie brachte es nicht übers Herz, ihn verhungern zu lassen. Sie hat ihn in ihrem Hotelzimmer hochgepäppelt mit Dosenmilch und Schlagsahne und in einer Plastiktüte, eingewickelt in ein Handtuch, nach Deutschland geschmuggelt.«
Heiner zog die Augenbrauen zusammen. »Langer Rede kurzer Sinn?«
»Diese Frau hat schon zwei Katzen. Und als ich das arme Würmchen sah, so krank, so schutzbedürftig... Ich habe ihm schon eine Notimpfung geben lassen...«
»*Du* hast ihm eine Notimpfung geben lassen?«
»Er heißt Mäxchen. Er braucht noch viel Wärme und alle zwei Stunden eine Tablette, damit er überlebt.« Teresa lief aus dem Zimmer und kam mit einem kleinen Handtuchbündel zurück.
»Ich mag keine Katzen«, sagte Heiner kalt. »Das weißt du.«
»Aber ich dachte, so ein Andenken an Mykonos...

Nachdem du mein T-Shirt ruiniert hast... Und sieh selbst, wie lieb er ist...«
»Du bringst die Katze wieder zurück. Wenn ich ein Haustier will, soll es ein Hund sein. Aber keine Katze. Unter keinen Umständen.«
Teresa richtete sich auf. »Das hier ist auch meine Wohnung. Und der kleine Kerl ist so arm dran. Er wäre ins Tierheim geschickt worden.« Sie schlug das Handtuch auseinander. Ein schwarzweißes Häufchen Elend mit struppigem Fell, ein mageres Gesichtchen, Fledermausohren, eitrig verklebte Nase.
»Armes Mäxchen«, sagte Teresa mitleidig und warf Heiner einen vorsichtigen Blick zu.
Nach einer Minute aggressiven Schweigens meinte er eisig: »Ich besuche einen Kollegen.« Er ließ sie stehen wie ein Kind, das wieder einmal unartig gewesen, ging in den Flur, und Teresa hörte, wie er in seine Jacke schlüpfte und die Tür zuschlug.

In der Nacht entschuldigte er sich. Er hatte eine für einen Gesundheitsapostel skandalöse Whiskyfahne und röhrte mit einem Schluckauf, der Tote hätte erwecken können. Er sagte, daß er Katzen zwar nicht ausstehen könne, daß er aber Teresas mitleidiges Herz kenne. Er blickte, leicht schwankend, auf den Korb, in dem Kater Mäxchen auf einer Wärmflasche lag und ruhig atmete, das kleine, sorgenvolle Katzengesicht zwischen den Vorderpfoten.
»Isser wenigstens sch... tubenrein?«
»Katzen immer.«
»Wo sch... teht sein Klo?«

»Neben dem unsrigen.«
»Wie praktisch.« Abermals ein gewaltiger Schluckauf. Schuhe, die zu Boden purzelten. Ein Plumps ins Bett. Leises Schnarchen. Teresa lauschte auf Heiners tiefe Atemzüge. Dann hob sie Mäxchen vorsichtig aus seinem Korb, legte ihn neben sich aufs Kissen, beschützte ihn mit ihrer warmen Hand. »Du wirst mal ein großer, starker Kater, der schönste auf der Welt«, flüsterte sie. Kater Mäxchen schniefte in ihr Ohr und rückte im Schlaf näher. Teresa strich über eine der mageren Pfoten. Ihr fiel ein, daß Heiner auch keine Babies mochte. Aber Hunde. Warum eigentlich? Weil man sie so gut dressieren kann?

Am 10. Mai hatte Heiner Geburtstag. Teresa kaufte neunundzwanzig Rosen, einen neuen Squashschläger und ein Aramis-Rasierwasser. »Von Mäxchen«, schrieb sie auf das kleine Päckchen mit dem Rasierwasser. Dann rief sie Ingeborg und Karlheinz, Wolfgang Engel und ein paar Kollegen Heiners an.

Der Abend mißlang, obwohl Teresa sich große Mühe mit dem Roastbeef gegeben und alle Salate frisch vom Viktualienmarkt geholt hatte. Ingeborg und Karlheinz waren zerstritten, sie starrten sich feindselig an und ließen ab und zu sarkastische Bemerkungen fallen, die nur sie selbst verstanden. Heiners Kollegen fachsimpelten und bissen sich dann an der intellektuellen Frage fest, ob Franz Beckenbauer ohne Krawatte ein besserer Trainer wäre als mit diesem Tribut männlicher Eitelkeit. Mäx-

chen saß mit erhobenen Tatzen unterm Eßtisch und zog Schnürsenkel auf, und Teresa ertappte sich dabei, daß sie unentwegt an Victor dachte. Er hatte sie angerufen und ihr mitgeteilt, daß er wieder in München sei. Und daß er sich auf ihren Besuch freue. Morgen nachmittag.
Sie glaubte ihm seine Freude. Er war ja frank und frei, moralische Bedenken fochten ihn nicht an. Für sie war es allerdings eine eindeutige Angelegenheit, wenn sie am hellichten Nachmittag einen Mann besuchte, der nie ein Hehl daraus gemacht hatte, daß er in ihr mehr sah als eine frisch-fröhliche Interviewerin des Marktforschungsinstituts Müller GmbH. Zwar hielt sie sich zum hundertsten Mal vor, daß so ein Besuch ganz unschuldig sei, daß die Zeiten sich geändert hätten, daß nichts geschehe, was sie nicht wolle, wenn sie es wirklich nicht wolle. Doch das war das Problem. Da ihre Ehe mit Heiner momentan im gefühlsmäßigen Bereich nicht nur stagnierte, sondern sich reduzierte, und da Victor ein sehr aufregender Mann war (aufregend auch deswegen, weil er um soviel älter war und Teresa für ihr Leben gern gewußt hätte, wie ein älterer, erfahrener Mann mit einer jungen Frau umging), konnte sie die Hand für sich nicht ins Feuer legen. Sollte Victor so abgeschmackt sein, ihr mit gedämpfter Beleuchtung, sentimentaler Musik und gutem Wein zu kommen, wäre es um sie geschehen. Und welcher Mann handelte nicht abgeschmackt, wenn es darum ging, eine Frau zu verführen?
Sie sah zu Heiner hinüber. Er trank Mineralwasser – seinem Whiskyexzeß folgte ein fanatischer Prozeß der Askese. Er erklärte gerade, warum er auf dem Balkon einen

Kompostkasten aufgestellt habe und daß Teresa dadurch den Vorzug habe, nicht mehr teure Blumenerde kaufen zu müssen, sondern sich ihre eigene Erde »erarbeite«.
»Für unsere zwei Geranienkästen«, sagte Teresa mit todernstem Gesicht, und Wolfgang Engel lachte. Sie grinste zurück. Er erzählte, lebhaft und freudig erregt, daß er sich an einem Komponisten-Wettbewerb beteiligen werde, daß er immer noch an seinen *Sieben Todsünden* arbeite und daß er einen der vorderen Plätze in diesem Wettbewerb erringen wolle. Dann sei das ein riesiger Schritt nach vorn, es sei dann um so vieles leichter, seine Stücke beispielsweise im Rundfunk unterzubringen.
»Ich weiß nicht mal, um was für schlimme Dinge es sich bei den Sieben Todsünden handelt«, meinte Teresa.
»Unkeuschheit«, sagte Ingeborg spitz.
»Neid«, konterte Karlheinz fröhlich.
»Hoffart«, sagte Heiner und blickte Teresa an.
Wie gesagt, ein gelungener Abend! Lediglich der neue Squashschläger beglückte Heiner aufrichtig. Er habe, sagte er, eine Kollegin gefunden, die ab und zu gegen ihn spielen werde. »Nachdem du leider so total unsportlich bist...«

In der Nacht legte Teresa Kater Mäxchen wieder auf ihr Kopfkissen. Als sie ihn streichelte, fuhr seine rauhe Zunge über ihre Hand. Sie seufzte und verrenkte sich, um eine bequeme Lage zu finden. Warum war sie bloß so blödsinnig traurig? Mußte an der hellen Mondnacht liegen.

Sie war auch am nächsten Morgen noch traurig – nachdenklich traurig, und nahm diesen Zustand als Entschuldigung dafür, nun doch Victors Einladung zu folgen und ihn am Nachmittag in seiner Wohnung zu besuchen. Während sie darauf wartete, daß Heiner sein Schüsselchen mit Buchweizenbrei auslöffelte und sich auf den Weg zur Schule machte, rührte sie in ihrer Kaffeetasse und las, ihrer Stimmung angepaßt, Aristoteles. Was ist Tugend? Die Herrschaft der Vernunft über die sinnlichen Triebe. Aber auch Aristoteles konnte ihren Entschluß nicht mehr ändern. Weil er sie in ihrer momentanen Verfassung nicht davon überzeugen konnte, daß die Herrschaft der Vernunft so absolut erstrebenswert sei und die Unterdrückung der sinnlichen Triebe klug. Kurzum – mit einem Ehemann vor Augen, der seinen Buchweizen so sorgfältig kaute wie ein sehr alter Mann sein morgendliches Stückchen Zwieback, konnte sie einfach die Notwendigkeit ihrer Tugend nicht mehr einsehen.
Bevor Heiner sich auf den Weg machte, überwachte er Teresas Gang auf den Balkon, mit dem sie Filterpapier und Kaffeesatz zum Kompostkasten trug. Und als er sich verabschiedete, gab er ihr noch Anweisungen für ein komplettes Vollwertmenü, das er sich am Abend wünschte.
»Sonst geht's dir ausgezeichnet?«
»Wieso? Du hast doch Zeit.«
»Ich bin vormittags im Salon Thurau. Heute werden Knöpfe und Futterstoffe bestellt, und ich darf zugucken, wie so etwas organisiert wird.«

»Und nachmittags?«
»Gucke ich auch«, sagte Teresa und verschluckte ein kleines Lächeln. War ja nicht gelogen, sie guckte ja auch – fragte sich nur, wonach.

Victor hatte ihr ein Parfum mitgebracht, *Balahe* von Léonard, jenen teuren Duft, mit dem sie sich sonst in Parfümerien besprühen ließ, bevor sie ihr Döschen Nivea-Creme kaufte. Er war auch abgeschmackt, ihre Ahnung hatte sie nicht getrogen. Er entkorkte eine Flasche Wein, ein altes Stück, wie er lachend meinte, der Wein schmeckte köstlich und stieg sofort zu Kopf. Er hatte auch für Käsegebäck und Pralinés gesorgt, er legte eine Platte von Brahms auf, die *Ungarischen Tänze,* bei Gott, und die *Ungarischen Tänze* gehen sehr ins Blut, wenn man alten Wein trinkt und einem Mann gegenübersitzt, der einen mit bewunderndem Blick mißt, oh, so bewundernd, als hätte er's zu tun mit Miß World und Madame Curie in einem. Die logische Konsequenz war, daß Teresa sich geschmeichelt fühlte. Daß sie wieder eine kleine Kostprobe ihrer fröhlichen Unkompliziertheit gab. Daß sie deswegen auch gar nichts dabei fand, sich umarmen zu lassen. Und ein Kuß? Was war heutzutage schon ein Kuß. Er küßte nicht schlecht. Auch alle anderen Aktivitäten, die einem leidenschaftlichen Kuß zu pflegen folgen und deren er sich, trotz seiner reifen zweiundfünfzig Jahre noch zu entsinnen schien, ließen nicht auf sich warten. Und der verdammte Wickelrock saß nie, wo er sitzen sollte! (Ein Wickelrock zu einem Rendezvous! Warum nicht gleich ein Negligé?) Teresa wandte sich

ab, verwirrt, denn es machte Spaß, Victor zu küssen, verwundert – ihr Herz flog deswegen nicht himmelwärts. Sie nippte verlegen am Wein. Dann stand sie auf, ging im Zimmer umher und betrachtete Victors Antiquitäten; die Tänzerinnen; die Schäferinnen; die Tonpfeife; den imitierten Babyschuh.
»Was ist das?« fragte sie, nur um etwas zu fragen und die Situation auf die Harmlosigkeit zurückzuführen, die sie brauchte, um ihr Hiersein überhaupt rechtfertigen zu können.
»Eine Grätenschale.«
»Aha.«
Sie hörte Victor im Hintergrund leise lachen. »Nun setz dich schon wieder her. Ich fresse dich nicht auf. Die Grätenschale ist Meißener Porzellan und eine Art Schmuckstück. Ich benutze sie nicht.«
»Ich hab' aber Angst«, sagte Teresa kleinlaut.
»Wovor?«
»Vor mir. Ich bin recht unberechenbar.«
»Wie schön.«
Sie wandte sich zornig um. »Für Sie vielleicht«, rief sie. »Aber ich bin verheiratet, und ich spaziere nicht einfach in der Gegend herum und lasse mich verführen.«
»Fühlst du dich denn schon verführt? Von einem Kuß? Und ich dachte immer, die jungen Leute seien heute sehr viel... freier.«
Die Kluft der Jahre, die sie trennte... Er benutzte sie, um sein Handeln zu verharmlosen. Zu entschuldigen. Aber mußte er sich entschuldigen? Eigentlich hatte er recht, sie benahm sich so prüde wie ein Klosterzögling.

Sie setzte sich wieder. Mit einem etwas spöttischen Lächeln, so als mache sie sich über sich selbst lustig, sagte sie: »Ich bin monogam. Treu. Auch wenn das altmodisch sein sollte.«
Victor sagte: »Natürlich bist du monogam. Und treu. Leider. Denn das wenige, das du von deinem Mann erzählt hast, bestärkt mich in der Meinung, daß er dich nicht zu schätzen weiß. Er weiß gar nicht, was für ein Juwel...« Er unterbrach sich und nahm düsteren Gesichts einen Schluck Wein, und Teresa konnte sich der dramatischen Wirkung dieser Szene nicht entziehen. Ein Nichtbesitzender erkannte den unverdienten Reichtum des Besitzenden und litt. Und weswegen? Ihretwegen. Ein wohliger Schauer breitete sich auf ihrer Haut aus, sie hatte sich jahrelang unterschätzt, sie war eine Kostbarkeit, die im Mief einer mittelmäßigen Ehe verrottete.
Oder Victor war Mephisto! Ein raffinierter, gutgekleideter, lächelnder Verführer, der Unzufriedenheit schürte, böse machte, traurig, um dann im richtigen Augenblick die Arme auszubreiten, um zu ernten, was er gesät. Eine Grätenschale als Schmuckstück! Pervers war er sicher auch!
Sie schwieg.
Victor nahm ihre Hände. »Ich schlage dir etwas vor. Wir bleiben Freunde. Immer wenn du denkst, da ist etwas, das du nicht mit deinem Mann besprechen kannst, das dir Sorgen macht, das trägst du zu mir. Dafür sind Freunde nämlich da. Um sich gegenseitig zu helfen. Ich verspreche dir, ich rühr' dich nicht mehr an. Es sei denn, ich spüre, daß du selbst es willst. Deine Freundschaft ist

mir mehr wert als das bißchen Küsserei. Einverstanden?«
Sie nickte. Empört. Wenn er in seinem Alter auf das bißchen Küsserei verzichten konnte...
Zum Abschied drückte er sie nur kurz an sich. »Ich würde dich so gern mal ein Wochenende verwöhnen. Mit dir verreisen. Ich kenne herrliche Plätze im Chiemgau, in Österreich...«
»Ich dachte, wir sind nur Freunde?«
»Können Freunde nicht verreisen?«
»Nicht, wenn man verheiratet ist.«
»Wer sagt das?«
»Die Stimme des Gewissens. Die Tugend. Kant. Der kategorische Imperativ.«
»Kann man einem Ehemann die Frau nehmen, wenn sie ihm gar nicht mehr richtig gehört?«
Aha! Keine Rede mehr davon, daß man platonisch war! Doch sie wollte auf dem Boden der Philosophie bleiben! Philosophen haben etwas Entrücktes, Nichtmenschliches, Nichtfleischliches. »Die Fragestellung ist falsch. Es muß heißen: Kann ich wollen, daß alle Männer anderen Männern die Frau wegnehmen? Oder, in meinem Fall: Kann ich wollen, daß alle Ehefrauen ihre Männer betrügen?«
Victor griff plötzlich sehr fest nach ihr, sie spürte seine warmen Hände durch den dünnen Stoff ihrer Bluse, der Boden der Philosophie entglitt ihr, sie hätte nicht gedacht, daß er so schwankend sei.
»Ich habe noch niemals eine Frau so begehrt wie dich«, murmelte Victors rauhe Stimme, und Teufel auch, das

ist das Vertrackteste, was ein Mann einer Frau sagen kann, die Frau muß erst noch geboren werden, die sich diesem rauhen Begehren heldisch und ohne Bedauern entzieht.
»Ich muß gehen.«
»Kommst du wieder?«
»Ich komme wieder.« Hatte sie das wirklich gesagt? Ach ja, das hatte sie, und es tat ihr nicht einmal leid.

Beim nächsten Frauenstammtisch erkundigte Teresa sich bei Ingeborg, ob die Idee des progressiven Alltags vielleicht doch kein Allheilmittel sei für die partnerschaftliche Beziehung. Da es offensichtlich ernsthafte Differenzen gebe zwischen ihr und Karlheinz...
Ingeborg lächelte honigsüß. »Ist schon wieder vorbei, die kleine Krise. Karlheinz hat mir erklärt, daß diese Uta nur ein gefühlsmäßiger Ausrutscher sei, weil seine Einstellung zur Sexualität eben von Kindheit an durch die strenge Erziehung seiner Mutter verkorkst wurde. Wenn er ein paar Beziehungen ausgelebt hat, ist er wahrscheinlich geheilt für immer«, schloß sie so milde wie eine Therapeutin für verhaltensgestörte Kinder.
»Wer ist Uta?« fragte Veronika.
»Eine Maniküre mit Abitur. Eine gefährliche Mischung. Ein wenig Gretchen, ein wenig Geisha, eine Kindfrau mit Hirn.«
»Du überschätzt, scheint mir, unsere heutigen Abiturientinnen.«
»Dein Mann hat eine Freundin?« Anna zeigte sich schokkiert. Sie war heute das zweitemal da, sie trug ein leich-

tes Sommerkostüm, darunter einen enganliegenden weißen Pulli. Sie sah für eine Gattin, deren Ehemann die Babies fallen ließ, um seinem patriarchalischen Unmut über untergeordnete, weibische Tätigkeiten Ausdruck zu verleihen, recht sorglos aus.

»Karlheinz braucht das ab und zu. Und ich eigne mich nicht zur Sittenrichterin. Ich predige den progressiven Alltag, weil ich daran glaube. Ohne einen gewissen Fortschritt im partnerschaftlichen Denken gäbe es bald keine Partnerschaft mehr.«

»Und diese Uta ist partnerschaftliches Denken?«

»Genau.«

»Warum warst du dann so sauer auf Karlheinz?« fragte Teresa.

»Es ging um das Zusammenleben zu dritt – darüber waren wir verschiedener Meinung.«

»Du meinst, er will, daß die kleine Maniküre zu euch zieht?«

»Der Wunschtraum jedes Mannes«, seufzte Veronika. »Der moderne Sultan und seine Sklavinnen. Eine, mit der er sich unterhalten und die er vorzeigen kann, eine für die vergnüglichen Stunden der Nacht und eine staatlich geprüfte Hauswirtschafts- und Handarbeitslehrerin.«

»Mein Manfred ist absolut monogam«, sagte Anna.

»Woher willst du das wissen?«

»Ich weiß es. Er geht um halb neun Uhr morgens aus dem Haus und kommt kurz vor sieben am Abend heim. Er hätte gar keine Zeit fremdzugehen. Außerdem hat er gesagt, daß er sich sein Leben genauso vorgestellt habe: ein nettes Heim, gesunde Kinder und...«

Sie stopfte nachdenklich ihren Pulli in den Kostümrock.
»... und eine Frau«, vollendete sie.
»Das Adjektiv für Frau fehlt noch«, warf Veronika vergnügt dazwischen.
»Fleißig«, sagte Teresa.
»Devot«, sagte Ingeborg.
»Treu«, sagte Anna kichernd. Sie schlüpfte aus ihrer Kostümjacke, und Ingeborg schaute sie auf sonderbare Weise an. Anna verfügte über die animalisch gesunde Ausstrahlung eines Weibes, das jedes Jahr einen Säugling an die Brust legt und dessen Haut wie Milch und Honig ist. Ingeborg versuchte ganz offensichtlich abzuschätzen, welche Wirkung dieses Leben auf Anna hatte. Am Flipperapparat stand ein junger Mann und sah zu Anna herüber. Sie schlug sittsam die Augen nieder. Lächelte. Sie war ein Naturtalent.
»Was macht die Schauspielerei?« fragte Teresa, an Veronika gewandt.
Veronika senkte die Stimme. »Eddi hat versprochen, sich die Sache zu überlegen.«
Teresa erklärte Anna und Ingeborg, daß Eddie, der Wirt, sich vielleicht überreden lasse, Veronika zuliebe einen Theaterkeller einzurichten.
»Womit mußt du ihn überreden?« fragte Ingeborg spöttisch.
»Mit meinem progressiven Charme, womit sonst?«
»Na ja. Wäre nicht gerade mein Geschmack, über eine Liebesbeziehung zu beruflichem Erfolg zu kommen.«
Veronika fixierte sie. Verzog den Mund. »Ich bin pragmatisch – wie du übrigens auch. Du genehmigst deinem

Mann ein paar Betthäschen, damit er dir nicht davonläuft. Ich sage mir folgendes: Die Männer kenne ich inzwischen, und zwar in allen Ausgaben. Ich kenne die Machos, die Softies, die Kletten, die Lügner, die Grapscher, die Beziehungsgeschädigten. Eddi ist ein beziehungsgeschädigter Macho, was ihn eigentlich zu einem stinknormalen Mannsbild macht. Er ist zwanzig Jahre älter als ich. Er ist wohlhabend. Er ist ein netter Kerl. Und er kann mir die Chance geben, aufzutreten und zu zeigen, was – vielleicht – künstlerisch in mir steckt. Er bildet sich ein, nur mit mir glücklich werden zu können. Also gar keine so schlechte Basis, wenn du mich fragst.«

»Ein Fünfzigjähriger!«

»Die sind gar nicht ohne. Frag Teresa!«

Teresa wurde rot.

»Teresa hat nämlich einen Verehrer, der ist schon über fünfzig.«

»Ein Komposti?« mokierte sich Ingeborg.

»Du bist doch verheiratet«, sagte Anna.

»Er ist zweiundfünfzig. Er geht dreimal die Woche zum Schwimmen. Er hat noch keinen Hängebauch wie Karlheinz. Er ist überhaupt noch ganz gut beieinander.«

»Woher weißt du das?«

»Ich weiß es eben.«

Daraufhin erklärte Ingeborg kategorisch, daß ältere Männer, die sich jüngere Frauen suchen, meist an einem Vaterkomplex leiden, daß sie anschmiegsame, unselbständige Frauen bevorzugen, die zu ihnen emporblicken und die keinerlei geistige Pirouetten drehen. Und daß ihre sexuelle Bestform schon längst hinter ihnen liege.

»Das glaube ich nicht«, sagte Teresa.

»Also weißt du's nicht.«

»Richtig.«

Nun erklärte Ingeborg, daß Teresas Reaktion natürlich verständlich sei. Sie habe einen Mann zu Hause, der sie frustriere. Und, wenn man schon dabei sei, pragmatisch zu denken – sie warf Veronika einen kühlen Blick zu –, dann müsse man erkennen, daß Teresas Situation direkt nach einem Liebhaber schreie. Wenn man also die sexuelle Leistungsfähigkeit eines neunundzwanzigjährigen Ehemannes koppele mit der eines zweiundfünfzigjährigen Liebhabers, habe Teresa keinerlei Defizit zu beklagen. Außerdem sei ein älterer Lover empfehlenswert. Er habe karrieremäßig alles erreicht, was es zu erreichen galt, er habe Zeit, Geld und, aufgrund seiner Jahre, eine gewisse demütige Dankbarkeit, die ihn so angenehm mache. Sie hielt erschöpft inne, und Teresa war nun klar, warum Ingeborg neuerdings in der Akquisitionsabteilung ihrer Versicherung arbeitete.

»Aber ich wollte eigentlich mehr... Freundschaft.«

Die drei Freundinnen lachten herzlich.

»Hast du Angst vor einem Seitensprung?« fragte Veronika.

»Ich glaube, ich kann das nicht... mit zwei Männern auf einmal.«

»Das versteh' ich«, sagte Anna. »Wir sind doch ganz anders erzogen.« Dann, ganz typisch: »Und stell dir vor, du kriegst ein Kind. Dann weißt du ja gar nicht, von wem das ist...«

»Im Zeitalter der Pille!« Ingeborg kräuselte die Lippen.

Der junge Mann am Flipperapparat nickte Anna zu. Sie stand auf. Sprach mit ihm. Kam zurück und sagte: »Macht es euch etwas aus, wenn ich ein wenig mit dem Typen da drüben plaudere und mich an seinen Tisch setze?« Ihre blauen Augen blickten so unschuldig wie am Tag ihrer Geburt. Sie drehte sich um und ging mit wiegenden Hüften zu einem Tisch im hinteren Teil des Lokals.

»Und ich dachte, sie sei ein Seelchen«, sagte Teresa erschüttert.

»Sie hat vorher ja nicht ihre Treue betont, sondern die Treue ihres Mannes. Vielleicht rächt sie sich jetzt dafür, daß er ihr drei Kinder angehängt hat und jeden Abend in neuer Zeugungsabsicht pünktlich wiederkommt.« Ingeborg bestellte sich noch einen Schoppen Rotwein. »Sag mal, wie heißt der Kerl eigentlich, in den du dich vergafft hast?«

»Victor.«

»Très chic. Nun, warum verreist du nicht mit ihm? Übernächste Woche, beispielsweise. Da fahre ich zu meiner Tante Waltraud nach Innsbruck. Du könntest mich als Alibi benutzen. *Wir* fahren zu Tante Waltraud, kapiert?«

Für einen winzigen Augenblick dachte Teresa, daß sie dann ihr zart ginsterfarbenes Kleid einpacken würde. Und den schwarzen Strohhut.

Sie sagte, sehr entrüstet: »Du bist eine Kupplerin.«

»Und du eine Heuchlerin.«

»Wieso?«

»Weil du am liebsten auch noch Heiners Segen hättest, um mit diesem Victor was anzufangen.«

In dieser Nacht träumte Teresa, daß Heiner sie bitte, eine progressive Ehe zu führen, da Besitzdenken jede partnerschaftliche Beziehung ruiniere. Lange Zeit lag sie in glücklichem Halbschlummer und liebte Heiner für seine Fortschrittlichkeit. Dann schrillte der Wecker.

Fünf

»Herzliche Glückwünsche der Graue-Panther-WG«, schrieb Teresa mit geraden Kinderbuchstaben auf einen knallroten Luftballon. Dann packte sie die Geschenke ein: eine Kaffeemaschine für zwanzig Tassen und das Buch *Alternatives Wohnen*.

»Am Samstagabend zu einem Oldie-Treff«, maulte Heiner. »Könnt' ich mir auch was Spannenderes vorstellen.«

»Oma Neutzes Wohnungseinweihung wird ein Riesenfest, das ganze Haus beteiligt sich.« Teresa sprach so freundlich mit ihm, als stehe er am Marienplatz und frage nach dem Tadsch Mahal. Ein Fremder, nicht wahr? Ein etwas absonderlicher, griesgrämiger Fremder, der sie verantwortlich machte für seine mißliche Reise durch die Zeit. Früher, das heißt noch vor ein paar Wochen, hätte sie diese Fremdheit geängstigt, verletzt, heute lebte sie in der berauschenden Gewißheit, daß ein anderer Mann, ein bedeutender Mann, ein im Leben gereifter Mann, sie begehrte und praktisch Tag und Nacht an sie dachte. Er hatte es bekannt, vor einer Stunde erst, mit seiner etwas heiseren, rauhen Stimme, die sie ähnlich erregte wie Heiner ein besonders gelungenes Ge-

müse-Tofu. Sie hatte in einer staubigen Telefonzelle gestanden – ein seltsames Gefühl, denn sie begriff nun, warum am Wochenende gutgekleidete Männer mittleren Alters gleich ihr sich in enge Zellen zwängten und so beschwörend auf den Hörer in ihrer Hand einsprachen, als seien sie von Alice Schwarzer gemaßregelte Politiker in dem eifrigen Bemühen, weibliche Wählerschaft zurückzuerobern: Sie waren verheiratet und versicherten ihren schmollenden Geliebten, daß man neuerdings getrennte Schlafzimmer bewohne und daß die Scheidungsabsichten sich immer mehr verdichteten. Die Geliebten glaubten weder das eine noch das andere ganz, aber was half's. Ihr Job war frustrierend, und eine auf Illusionen basierende Motivation war immer noch tröstlicher als messerscharfe Erkenntnis.
Sie hatte es besser. *Sie* stand in der Telefonzelle und rief an, rief ihren Geliebten an, ihren designierten Geliebten; in ihren Träumen allerdings war es nicht Victor allein, der auf vielerlei Art verführte, o nein, auch sie, auch sie. Je plastischer aber die Träume, desto denkbarer die Untreue, ein kleiner Schritt nur, kein tiefgreifender Wandel. Ihr Gewissen war auf der Flucht und kannte tausenderlei Schlupfwinkel. Auf der Welt, so sagte Teresa sich, geschehen so viele Dinge, schreckliche, wunderbare, sie hatte in einem mit Ignoranz und dumpfer Gewohnheit benetzten Kokon gelebt, den Heiner um sie beide gesponnen, sie aber hatte sich befreit, hatte die Larve ihrer Unentschlossenheit verlassen, flatterte gegen das Sonnenlicht, betrog ihren Mann, betrog ihn endlich, endlich, um all die aufregenden Abenteuer der Liebe zu erle-

ben, die er ihr vorenthielt und die sie erleben mußte, bevor es zu spät war. Und in fünf, sechs Jahren, dachte Teresa und lief zum Spiegel, um erste Falten zu registrieren, war es zu spät. Bis dahin mußte die Ernte eingebracht sein. Dann war sie fünfunddreißig. *Fünfunddreißig!*

Wenn Heiner ihr wenigstens eine Alternative geboten hätte! Aber er war ja auch gegen familiäres Glück! Er wollte zum Beispiel keine Kinder. Warum? Weil er wirklich der Ansicht war, verantwortungslos zu handeln, wenn er Kinder in diese verrottete Welt setzte? Oder weil für ihn als Lehrer der Bedarf an täglich erlebter kindlicher Kreativität hinreichend gedeckt war? Wenn er ihr aber keine Familie im herkömmlichen Sinne gönnte, auch keine Karriere (ihre Tätigkeit im Salon Thurau verfolgte er mit lächelnder Herablassung) – was dann? Was hatte er vor? Ihr die nächsten fünfzig Jahre ernährungswissenschaftliche Belehrungen zuteil werden zu lassen? Sie zum Windmühlen-Atem zu bekehren? Heiliger Antonius!

Heiner musterte sie aufmerksam, ihre nachdenkliche Abwesenheit schien ihm ungewohnt.

Teresa sagte rasch: »Bei Oma Neutze gibt es Gulaschsuppe und Nudelsalat. Oder willst du vorher noch etwas essen? Dann mach' ich eine Büchse auf.«

»Die menschliche Rasse wird verkümmern, weil sie nur noch Konserven ißt.«

»Dann laß es.«

»Woran denkst du die ganze Zeit?«

»An gar nichts«, antwortete Teresa und ging auf den

Balkon. Die Sonne starb im Westen, aus einem Fenster wehte Musik. Sie hörte Heiner in der Küche rumoren. Ich will leben, will fliegen, dachte sie, in den roten Sonnenball starrend, aber er nagelt meine Füße am Boden fest. Preßt mich in ein Korsett aus Rousseauschen Ideen. Drängt mich in eine Sektiererecke.
»Die Grünkern-Bratlinge sind steinhart«, rief Heiner. Trivial war er auch.

Am Sonntag hingen schwere Gewitterwolken über der Stadt, Blitze zuckten auf, Donner grollte. Teresa spielte immer wieder dieselbe Platte – Musik der Gruppe »Seventeen«. Love me!!! Darling!!! Darling!!! Love me!!! Teresa strichelte an einer Zeichnung. Eine mit Pailletten besetzte, hautenge Jacke spannte sich über einem muskulösen männlichen Oberkörper.
Heiner meinte, wenn er sich diesen mit einem klagenden Saxophon untermalten Schwachsinn noch länger anhören müsse, werde er aus purem Protest einem Blechbläserensemble beitreten. Und ob das Wort »Mittagessen« neuerdings aus Teresas Sprachschatz eliminiert sei.
Teresa konnte sich ihn gut vorstellen in einem Blechbläserensemble, bei der kräftigen Nahrung, die er täglich zu sich nahm. Sie sagte ihm auch, daß sie es sich gut vorstellen könne. Außerdem, sagte sie, stehe der Kühlschrank in der Küche, er besitze eine Vorrichtung zum Öffnen und Schließen und sei bis obenhin gefüllt. Mit Grünkern-Bratlingen!! Und die Musik brauche sie als Stimulanz für ihre Entwürfe, n'est-ce pas?
Heiner warf sich in einen Sessel. Der Himmel hing nun

schwefelgelb über der Stadt, im Zimmer breitete sich knisternde Elektrizität aus. Wieder ein gezackter Blitz, der hinter grauen Dächern verschwand. Donner. Teresas Herz flatterte. Kater Mäxchen schrak auf und sprang auf Heiners Schoß, verkrallte sich im weichen Stoff der Hose.
»Das verdammte Vieh«, schrie Heiner.
»Er kann doch nichts dafür«, schrie Teresa zurück. »Er hat Angst vor dem Gewitter. Ich übrigens auch.«
Heiner starrte sie an. Kaute auf seiner Unterlippe, überlegte. »Warum bist du so nervös in letzter Zeit?«
Teresa beugte sich über ihre Entwürfe.
»Bist du urlaubsreif? Willst du mal ein Wochenende verreisen?«
Heiners Stimme klang mild, und die Sätze kamen und gingen wie in einem Drehbuch, dessen Handlung man gerade konstruiert und dessen Figuren ihren dramatischen Bedürfnissen gerecht werden müssen.
»Ich dachte, du hast momentan so viele Korrekturarbeiten für die Schule zu machen?«
»Du kannst ja alleine fahren. Erholst dich bestimmt besser, ohne mich...«
»Ohne dich? Ich weiß nicht...«
»Vielleicht fährt eine deiner Freundinnen mit.«
»Ingeborg will für ein Wochenende nach Innsbruck. Zu ihrer Tante Waltraud. Sie hat mich in der Tat eingeladen mitzukommen...«
»Na, wunderbar. Das wird dir guttun«, rief Heiner herzlich.
Ach, er war so rücksichtsvoll! Sie liebte ihn doch noch!

Er war wie ein Bruder. Sie durfte ihm nicht weh tun. Wie stellte Victor sich das eigentlich vor – sollte sie zwei Leben leben? Eines mit ihm, eines mit Heiner?
Ein Windstoß schlug den Fensterflügel zu.
Heiner sagte: »Ach ja – wenn du nächstes Wochenende mit Ingeborg verreist, könnte ich ja mit einem Kollegen nach Südtirol. Zum Klettern.«
Ihr Hirn wurde ganz leer. »Du meinst, du schlägst mir ein Wochenende mit Ingeborg vor, damit du zum Klettern gehn kannst?«
»Ganz so ist es auch nicht...« Er lachte albern.
Ihre Gefühle für ihn traten augenblicklich in ein neues Stadium – sie bestanden aus Zorn, Verbitterung und einer Art wehmütiger Erinnerung. Das Agnus Dei ihrer Ehe. Er hatte es eingeläutet. »Ganz wie du wünschst«, sagte sie mit bösem Gesicht.

Am nächsten Tag traf sie sich mit Ingeborg zum Essen. »Ich fahre mit nach Innsbruck.«
Sie hatte vierundzwanzig Stunden Zeit gehabt, ihr Innenleben umzustülpen und gewissermaßen einen rauschenden Triumph der Sinne über die Moral zu feiern.
»Fährst du pro forma mit oder wirklich?«
»Pro forma.«
Ingeborg sah sie groß an. »Alle Achtung. Du entwickelst dich. Zuerst ergatterst du dir einen Job bei der angesehensten Modedesignerin der Stadt, dann einen wohlhabenden Liebhaber – was hast du als nächstes vor?«
»Ich wollte immer schon in weißer Abendrobe in der Königsloge des Nationaltheaters sitzen.«

»Dann muß dein nächster Geliebter Dirigent sein.«
Teresa kicherte. »Ich kenne nur Wolfgang Engel. Der komponiert schon seit Jahren an den *Sieben Todsünden*, jetzt ist er, glaube ich, bei der Trägheit. Wenn das kein schlechtes Omen ist.«
»Was sagt Heiner zu deinem Wochenendausflug?«
»Dem ist es gerade recht. Er will klettern gehn. In Südtirol.«
»Merkt er gar nichts? Er muß doch sehen, wie sehr du dich verändert hast. München leuchtet, würde ich sagen.«
»Mein strahlendes Aussehen schreibt er der gesunden Vollwertkost zu, die ich an seiner Seite notgedrungen zu mir nehme. Weißt du, er und ich... Wir haben einfach nicht mehr die gleiche Wellenlänge, obwohl ich ihn immer noch mag, das ist ja das Problem. Ich mag ihn und kann ihn gleichzeitig nicht ausstehen.«
»Und dieser Victor?«
Teresa überlegte. Versuchte, Victors drahtiges Haar, das runde Gesicht, die blauen Augen zusammenzusetzen wie ein unbekanntes Puzzle, das man erst begriff, wenn es vollständig vor einem lag. »Er ist ein... Mann. Kein männlicher Junge, der beleidigt die Türen knallt, wenn etwas nicht nach seinem Willen geht. Victor gibt mir das Gefühl, klug zu sein, schön, etwas Besonderes, etwas, das für ihn wichtig ist. Und Geborgenheit... ja, Geborgenheit gibt er auch. Obwohl wir uns erst so kurze Zeit kennen.«
Ingeborg verzog skeptisch den Mund. »Das liegt an seinem Alter. Aber so eine Art bevormundende Geborgen-

heit kann auch furchtbar nerven. Auch das Gefühl, permanent beschützt zu werden. Aber in deinem Fall ist es ja egal. Auf Dauer ist die Angelegenheit ja sowieso nicht.«

Nein? Warum? Teresa schwieg. Dann sagte sie: »Ich hab' noch ein Problem.«

»Nur zu.«

»Ich habe gerade Pillenpause.«

»Wie hast du es denn mit Heiner geregelt?«

»Ungeregelt geregelt – mit einem Ehemann geht so etwas besser. Außerdem hätte es mir nichts ausgemacht, ein Kind zu kriegen, ich mag Kinder.«

»Geh in die Apotheke, es gibt viele Möglichkeiten zu verhüten.«

»Was soll ich dort sagen? ›Entschuldigen Sie, ich habe ein pikantes Wochenende vor mir, ich brauche ein Präparat, das man so dezent und schnell benutzen kann wie ein Mundspray?‹ Nie und nimmer tu' ich das!«

Ingeborg lachte. »Sag bloß, dein großes Gefühl scheitert an der Tatsache, daß du nicht weißt, ob du chemisch oder mit einem Diaphragma verhüten sollst.«

»Irgendwie geht die ganze Romantik verloren. Ich weiß gar nicht, wie man das Zeug anwendet.«

»Steht auf der Gebrauchsanweisung.«

»Ich kann doch nicht mitten im schönsten Geschehen meine Lesebrille hervorkramen, die Gebrauchsanweisung aus der Tasche ziehen und Victor bitten, mal kurz auf dem Balkon frische Luft zu schnappen. Oder, wie von der Tarantel gestochen, im Bad verschwinden. Oder soll ich die Zäpfchen im Dekolleté verstecken?«

Ingeborg rechnete Teresa vor, daß nur eine Nacht, nämlich die Nacht von Samstag auf Sonntag, die Nacht der Verhütung sein müsse. Da sie dies so genau wisse, könne sie prophylaktisch und zeitlich genau fixiert verhüten. Ganz einfach.

»Was heißt, prophylaktisch verhüten?«

»Es heißt, vorbeugend verhüten.«

»Du meinst, ich beginne mit der Verhütung... sagen wir, nach dem Abendessen? Wenn ich Zähne putzen gehe?«

»Richtig.«

»Und was, wenn er vorher...?«

»In seinem Alter?«

»Er ist bestimmt ein wunderbarer Liebhaber.«

»Das ändert nichts daran, daß er mit seinen Kräften haushalten muß.«

»Du bist unmöglich, weißt du das?«

»Ich bin nur realistisch.« Ingeborg strömte über vor Lachen.

»Wenn ich bloß nicht wieder alles verkehrt mache«, sagte Teresa unglücklich.

Dann malten sie sich aus, was alles Teresa verkehrt machen könnte. Die letzte Version gipfelte in der Pointe, daß sie ihre Kapseln mit Victors Vitamin-E-Kapseln verwechselte. Vitamin E ist wichtig für alternde Knochen. Und für werdende Mütter. Auch Teresa strömte über vor Lachen.

Der Apotheker empfahl ihr ein Präparat, das »sehr gerne gekauft wird«. Teresa tarnte ihre Unsicherheit mit einer

großen Sonnenbrille und hatte das Gefühl, daß jeder wisse, was sie plante. Es war eine Sache, sich Untreue, verborgen hinter rosaroten Schleiern der Phantasie, vorzustellen, eine andere, kalt und nüchtern dafür zu sorgen, daß sie reibungslos vonstatten ging.
Schuldbewußt dachte sie an Heiner und beschloß, auch etwas für sein Wochenende zu tun. In ihrer ratlosen Verwirrung kaufte sie ein Schächtelchen mit Hansaplast und Sixtuwohl Fußbalsam.
»Haben Sie sonst noch einen Wunsch?« fragte der Apotheker.
Sie kaufte noch ein Röhrchen mit Beruhigungstabletten.

Victors Freude, als er hörte, daß sie mit ihm verreisen wolle, entschädigte sie für die Schmach des Apothekenbesuches. Er schlug ein Hotel in Österreich vor, aber Teresa sagte, daß sie sich mit den Einzelheiten gar nicht befassen wolle, daß sie sich gern überraschen lasse und daß sie grundsätzlich noch betonen müsse, daß ihr Entschluß, mit ihm zu verreisen, sehr wohl einen triftigen Anlaß habe und nicht nur die launische Entscheidung einer Frau sei, die eben mal, so ganz nebenbei, einen Seitensprung riskiere.
»Daran habe ich keinen Moment gezweifelt«, sagte Victor und zog sie so vorsichtig an sich, als sei sie eine seiner Meißener Porzellanschäferinnen.
»Wenn du wüßtest, wie glücklich du mich machst«, murmelte er, den Mund in ihrem Haar. Teresa vermeinte, in einem Kreisel zu sitzen, der sich schneller und schneller drehte, und sie dachte an das Päckchen mit

dem Verhütungsmittel, an Heiners Fußbalsam, an die Möglichkeit, ertappt zu werden, und daran, daß sie nur deshalb schon zum Frühstück Aristoteles las, weil sie zutiefst unglücklich war. Nur eine unglückliche Frau vergreift sich bereits beim Frühstück an Aristoteles. Ein Logiker! Aber trotzdem: Sogar er predigt, das höchste Gut des Menschen sei die Glückseligkeit. Und genau darum ging es ihr. Um die Glückseligkeit!

Als sie am Samstagmorgen erwachte, zwitscherten die Vögel, und heller Sonnenschein drang ins Zimmer. Sie lag mit offenen Augen und lauschte auf das dumpfe Pochen ihres Herzens. Das Bett neben ihr war leer. Heiner hatte bereits in stockdunkler Nacht, Rucksack und Seil geschultert, die Wohnung verlassen, nachdem er sich am Abend zuvor sehr heiter und aufgeräumt gezeigt und sogar dafür gesorgt hatte, daß eine Nachbarin sich um Kater Mäxchen kümmerte. Beim Zubettgehen hatte er Teresa zärtlich geküßt, er machte auch alle Anstalten, auf seine Atemübungen zugunsten anderweitiger Aktivitäten zu verzichten, aber Teresa, bereits wieder in Panik, bestand darauf, seine tägliche Routine nicht zu stören. Als er ins Schlafzimmer zurückkehrte, legte er sich schweigend neben sie (nach den Atemübungen war es laut Übungsanleitung erforderlich, sich zehn Minuten zu entspannen!), und als er sich so weit erholt hatte, um dort wieder anzuknüpfen, wo er aufgehört, gab Teresa vor, bereits tief und fest zu schlafen.
Die Sonne durchflutete jetzt das ganze Zimmer. Teresa legte ihre Hand auf die linke Brust und spürte den unru-

higen Schlag ihres Herzens. Ob es neunundzwanzigjährige Frauen gab, die ein Infarkt dahinraffte? Bei der Planung von Untreue? Sie stand auf und ging unter die Dusche. Sie zog champagnerfarbene Spitzenwäsche an, die beste, die sie besaß. Sie schlüpfte in ihr zart ginsterfarbenes Kleid. Band sich einen Seidenschal um. Steckte sich Ohrringe an. Sie schützte sich mit diesen Dingen, als sei sie ein Zwiebelkern, um den sie Haut um Haut legte, um zu verbergen, wie unsicher und ängstlich sie war und jenseits aller mühsam anerzogenen Selbstsicherheit. Heiliger Antonius! Worauf hatte sie sich eingelassen? Ob Victor auch gerade seine beste Unterwäsche aus dem Schrank kramte? Er war ihr total fremd, wie kam sie dazu, mit einem total Fremden in eindeutiger Absicht zu verreisen? Und was tat sie, wenn er ihr ohne Hemd und Anzug gegenübertrat und ihr nicht gefiel? Nackt nicht gefiel? Schreiend das Zimmer verlassen?

Sie würde ihn anrufen und ihm mitteilen, daß sie krank sei. Röteln, sie hatte schon ganz sonderbare Flecke am Hals. Sie lief zum Telefon. Blieb stehen. Sie würde dann aber nie wissen, ob Victor der Mann ihrer Träume war. Würde wieder keine Tabus brechen. Nicht auf einen fremden, nicht auf den eigenen Körper lauschen, jeder Augenblick ein kleines Wunder. Sie malte sich ihr Alleinsein aus. Unterhaltungsliteratur kam ihr in den Sinn. Die immer gleichen Sätze für die gleichen Szenen – ob die voneinander abschrieben? »Sanft führte er sie zum Bett, seine Hände streichelten ihren Körper...« Ha! Wo war das Badezimmer und wo die Handtasche mit dem diskret verschnürten Apothekenpäckchen, konnte sie da nur sagen!!

Ihre Verzweiflung wuchs. Sie überprüfte zum zehntenmal den Inhalt ihrer Tasche, öffnete und schloß besagtes Päckchen, steckte die Gebrauchsanweisung in ein Seitenfach. Bereit sein ist alles! Dann rief sie nach einem Taxi. Als der Fahrer an der Wohnungstür klingelte, schluckte sie zwei Beruhigungstabletten.

Das kleine Hotel, in das Victor sie brachte, lag malerisch am Waldrand. Eine Frühlingswiese breitete sich wie ein bunter Teppich davor aus, ein im Sonnenlicht träumender blaulilaweißrotgelber Blütenteppich. Fingerkraut, Schlüsselblumen, Goldnesseln, Seidelbast, Hahnenfuß, Waldveilchen, Königskerzen, Geißblatt, Malven, Löwenzahn. Teresa stand überwältigt und sog den Honigduft der Blüten in sich auf, als wolle sie ihn nie mehr hergeben, sie spürte die zarte Juniwärme auf ihrer Haut, hörte das emsige Summen der Bienen, eine Grille zirpte, der Wind trug den Geruch der Tannen zu ihr herüber. Dies war eines der Abenteuer des Lebens! Dies war Liebe! Teresa lief hinein in Gräser und Blütenpracht, ließ sich fallen, breitete Arme und Beine aus wie ein Hampelmann, fühlte sich wie ein glücklicher Hampelmann aus Kindertagen, rief: »Ich will hierbleiben, bis alle Blüten verwelkt sind und das Gras geschnitten ist. Genau so lange!«
Victors Haar leuchtete in der Sonne, auf seinem Gesicht lag Entzücken, er betrachtete sie wie ein Vater, der seinem Kind zum erstenmal die Wunder der Natur zeigt. Und er war auch ihr Vater, geliebter Vater, Vater und Geliebter, groß, stark, gütig. Der Drang, ihm alles an-

zuvertrauen, mit ihm zu sprechen wie nie mit einem Menschen zuvor, wurde übermächtig. Teresa setzte sich auf und sagte leise: »Ich mag dich wirklich sehr.«
Ein leichtes Lächeln lag um seine Lippen, sein Blick, der in der Ferne gelegen, kehrte zurück, wurde sachlich. »Wollen wir hier ein Zimmer nehmen? Jetzt gleich?«
Action brings satisfaction, hätte Ingeborg jetzt gesagt. Teresa bedauerte, daß sie kein Kind mehr war.

Am Montagmorgen ein hoffnungslos grauer Himmel. Heiner badete seine Füße in Sixtuwohl und hinkte dann zu seiner Schule und zu seinen Kindern, die er mit einer Physik-Schulaufgabe erfreuen wollte, »die sich gewaschen hat«. Teresa saß lange am Frühstückstisch und durchblätterte den wissenschaftlichen Teil der *Süddeutschen Zeitung*. Sie erfuhr, warum die Sperbergrasmücke fremdgeht. Sie geht fremd, um einen besseren Bruterfolg zu erzielen. Haha! Glückliche Sperbergrasmücke! Die brauchte sich nicht herumzuärgern mit Verhütungszäpfchen, die man dann im entscheidenden Augenblick vergaß, weil es eben doch auch vor dem Abendessen gewisse Situationen gab und weil Ingeborgs Ratschläge zur prophylaktischen und zeitlich fixierten Verhütung einen Pappenstiel wert waren.
Im kalten Licht dieses kalten Morgens erschien Teresa das vergangene sonnenwarme Wochenende wie ein Traum. Ihre Frühlingswiese. So fern. Victor. So vertraut. Heiner. So störend.
Sie schrak auf. Hatte sie das wirklich gedacht? Heiner – so störend? Sie ging vom Schlafzimmer ins Wohnzim-

mer, in die Küche, ins Schlafzimmer. Sie war so unruhig wie das süße Gretchen, das Faust in seine stille Kammer gelassen. »Meine Ruh ist hin, mein Herz ist schwer...« Als das Telefon klingelte, zuckte sie zusammen.

»Ich wollte bloß hören, ob alles geklappt hat«, sagte Ingeborg mit träger Stimme. »War's schön?«

»Sehr schön.«

»Alles okay?«

»Alles okay.«

»Warum klingst du so schwermütig?«

»Weil die Situation unmöglich ist. Ich weiß überhaupt nicht mehr, was ich will. Ich will meine Ehe nicht aufgeben, aber Victor will ich auch.«

»Was hindert dich?«

»Wie bitte?«

»Was hindert dich? Ich will dir jetzt nicht mit Statistiken kommen. Aber ein beträchtlicher Prozentsatz verheirateter Männer hat jahrelang eine Geliebte. Führt, aus welchen Gründen auch immer, zwei parallele Leben.«

»Männer, ja.«

»Warum soll es umgekehrt nicht möglich sein?«

»Bist du verrückt? Heiner stellt schließlich gewisse Ansprüche.«

»Die Ehefrauen der Ehemänner, von denen ich gerade sprach, stellen auch Ansprüche.«

»Das ist etwas anderes. Ich meine, für die Männer ist das etwas anderes...«

»Ach, du liebe Einfalt! An dir ist die weibliche Befreiung wirklich spurlos vorübergegangen.«

»Das hat nichts mit Befreiung zu tun. Ich bin kein Pingpongball.«

»Was willst du also?«

»Das entscheide ich, wenn ich wieder zurechnungsfähig bin«, sagte Teresa und legte auf.

Im Salon Thurau wurde eine der Näherinnen krank. Ob es ihr möglich sei, regelmäßig am Vormittag einzuspringen? fragte Gabriela Thurau. Teresa sagte zu. Sie hatte das Gefühl, daß alles besser sei, als untätig herumzusitzen und das Liebesleben der Sperbergrasmücke zu studieren. Oder über die Bedeutung der Parallelität nachzudenken. Was ist Parallelität? Die Parallelen sind zwei Geraden in einer Ebene, die sich erst im Unendlichen schneiden. Aber die Parallelen Heiner und Victor schnitten sich sehr wohl. Sie schnitten sich so, daß Teresas Nächte schlaflos wurden, weil sie Victors Nähe ersehnte, Heiners Nähe schuldbewußt ertrug. Sie zeichnete an ihren Entwürfen und war einsam – ohne Victor. Sie saß im Kino und war einsam – ohne Victor. Sie fuhr zu Oma Neutze und war einsam – ohne Victor. Sie betrachtete Heiner und war schuldbewußt – wegen Victor. Sie konnte sich nicht vorstellen, Heiner alles zu beichten. Sie hatte Angst vor seiner Verletzlichkeit. Sie stellte sich seine Augen vor. Braune, ungläubig geweitete Augen – als würde man sein Lieblingspferd erschießen. Sie stellte sich vor, wie sie ihre Koffer packte und ihn zurückließ, in der Tür stehend, mit hängenden Schultern, einen harten Grünkern-Bratling in der Hand. Am besten wäre es, er lernte eine andere Frau kennen. Eine, die zu ihm paßte. Die ihm zwei komplette Vollwertmenüs am Tag kredenzte, keine Plastikbecher in den Kompostkasten warf und den Schnüffel-Atem so gut beherrschte wie er. Dann brauchte sie, Teresa, kein schlechtes Gewissen mehr zu haben, wenn sie zu Victor ging, dann war es nicht mehr ihre, sondern Heiners Entscheidung. Ein harmonisches Auseinandergehen – sie sah Heiner ernsten Gesichtes bekennen. »Wir lieben uns«, hörte sie ihn sagen. »Sie besitzt ebenfalls einen Kompostkasten, und ihr Lieblingsgericht sind Grünkern-Bratlinge.« Sie sah sich, großmütig verzeihend, kofferpackend, Abschied nehmen. Sah sich in Victors Wohnung. In Victors Bad. In Victors Bett. Das Moskitonetz würde sie ihm allerdings ausreden.

Am Dienstag nachmittag stand sie im Supermarkt und klärte lustlos die Frage: *Wie gefällt Ihnen die Form der Pakkung von Eiderdei-Säuglingsnahrung, und wie oft kaufen Sie Eiderdei?* Sie fragte mechanisch und ohne ihr gewohntes Augenzwinkern. Victor flog heute nach Frankfurt und würde erst in drei Tagen wieder in München sein. Die Welt war tot, die Tage waren leer, und *Eiderdei*-Nahrung war ihr so piepegal wie ein Bauchtanzkurs der Volkshochschule.

»*Wie oft kaufen Sie Eiderdei . . .*«, fragte sie einen kräftigen Mann, dessen schwarzes Haar in den Nacken wucherte und auf dessen mächtig vorspringender Nase eine randlose Brille saß. Wolfgang Engel. Sie lachte ärgerlich auf.

»Entschuldige. Aber ich frage den Mist schon seit zwei Stunden, da wird man ein bißchen plemplem.«

Er sah sie aufmerksam an. Seine dunklen Augen funkelten boshaft.

»Du erblühst neuerdings zu wahrer Schönheit. Eine Rose inmitten des Gestrüpps, das sich Alltag nennt«, sagte er.
»Ich war übers Wochenende verreist.«
»Aha.«
»Mit Ingeborg. Wir waren in Innsbruck.«
»Hat sich sehr verändert, die Ingeborg.«
»Findest du? Ich finde, sie sieht immer gleich aus.«
»Als ich sie das letztemal sah, am Wochenende war's, am Sonntagabend, dünkt mir, da war sie einen Meter fünfundachtzig groß, achtzig Kilo schwer, um die Fünfzig und fuhr einen schwarzen Mercedes.«
Teresa starrte ihn an und überlegte fieberhaft. Zwang sich zu einem reizenden Lächeln. »Das war... das war Victor. Ingeborgs Cousin aus Innsbruck. Er hat uns heimgebracht.«
»Sein Auto hat ein Münchner Kennzeichen?«
»Ein Leihwagen.«
»Er ist mit einem Leihwagen mit Münchner Kennzeichen von Innsbruck nach München gefahren?«
»Ich habe keine Ahnung!« rief Teresa. »Was machst du eigentlich in diesem Supermarkt?«
»Ich kaufe immer hier ein. Buttermilch.«
Typisch, daß er Buttermilch trank.
»Na, dann noch einen schönen Einkauf!«
Er lachte frech. Sein Blick wanderte zu ihren Lippen.
»Ingeborgs Cousin scheint dich sehr zu schätzen.«
»Wie kommst du darauf?«
»Wie er dich geküßt hat... Ich war so fasziniert, daß mein altes Auto beinahe in euren tollen Mercedes gekracht wäre.«

»Ich verabscheue Menschen, die die Intimsphäre anderer nicht achten«, sagte Teresa eisig.
»Hätte ich die Augen schließen sollen? Außerdem – die Szene war so romantisch. Ich habe sehr viel übrig für Romantik. Und für leidenschaftliche Liebe. Musiker haben Liebe und Leidenschaft im Blut, denk bloß an Chopin. Oder Liszt. Als ich euch sah... Diesen kraftstrotzenden Mann in der Blüte seiner Jahre und dich – das scheue Reh in so starken Armen... Ich war hingerissen.«
Sie wurde tiefrot. »Und nun?« fragte sie trotzig.
Er flüsterte hinter vorgehaltener Hand: »Keine Angst, Mylady. Ich bewahre Ihr dunkles Geheimnis wie ein Grab.«
Wie witzig! »Klatschsucht ist auch eine Todsünde. Die achte«, sagte Teresa unvermittelt.
Er zog die Brauen hoch. »Mein liebes Kind, mir ist es ganz gleichgültig, mit wem du alles herumpoussierst. Monogamie halte ich persönlich sowieso für den kompletten Schwachsinn! Tja – grüß Heiner schön, ich treff' ihn dann heute abend bei einem Bier!«
Damit wandte er sich ab, und Teresa blickte ihm mit verbissenem Gesicht nach. Er traf Heiner bei einem Bier! Hervorragend! Man wußte ja, worüber Männer tratschen, wenn sie, idiotisch grinsend, in Pilskneipen stehen und lüstern auf den Po der Bedienung starren...
»Na, alter Junge! Deine Frau scheint ja tolle *connections* zu haben. Fährt neuerdings nur noch Mercedes!«
Wo Heiner sein Auto verkauft hatte, um der Welt zu dienen! Heiliger Antonius!

Sechs

Es kam der Juli, ein heißer, trockener Juli, der die Blütenblätter des Rhododendron, der Rosen und der frühen Astern braun färbte, die Menschen in Biergärten und Freibäder trieb und milde Abende in friedvoller Dämmerung schenkte, Abende, die nichts von Uhren wissen wollten und über deren sternenfunkelnder Dunkelheit ein träger, südlicher Zauber lag. Ferien, dachten die Kinder sehnsüchtig. Ferien, dachten ihre Lehrer erschöpft. Ferien, dachte Teresa erschrocken.

»Was hältst du von Kärnten?« fragte Heiner.

»Was hältst du von Griechenland?«

»Wir könnten auch zu meinen Eltern nach Hannover. Es gibt billige Busreisen nach dem Norden.«

Das war Infamie, Sadismus, Bestrafung dafür, daß Teresa ans Meer wollte. Denn für Heiners Eltern – der Vater ein angesehener Anwalt für Scheidungsrecht, die Mutter Geschichtsprofessorin und Ehrenvorsitzende des Vereins zur Förderung prähistorischer Museen – war die Heirat ihres Sohnes mit einer Frau, die keinen akademischen Grad besaß und deren obskurer Erzeuger bis zum heutigen Tage unbekannt geblieben, eine derart peinliche Angelegenheit, daß sie ihre Schwiegertochter

dezent unterschlugen und, nach ihrem Sohn befragt, meist nur davon sprachen, daß er Lehrer sei, Gymnasiallehrer natürlich, und in Bayern ansässig. In München.
»Vorschläge sind auch Schläge«, sagte Teresa.
»Also dann Kärnten«, meinte Heiner zufrieden. Das strategische Geschick eines erprobten Majors war reiner Dilettantismus gegen Heiners psychologischen Spürsinn.

Victor dagegen schwärmte von einem Luxushotel an der Algarve. »Es hat einen wunderschönen Golfplatz und liegt direkt am Meer – ein Traum«, sagte er.
»Du spielst Golf?«
»Ja – seit Jahren.« Er lächelte Teresa zärtlich an. »Ich spiele Golf, ich spiele Schach, ich verreise sehr oft, ich überlasse meine Geschäfte immer mehr meinen Partnern, um all das Geld, das ich verdient habe, sinnvoll auszugeben. Ich könnte mir nichts Schöneres vorstellen, als dich bei mir zu haben, dich zu verwöhnen, dir die Welt zu zeigen... Ach, Teresa.« Er seufzte. In Teresas Herz nagte Bitterkeit. Wie war das Leben doch ungerecht! Ausgerechnet sie, die so gerne fröhlich und unbeschwert durch die Tage wanderte, eine aus tiefstem Herzen kommende liberale Einstellung zu sich und allen Mitmenschen hatte, war verheiratet mit einem Mann, der ihr die eigene Unzulänglichkeit stündlich mit nahezu klerikalem Eifer vor Augen führte und ihr die Wahl ließ zwischen Vollkornschnitten und Knäckebrot, einem Wanderurlaub in Kärnten und einer Fahrt im Reisebus nach Hannover. Und da war ein anderer, er betete sie an,

ahnte ihre Wünsche, bevor sie selbst sich darüber im klaren war, gab ihr das Gefühl, wichtig zu sein, begehrenswert, nahm sogar begeistert Anteil an ihrer beruflichen Entfaltung. Heiner und Victor. Victor und Heiner. Schlauer Egoismus auf der einen, wärmende Fürsorglichkeit auf der anderen Seite. Victor besuchte mit ihr die gepflegtesten Restaurants der Stadt, beschenkte sie mit Rosen (die dann zu Oma Neutze wanderten), mit Parfum (was Heiner nicht bemerkte, da er ein totaler Geruchsignorant war), er bewunderte ihre modischen Ambitionen, begutachtete die Entwürfe, die sie für den Salon Thurau fertigte, sprach mit ihr über Kleider, Stoffe, Mannequins, schleppte die aufwendigsten Journale an, kaufte teure Skizzenblöcke.
»Laß nur«, sagte er, wenn sie protestierte. »Es macht mir Spaß, dich zu verwöhnen.«

Eines Abends, sie schwänzte den Frauenstammtisch und ging statt dessen mit Victor zum Essen, wurden die Gespräche konkreter.
»Ich kann mir ein Leben ohne dich einfach nicht mehr vorstellen«, sagte er.
Sie reagierte vorsichtig. Meinte, daß sie noch nicht soweit sei, weitreichende Entscheidungen treffen zu können. Daß irgendwo, im Grunde ihres Herzens, noch sehr viel Sympathie und Zuneigung zu Heiner bestünden. »Ich kann die letzten fünf Jahre meines Lebens nicht einfach ausradieren. Heiner war nicht immer ein so humorloser Extremist. Ich nehme sogar an, daß sich sein absoluter Gesundheitswahn wieder verflüchtigt. Eines

Tages nimmt er mich an der Hand, geht mit mir zu Spöckmeier und spendiert mir drei fette Wiener Schnitzel. Und tanzt Flamenco vor dem Hofbräuhaus. Hat er alles schon getan«, sagte sie sehnsüchtig und zog mit der Gabel eine breite Straße durch ihren Kartoffelbrei.

Victor schwieg.

»Du glaubst es nicht?«

»Sieh mal, mein Kind, ich bin viel herumgekommen, hatte viel mit Menschen zu tun. Nein, ich glaube nicht, daß dein Mann sich ändern wird. Er hat eine Lebensbasis gefunden, der Wunsch genau nach dieser Basis war latent immer vorhanden. Er wird versuchen, dich umzuerziehen. Wäre schade drum...«

Teresa schob gegrillte Champignons durch ihre Kartoffelbreistraße, und Victor beobachtete sie scharf und sagte dann hastig: »Zerbrich dir nicht dein schönes Köpfchen. Ich bin auch zufrieden, wenn es so bleibt, wie es ist. Zwangsläufig zufrieden...«

So, so, er war zufrieden!

»Ich weiß nicht, ob ich es auf Dauer ertrage«, sagte Teresa ärgerlich. »Ich gehe von dir zu ihm, von ihm zu dir... Für dich ist es natürlich einfach!«

»Es ist gar nicht einfach für mich, mir vorzustellen... nun, mir eben manches vorzustellen. Aber ich verdränge den Gedanken. Ich will deine Entscheidung nicht beeinflussen, du mußt selbst wissen, was du willst. Willst du zu mir, werde ich der glücklichste Mensch der Welt sein. Bleibst du bei deinem Mann, dann bitte ich dich nur, unser Verhältnis so zu belassen, wie es ist. Und es ist doch schön, nicht wahr?«

Das parallele Leben. Auch er!
»Wenn du dich aber entscheiden solltest, dich ganz von mir zu trennen...« Er brach ab.
»Aber nein«, rief Teresa, weil sein schmerzlicher Gesichtsausdruck ihr ins Herz schnitt, »nein, ich trenne mich nicht von dir, ich weiß nur nicht, was ich tun soll oder wie ich es tun soll...«
Sie bestellte sich noch ein Glas Wein. Sie trank oft Wein in letzter Zeit, auch Champagner, das Leben wurde dann um so vieles erträglicher, Probleme schrumpften, Hemmungen bauten sich ab, das Gewissen entschlummerte so sanft wie ein Baby in der Wiege.
»Nehmen wir noch einen Kaffee bei mir?« drängte Victor.
Teresa wurde rot. Besuche in Victors Wohnung hatte sie sich untersagt, hatte sich Besonnenheit verordnet. Und hatte die Verhütungszäpfchen ins Klo geworfen.
»Kommst du?«
Allerdings – Platon sagte (sie las zum Frühstück nun Platon), Besonnenheit sei die Fähigkeit, die rechte Mitte zu halten zwischen Genuß und Askese, zwischen Strenge und Nachgiebigkeit. Sie war wochenlang streng mit sich gewesen! Wollte sie Platon gerecht werden, waren nun Nachgiebigkeit und Genuß angesagt. Sie lächelte Victor in alkoholisierter Hochstimmung an.
»Also auf in die Höhle des Löwen...«
»Wieso Höhle des Löwen?«
»Weil du dort auf mich lauerst.«
»Ich werde nichts tun, was du nicht selbst willst.«
Haha! Welch beruhigende Aussicht! Meine Güte,

warum hatte sie bloß die verdammten Zäpfchen weggeworfen?

Im weiß-goldenen Wohnzimmer herrschte peinliche Ordnung. Nichts lag herum, keine Krawatte, kein Bleistift, keine Illustrierte. Auch die Grätenschale stand akkurat an der gleichen Stelle wie sonst.

»Keinen Fisch gegessen in letzter Zeit?« scherzte Teresa und warf ihre Jacke über einen Stuhl. Victor nahm die Jacke und hängte sie auf einen Bügel. Teresa öffnete eine Tür, die sie bisher übersehen und die ebenfalls in Weiß und Gold gehalten war, sie trat in einen kleinen Raum, in eine Art putziger Puppenküche, mit blinkenden Hähnen, blinkendem Spülbecken, blinkender Nirosta-Auflage, nicht ein Wassertropfen, der zeigte, daß die Puppenküche auch eine Puppenmutter hatte. An den Fenstern bauschten sich schneeweiße Vorhänge, das Fensterbrett zierte ein Strohblumengebinde. Teresa überfiel schlechtes Gewissen, weil ihre Gardinen nach einer Wäsche schrien, ihre Wasserhähne der Kalk zerfraß und der Efeu auf ihrem Fensterbrett so welk war wie Herbstlaub im Oktober. Gemessen an Victors penibler Sauberkeit, war sie eine verkommene Vorstadtschlampe.

»Darf man den Wasserhahn auch benutzen?«

Victor lachte. »Natürlich«, sagte er. Er nahm, als Teresa Wasser in eine Kanne laufen ließ und den Hahn wieder zudrehte, ein Tuch und polierte das Spülbecken, bis es glänzte wie zuvor. Teresa starrte ihn an. Sie stellte die Kanne auf den Tisch und drehte den Wasserhahn wieder auf. Sie ging ins Wohnzimmer und zerknautschte die

Kissen auf der Couch, nahm die Zeitungen aus dem Ständer, warf sie auf den Boden, schlüpfte aus ihren Schuhen und ließ sie in der Mitte des Zimmers stehen.
»Wenn du willst, daß ich öfters zu dir komme, wienere nicht hinter mir her wie eine frustrierte Hausfrau. Ich kriege Gänsehaut bei so viel Ordentlichkeit.«
»Wirklich? Bin ich pedantisch?« rief Victor begeistert. »Da siehst du, mein Liebling, wie nötig es ist, daß eine Frau sich um mich kümmert. Junggesellen werden eben leicht wunderlich.«
Teresa lächelte höflich jenes Lächeln, das er so an ihr mochte und mit dem sie sich immer vorkam wie ein uraltes Kind, das alle hinters Licht führt. Sie fröstelte, Unbehagen stieg in ihr auf. Sie hatte ihn im Verdacht, daß er immer schon so ordentlich gewesen war, *seine* Lebensbasis, nicht wahr? Er tilgte Staubkörnchen um Staubkörnchen mit der gleichen Akribie wie Heiner Weizenkorn um Weizenkorn schrotete. Ob seine geschiedene Frau deshalb in einer anspruchslosen Hütte aus Lehm wohnte?
»Nun mach keine Tragödie aus meinem Ordnungssinn! Sicherlich glänzt auch deine Wohnung vor Sauberkeit, du bist doch durch und durch Frau.«
Oh, du heiliger Antonius! Die verstaubten, verlogenen Ansichten einer Generation, die zutiefst überzeugt war, daß die Männer durch die Gnade ihrer Geburt wichtig, die Frauen aber häuslich waren. Spießig! Er war spießig! Klang wie das *Oekonomische Handbuch für Frauenzimmer* aus dem Jahr 1826! Durch und durch Frau, was hieß denn das? Daß man am Frühstückstisch den politischen

Teil der Zeitung dem Mann überließ und selbst nur das Gemischte las? Tagsüber mit dem Staubtuch wedelte und sich den Kopf zerbrach, ob man *ihn* am Abend eher mit Schweinebraten oder saurer Leber erfreute? Und ihm nachts das Gefühl gab, der Größte zu sein?
Aber ach, Victor durfte nicht spießig sein! Er war doch ihr Märchenprinz! Ein Märchenprinz schwingt sich auf den schnaubenden Rappen der Phantasie und reitet himmelwärts. Er poliert nicht seine Nirosta-Spüle!!
»Der Kaffee ist bestimmt schon fertig«, murmelte sie.
Flugs vergaß Victor die rein ökonomischen Erforderlichkeiten eines hundertprozentigen Weibes, schritt in seinen bambusverzierten Schlafraum und schlug das Moskitonetz zurück. »Ich habe noch nie eine Frau so geliebt wie dich«, sagte er innig.
Das sagen nun wiederum alle Männer, die ihre Moskitonetze und Bettdecken zurückschlagen, dachte Teresa in einer Art hilfloser Aufsässigkeit. Aber sicherlich sagt es keiner mit solch rauher, bebender Stimme. Teresa bedauerte, Platons Stellungnahme zum Begriff »Begehren« nicht zu kennen, zu diesem Gefühl, im Feuer zu stehen, lichterloh zu brennen. Sie knöpfte ihre Bluse auf, Victor sein Hemd. Sie drehte sich um, als er aus seinen Socken schlüpfte, sie ordentlich über eine Stuhllehne hängte und den Gürtel seiner Hose löste. Die Trivialität des Alltags – *und der Prinz fiel vom Rappen, sein goldenes Wams wurde zu Staub...* Zornig schleuderte sie ihre Bluse zu Boden – wenn er jetzt einen Kleiderbügel holte, würde sie einen Schreikrampf bekommen. Sie ging zum Stereogerät und kramte in den Schallplatten. Fand eine Beatles-Platte.

»Kommst du?« fragte Victor mit so tiefer Stimme wie weiland der graue alte Wolf bei den sieben Geißlein. Als er vor dem Uhrenkasten stand.
Help, help, help!!

Der nächste Stammtisch fand erst Ende Juli statt. Veronika saß mit Eddi an einem Tisch; das Lokal war leer. Sie studierten Baupläne.
Teresa holte sich eine Bulette und erstickte fast vor Neid bei jedem Bissen. Denn Veronikas rote Haare waren ein allerliebstes wirres Gekräusel, ihre Wangen glühten, sie barst vor Tatendrang, und sie und Eddi waren ein Herz und eine Seele. »Das Gewölbe im Keller wird weiß getüncht, die Treppe mit neuen Steinplatten belegt. Auf die Bühne kommt ein Klavier, sonst nichts. Tische und Stühle liefert die Brauerei, und Toiletten gibt es hier im Lokal ausreichend. Wenn ein Theater- oder Liederabend stattfindet, nehmen wir eine Bedienung zusätzlich für unten. Ach, Teresa, ich liebe dich! Das Ganze war deine Idee!«
»Vielleicht hat sie auch Ideen fürs Premierenprogramm«, sagte Eddi. »Und einen Namen für den Keller.« Sein gutmütiges langes Pferdegesicht glänzte vor Vergnügen.
»Warum nicht wie das Lokal? ›Drehorgel‹? Oder ›Theaterkeller in der Drehorgel‹?«
»Klingt gut«, sagte Eddi gedehnt, ›Theaterkeller in der Drehorgel‹.«
Veronika sprang auf und klatschte in die Hände. »Das wird mit Schampus gefeiert! Die Geburtsstunde des Theaterkellers in der Drehorgel!«

Eddis Augen folgten ihr, als sie zum Kühlschrank ging. Er lächelte, und Teresas Neid wuchs. Für ihn war Veronika die begehrenswerteste Frau der Welt, und sie war frei. Keine ehelichen Fesseln, die sie banden, keine Gewissenskonflikte, die diese zweckgebundene Liebe, die Liebe des alternden Mannes zur jungen Frau und, umgekehrt, die Liebe der Frau zur gesicherten Existenz, störten, dachte sie, ungerecht und böse. Aber war nicht jede Liebe zweckgebunden? Masochistische Unterwerfung oder die Hoffnung auf lebenslange Loyalität oder Jahrmarkt der Eitelkeiten oder herrischer Besitzanspruch oder, ganz einfach, Lustbefriedigung? Unsinn. Liebe war mehr. War die Sehnsucht nach einem mondbeschienenen Miteinander, nach Treue, nach Hingabe, nach Kameradschaft, nach Anständigkeit. Oder nicht? Die eiskalte Bulette lag Teresa wie ein Stein im Magen.
Als Veronika mit einer Flasche zum Tisch zurückkehrte, sagte sie: »Ich möchte gern mit einem bunten Abend beginnen. Pantomimen. Lieder, Heine, beispielsweise. ›Mein Kind, wir waren Kinder‹ «, trällerte sie. »Und Rezitationen. Am liebsten Morgenstern.« Teresa überlegte. »Es fehlt noch der Pfiff...« Sie ging zur Schänke und holte Gläser. »Ich hab's!« rief sie plötzlich.
»Sie hat's«, sagte Veronika zu Eddi.
»Ja. Du brauchst eigene Kompositionen. Morgenstern kann man ja nicht nur rezitieren. Damit kannst du sowieso keinen Blumenpott mehr gewinnen. Das konnte der Fröbe allemal besser. Aber Morgensterns *Galgenlieder* in moderner Vertonung und vielleicht eines seiner Liebesgedichte – super stelle ich mir das vor.«

»Fehlt nur eine Kleinigkeit. Der hilfsbereite, nette Komponist. Mozart ist tot, Beethoven auch. Ich kenne einen zerstreuten Jongleur, sein Bedarf an Tellern ist enorm, einen melancholischen Transvestiten, ein paar Möchtegern-Schauspieler und einen Liliputaner, der eine Lassonummer einstudiert hat. Aber einen Komponisten...«
»Mozart ist nicht tot. Er lebt und heißt Wolfgang Amadeus Engel. Der mit den *Sieben Todsünden*. Der schreibt bestimmt zur Abwechslung gern was anderes, nach all den deftigen Verfehlungen der letzten paar Jahre. Und auf dem Klavier begleiten kann er dich auch. Er spielt göttlich.«
Veronika starrte sie an. »Du hast recht. Redest du mit ihm?«
Teresa dachte an ihre letzte Begegnung, als er ihr voll boshaften Genusses beschrieben, wie leidenschaftlich Victor sie geküßt hatte. Sie wurde rot. »Ich wollte sowieso was mit ihm besprechen. Okay, übermorgen. Ich besuche ihn übermorgen, da ist Heiner zu einem Vortrag über Atemtechniken der Einsiedler-Asketen.«
»Heiliger Bimbam. Ich wußte gar nicht, daß die noch atmen. Irgendwann wird dein lieber Gatte sich in den Ebersberger Forst zurückziehen und eine Sekte gründen.«
Teresa lachte. Die Tür des Lokals war geöffnet, es war früher Abend, die Straße lag im warmen Sonnenlicht, die Luft war süffig wie Wein.
»Was ist eigentlich heute mit unserem Stammtisch?«
Ingeborg habe angerufen, erzählte Veronika, sie fühle sich nicht wohl. Und Anna habe sich auch gemeldet. Sie

bitte um ein Alibi. Sie sei verabredet mit dem netten jungen Typen von neulich, sie wollten zum Starnberger See. »Ein lauschiges Stündchen im Mondenschein«, sagte Veronika und grinste.
»Meinst du, die hat was mit dem?«
»Was für eine naive Frage aus so berufenem Mund.«
»Ich habe keine drei Kinder zu Hause.«
»Weißt du, was mich am meisten amüsiert? Während wir noch über Seitensprünge philosophiert und ein paralleles Leben für dich propagiert haben, hatte Anna bereits instinktiv begriffen und alles abgeschüttelt: die brave Tochter, die gehorsame Ehefrau, das biedere Hausmütterchen. Und ich garantiere dir: Sie hat nicht eine Spur von Gewissensbissen.«
»Das kann ich mir nicht vorstellen.«
»Sie hat es uns das letztemal erklärt, als du nicht da warst. Sie sagt, sie mag ihren Mann, aber er ist ein Braver, der von einem Heimchen am Herd träumt und das Licht ausmacht, wenn er zärtlich wird. Daß ihr das zuwenig ist, wußte sie noch nicht, als sie mit neunzehn heiratete. Woher auch? Sie bleibt bei ihm, weil sie ein Haus zusammen haben und einen Haufen Schulden und drei Kinder. Doch sie wird in Zukunft versuchen, sich ihr Leben einzurichten.«
»Aber so plötzlich. Könnte man ja direkt Angst kriegen...«
»Du warst vor ein paar Wochen auch noch eine brave Ehefrau«, warf Eddi ein.
Teresa fuhr auf. Doch als sie Eddis ruhigem Blick begegnete, schwieg sie. Wo er recht hatte, hatte er einfach

recht. Sie schenkte sich noch ein Glas Sekt ein. »Männer Deutschlands, vereinigt euch«, rief sie spöttisch. Ihr war so schwindelig, als sei sie geradewegs aus einem Sahnequirl getrudelt.

Der Freitag war ein Tag mit diesiger Sonne und einer föhnklaren Sicht aufs Gebirge. Teresa trug ein weißes Chiffonkleid mit blauen Punkten, sie benutzte Victors Parfum und legte sich ausnahmsweise eine Strategie zurecht. Wie ein langbeiniger weißer Kobold wollte sie in Wolfgang Engels Wohnung stürmen, das kleine Mädchen, das etwas verrückte Kind, das sich ab und zu im Leben verirrt – zum Beispiel in einen schwarzen Mercedes mit weißen Sitzen. Dann wollte sie unter Erröten zu verstehen geben, daß dieser Kuß, dessen Zeuge er geworden, nur ein kleiner romantischer Ausrutscher gewesen und daß sie natürlich eine treue Ehefrau sei. Danach, als Krönung des Ganzen, als Unterstreichung ihres intellektuellen Niveaus sozusagen, würde sie ihm ganz sachlich den Vorschlag unterbreiten, etwas für sein künstlerisches Weiterkommen zu tun, zum Beispiel Gedichte von Morgenstern zu vertonen. Das würde einerseits sein Ego streicheln und ihm andererseits zeigen, welche übergeordnete Bedeutung die Kunst in Teresas Leben einnahm. Da waren so Nebensächlichkeiten wie Küsse auf offener Straße wirklich sekundär, belanglos.
Warum sie eine Strategie brauchte, um mit Wolfgang Engel umzugehen, wußte sie nicht zu sagen. Sie hatte nur das untrügliche Gefühl, daß er sie, ohne strategische Winkelzüge, durchschaute wie Victors blankpoliertes

Küchenfensterglas und daß er ein Mann war, den keiner so leicht hinters Licht führte. Als sie sich das ganz klar vor Augen geführt hatte, setzte sie noch eine weißumrandete Yuppie-Brille auf (mit Fensterglas, haha!). Eine intellektuelle Romantikerin, das würde ihn vollends verwirren.

Sie war noch nie in seiner Wohnung gewesen, und sofort verglich sie diesen zitronengelbgrünschwarzen Dschungel – zitronengelbe Wände, schwarze Möbel, grün wuchernde, meterhohe Blattpflanzen – mit Victors weißgoldenem Spielzeugland. Im größten Zimmer – Wolfgang lebte in einer düsteren Altbauwohnung – standen lediglich ein Klavier und ein durch einen riesigen Papyrusstrauch verdecktes, mit dunkelrotem Samt überzogenes Verlobungssofa, an einer Wand hing ein überdimensionales scheußliches Ölgemälde, das das Kind Mozart am Flügel zeigte, ein marzipansüßes Lächeln auf dem Gesicht.

»Hallo, Wolfgang Amadeus«, sagte Teresa gut gelaunt. »Deine Wohnung ist super, die Einrichtung irre. Und das Gemälde wunderschön morbid.«

»Ja, nicht wahr... Ich habe es aus einer Auktion bei Schöninger, sechshundert Mark hat mich der Schinken gekostet. Es gibt Scheußlichkeiten, die muß man einfach haben.« Er lachte.

»Und auf dem Samtsofa verführst du deine Anbeterinnen, nachdem du die *Kleine Nachtmusik* geklimpert hast?«

»Da ich keinen schwarzen Mercedes besitze...«, ant-

wortete er, und seine dunklen Augen begannen wieder so boshaft zu funkeln wie damals im Supermarkt, als er sich als schamloser Spanner selbst entlarvt hatte.
Sein Spott weckte ihren Grimm. »Wie ich sehe, hast du die läppische Szene im Auto nicht vergessen. War aber wirklich ganz belanglos, das kannst du mir glauben.«
Er ließ sich auf das Sofa fallen, streckte die Beine von sich und grinste. »Ob Heiner weiß, was für ein heißblütiges Weib er hat?«
»Er weiß es«, erwiderte sie kurz angebunden. Dann sagte sie: »Ich komme nicht zu dir, um über meine... scheinbaren Verfehlungen zu reden. Ich komme wegen Veronika.«
Bei dem Wörtchen »scheinbar« kicherte er wie ein altes Weib im Beichtstuhl. »Ach ja? Mir war aber doch so, als hegtest du beträchtliche Unruhe in deinem zarten Busen... deinem sehr zarten Busen...« Sein Blick wanderte schamlos zu ihrer Brust. »Du hegtest Unruhe, ob ich wohl den Mund halten würde. Aber, wie gesagt, ich interessiere mich nicht für dein Liebesleben.«
»Ich bin wirklich nur wegen Veronika gekommen.«
»Ist das die Theater-Tussi? Die nebenbei als Bedienung jobbt?«
»Sie ist ein Talent. Und ein guter Typ, rothaarig, mit toller Figur...«
»Okay. Schick sie zu mir, ich habe sehr viel übrig für rothaarige talentierte Schönheiten, überhaupt für Talente jeder Art.« Wieder wanderten seine Augen. Diesmal zu Teresas Mund.
»Nun sei doch mal ernst. Also: Veronika eröffnet, zu-

sammen mit ihrem Freund Eddi, einen Theaterkeller. Beim Eröffnungsprogramm will sie unter anderem auch ein paar Morgenstern-Gedichte vortragen. Ich meine, vorsingen.«

»Für ein Duett reicht meine Stimme nicht.«

»Du sollst nicht singen, du Blödmann, du sollst komponieren. Denn die Gedichte müßten natürlich erst vertont werden.«

»Nein, danke. Ich bin bei meinen *Sieben Todsünden,* wie du weißt. Außerdem arbeite ich noch an einem Jugendballett, *Das Mädchen mit den Schwefelhölzern,* es soll an Weihnachten aufgeführt werden. Im Rahmen eines Jugendkulturprogramms. Möchtest du übrigens einen Schluck Wein?«

»Danke, ja. Überleg es dir, Amadeus. Für dich wäre es auch etwas Neues. Du könntest deine Kompositionen mit Veronika einstudieren, du würdest neue Leute kennenlernen, ihren Schauspiellehrer zum Beispiel, er arbeitet einige politische Kabarettszenen aus, und er sorgt dafür, daß Presse da ist. Wär' doch Reklame für dich. Und mir würdest du damit einen großen Gefallen tun.«

»Dir?«

»Ja. Veronika ist meine Freundin.«

Er stand auf und schaute sie belustigt an. »Du bist schon ein seltsames Huhn. Übrigens, hübsch siehst du aus, so gepünktelt von Kopf bis Fuß. Triffst du dich wieder mit Ingeborgs Cousin?«

»Könntest du das Ganze nicht vergessen?«

»Vergessen? Wie könnte ich eine solch leidenschaftliche Szene je vergessen! Du in den Armen dieses lebenserfahrenen Mannes! Wie alt ist er eigentlich?«

Plötzlich wurde ihr bewußt, wie nah er stand und wie kräftig er war. Heiliger Antonius! War sie nymphoman?
»Kann ich Veronika also sagen, daß du sie anrufst?«
»Du kannst«, sagte er und rührte sich nicht vom Fleck.
»Der Wein...«, sagte Teresa verlegen.
»Der Wein«, wiederholte er und ließ sie nicht aus den Augen.
Sie errötete. »Mein lieber Amadeus. Wenn du jetzt noch die *Kleine Nachtmusik* klimperst, ist es um mich geschehen.«
Er warf den Kopf zurück und lachte laut. »Bist du sicher, daß du in der Wahl deiner Männer eine glückliche Hand hast? Der eine so trocken wie die Wüste Sahara, der andere so alt wie...«
»Ich bin ganz sicher, daß ich mit Heiner eine glückliche Hand hatte. Was ist also? Mit Veronika, meine ich.«
»Okay, ich denke drüber nach. Sollte ich mitmachen, werde ich eine der Vertonungen dir widmen, ist dir das recht? Morgenstern also. ›Die Möwen sehen alle aus, als ob sie Emma hießen...‹ Emma, ein hübscher Name. Ich werde dich Emma nennen, das paßt irgendwie zu dir.«
Teresa atmete tief durch. Die sonderbare Stimmung, in der sie sich befunden hatte, verließ sie. »Gibt's zum Wein auch einen Happen zu essen?«
»Ich habe Fisch da. In Dosen.«
»Möwe Emma liebt Fisch.«
Sie sah ihm nach, wie er über den Flur ging und hinter einer schwarzgestrichenen Tür verschwand. Die Gedanken kamen und gingen. Wolfgang Engels dunkle Au-

gen, seine kräftigen Hände. Heiners ernstes Gesicht mit den feinen Falten, die sich von den Nasenflügeln zum Mund zogen. Victors nackte Schultern. Ein dämmriges Schlafzimmer. Ein rotes Samtsofa. Sonnenstrahlen, die durch ein Moskitonetz fielen. Die Möwen sehen alle aus, als ob sie Emma hießen...

»Hering in Tomatensoße? Oder Thunfisch in Öl?«

Teresa zuckte zusammen. »Ist mir egal.«

Doch als der Thunfisch, in fetter Soße schwimmend, auf ihrem Teller lag, wurde ihr übel.

»Hast du auch Cognac da?« fragte sie matt.

Er sah sie besorgt an. »Bist ja richtig grün im Gesicht. Wirst du krank?«

Sie schüttelte den Kopf. »Nein. Ich hab' nur ein bißchen Bauchschmerzen. Vielleicht ist's der Blinddarm, der hat mir schon mal Schwierigkeiten gemacht.«

Er führte sie zum Sofa und schob ihr fürsorglich ein Kissen in den Rücken. »Geht's wieder?«

Die Übelkeit schwand, aber Hände und Beine waren ihr wie Blei. »Null problemo«, sagte sie. Sie fror, die ziehenden Schmerzen in Bauch und Unterleib verstärkten sich.

»Meinst du nicht, Tee wäre besser als Cognac?«

»Lieber Cognac, ich hab' so ein mulmiges Gefühl im Magen.« Nicht nur im Magen, dachte sie, als er die Cognacflasche holte. Warum bloß konnte sie das lähmende Gefühl beginnenden Unheils nicht loswerden?

Der Montagmorgen war hell und sonnig. Wieder erwachte sie mit diesem nagenden Gefühl der Unruhe. Sie schleppte sich ins Bad. Ihr Gesicht war blaß, dunkle Ringe lagen unter ihren Augen.

Im Salon Thurau war die Hölle los. Verschiedene Stoffe waren nicht rechtzeitig eingetroffen, eine Lieferung Knöpfe fehlte, die Näherinnen stritten, ein Lehrling kündigte.

An einem der Ständer hing ein Abendkleid aus blauem Voile.

»Die Kundin kommt morgen«, sagte Gabriela Thurau seufzend. »Sie ist sehr extravagant, und dem Kleid fehlt noch etwas. Ich weiß nur noch nicht, was es ist. Ich kann mich nicht konzentrieren, ich weiß überhaupt nicht mehr, wo mir der Kopf steht.«

Teresas Laune hatte sich etwas gebessert. Am Abend würde sie sich mit Ingeborg zum Essen treffen, und am Mittwoch wollte sie einen Tag schwänzen und mit Victor an den Tegernsee fahren.

»Darf ich mich mit ein paar Accessoires an dem Kleid versuchen?« fragte sie.

Gabriela Thurau nickte. »Nur zu, ich habe nichts dagegen. Übrigens... Eine Frau Neutze hat für Sie angerufen, Sie möchten sich bitte bei ihr melden.«

Teresa erschrak. Wenn Oma Neutze während der Arbeitsstunden nach ihr verlangte, mußte etwas vorgefallen sein.

Sie suchte unter Stoffen und Skizzenblöcken nach dem Telefon. Wählte hastig.

»Ich habe Angst um die dicke Martha«, klagte Oma Neutze. »Sie ist ins Krankenhaus eingeliefert worden. Sie hat einen Blutdruck über zweihundert, und das Herz pumpert so schnell wie ein Trommelfeuer, sagt der Doktor.«

Teresa versuchte sie zu trösten. »Mußt nicht immer gleich ans Schlimmste denken.«

»Und du meldest dich auch nicht bei mir. Was ist los? Hast du keine Zeit mehr für eine alte Frau?«

Teresa lachte. »Meine liebe Mechthild. Immer wenn du was erreichen willst, wirst du zur alten Frau. Ich habe sehr viel zu tun. Seit ich jeden Tag im Thurau-Salon bin...«

»Ich brauchte ein paar neue Kittelschürzen.«

»Die gibt's im Kaufhaus billiger. Schenk' ich dir zum Geburtstag.«

»Komisch, daß du dich in letzter Zeit so rar machst. Und immer rote Rosen bringst, wenn du überhaupt mal kommst.«

»Rosen sind schöne Blumen.«

»Hast du einen spendablen Freund?«

»Jeder Mensch hat Freunde.«

»Du weißt schon, was ich meine. Also, hast du?«

Teresa schielte zu Gabriela Thurau hinüber. »Unsinn. Außerdem ist hier nicht der Ort, darüber zu sprechen.«

»Wo dann?«

»Ich besuch' dich bald.«

»Morgen? Oder am Mittwoch?«

»Am Mittwoch bin ich nicht da.«

»Wo bist du am Mittwoch?«

»Na, hör mal. Das klingt wie Inquisition.«

»Wo bist du also am Mittwoch?«

»Für Frau Thurau unterwegs. Zu einer Modenschau.«

Gabriela Thurau warf ihr einen amüsierten Blick zu.
»Ist praktisch, deine neue Tätigkeit«, sagte Oma Neutze spitz.
»Wieso?«
»Gibt soviel Bewegungsfreiheit.«
»Richtig«, antwortete Teresa kühl. »Sonst noch was?«
»Vergiß die Kittelschürzen nicht. Am Rücken gekreuzt, die sind mir am liebsten. Warum schenkst du mir eigentlich immer dunkelrote Rosen?«
Teresa legte auf.

Kurz gegen Geschäftsschluß meldete sich Ingeborg. Sie könne nicht aus dem Haus und ob es Teresa etwas ausmache, bei ihr vorbeizukommen.
Als sie die Tür öffnete, sah sie Teresa mit einem seltsamen Ausdruck in den Augen an. Ihr Haar war stumpf, die Haut über den Backenknochen gerötet, schuppig. Sie umklammerte ein Whiskyglas. Sie war nicht mehr nüchtern.
»Du bist blaß, Luise«, zitierte sie spöttisch Schiller. »Macht dir dein Doppelleben zu schaffen?«
»Bist selber blaß. Was ist los?«
Ingeborg machte eine übertriebene Geste mit der Hand, warf die Tür ins Schloß und schritt voran in das kärglich möblierte Wohnzimmer, dessen Interieur etwas von einem hypermodernen U-Bahnhof an sich hatte: sehr viel Plastik, Stein und Chrom.
»Karlheinz ist verreist«, sagte sie.
»Hast du Kummer?«
Sie lachte grell. »Hast du Kummer, fragt sie mich. Ja!«

schrie sie. »Ich habe Kummer! Liebeskummer! Ist das nicht zum Totlachen?«
»Wegen Karlheinz?«
»Ich hab' es unterschätzt, dieses Nägel manikürende Uta-Mäuschen. Sie raubt ihm den Verstand. Er ist vollkommen verrückt nach ihr, er ist ihr verfallen, hörig. Bei ihm klingt's natürlich anders. Er sagt, er will die Beziehung ausleben und sich von bürgerlichen Moralvorstellungen lösen. Toll!«
»Aber du bist doch für progressives Zusammenleben«, hielt Teresa ihr vor.
»Das ist nicht progressiv. Das ist exzessiv, es dauert schon fünf Monate.«
Dann begann sie zu weinen, und Teresa saß ganz reglos. Ingeborg hatte noch nie geweint, sie schluchzte, rauh und stoßweise, als müsse sie es erst üben, das Weinen um einen Mann. Die Muskeln an ihrer Kehle bewegten sich. Sie fluchte und zog unter einem Kissen eine Kleenex-Haushaltsrolle hervor und schnaubte ins Papier. Dann sprang sie unvermittelt auf, stürmte aus dem Zimmer und kam mit einem Krug Wein zurück.
»Entschuldige. Aber mir geht's echt dreckig momentan.«
»Jedem geht's ab und zu dreckig.«
»Der Hundesohn hat sie wieder mitgenommen auf seine Reise. Aber diesmal hat er sich verrechnet. Diesmal werde ich nicht dasein, wenn er zurückkommt.«
»Du fährst auch weg?«
»Ich fliege nach Mallorca. Für eine Woche. War das einzige, was ich kriegen konnte. Ich hinterlasse ihm einen

Brief, daß ich etwas hätte mit einem Steuerberater. Da ärgert er sich grün und blau. Steuerberater kann er nicht leiden. Ich verreise und laß' ihn schmoren.« Wieder prustete sie in die Kleenexrolle.

»Der uralte Trick.«

»Ja. Der uralte Trick. Und dabei habe ich mir eingebildet, weiter zu sein als andere Frauen.« Ingeborg schenkte sich ihr Glas so voll, daß es überlief.

»Ich war so stolz darauf, daß sexuelle Treue für mich nie einen Liebesbeweis darstellte. Für mich war Liebe immer Verständnis und Toleranz und Geduld, lauter Dinge, die es in meinem Elternhaus nicht gab. Meine Eltern führten die klassische Ehe, obwohl meine Mutter und mein Vater Ärzte waren. Mutter gab ihre Praxis auf, als sie heirateten. Vater war es, der in einem großen Krankenhaus Karriere machte. Mutter war zu Hause und erzog die Kinder. Sie führten erbitterte Schlachten, einen tagtäglichen Krieg, und wie in jedem Krieg gab es einen Sieger und einen Verlierer. Natürlich verlor meine Mutter. Vater war Chefarzt, ein Gott in weißem Kittel, sie die kleine Hausfrau, die er wie ein gutes Stück Brot betrachtete, das ihm zustand, wenn er spätabends nach Hause kam. Er hatte natürlich Affairen mit anderen Frauen, und wenn Mutter dahinterkam, gab es nichts als Tränen und Zorn und Gebrüll. Ich wollte es anders machen. Ich wollte im Beruf so tüchtig sein wie Karlheinz. Ich wollte ihn nicht festbinden. Ich wollte keine Kinder, denn Kinder sind Fesseln, sie sperren dich ein, während die Männer Morgen für Morgen voll Tatendrang auf die herrliche Rennstrecke gehen, die sich Leben nennt. Und was habe ich nun davon?«

Sie lachte zynisch. »Ich habe fast alles, was Mutter hatte, und doch viel weniger. Ich habe einen Mann, der Affairen hat, nur darf ich keine Szene machen. Ich habe den Haushalt am Hals, nur darf ich nicht jammern. Ich habe meinen Beruf, nur darf ich, falls ich erfolgreicher bin als mein Mann, nicht darüber sprechen. Das einzige, was ich nicht habe, sind Kinder.« Sie starrte vor sich hin.
Teresa griff nach ihrem Glas. Als sie den ersten Schluck Wein nahm, wurde ihr übel. Das Ziehen im Unterbauch stellte sich wieder ein. Kalter Schweiß brach ihr aus, ihre Hände zitterten.
Ingeborg sah auf. »Was ist los mit dir? Frierst du?«
»Mir ist nicht so besonders die letzten paar Tage. Nächste Woche habe ich einen Termin beim Arzt.«
»Wo fehlt's?« In Ingeborgs Gesicht stieg schwaches Interesse.
»Am Blinddarm.«
»Blinddarm ist sowieso überflüssig. Alles ist überflüssig.«
Das Interesse erlosch.
Teresa schloß die Augen. Nun zog der dumpfe Schmerz zum Herzen. Vielleicht sollte sie Heiner auch klarmachen, daß sie ihre Beziehung ausleben müsse, um sich von bürgerlichen Moralvorstellungen zu lösen. Warum konnte man eigentlich nie über sich selbst bestimmen? Warum mußte man sich immer bestimmen lassen?
»Vielleicht braucht Karlheinz wirklich ab und zu seine Freiheit«, sagte sie.
Ingeborg sah sie feindselig an. Ihre Augen waren durchsichtig wie Glas. »Ich habe ganz vergessen, daß du ja in seinem Boot sitzt.«

»In das du mich hineingesetzt hast. Oder willst du leugnen, daß du mit allen Mitteln versucht hast, mir meine Bedenken auszureden? Ehemann und Geliebter nebeneinander. Das parallele Leben. Das war deine Idee!«
»Wahrscheinlich ist es sogar richtig, so zu leben. Man darf halt nur keinen von beiden zu sehr lieben!« sagte Ingeborg.
Teresa dachte den ganzen Abend lang über diesen revolutionären Satz nach.

Als sie nach Hause kam, studierte Heiner Reisebroschüren und stopfte Sonnenblumenkerne in sich hinein. *Urlaub bei Freunden, Urlaub in Kärnten.* Teresa wurde schon wieder übel bei dem Gedanken an den faden Geschmack von Sonnenblumenkernen. Und an Österreichs Speckknödelsuppen.
Sie holte ihre Tarotkarten. Legte aus. Erstarrte. Aha. Der *Turm*. Feuer schlägt aus schlundartigen schwarzen Fenstern, Blitze umzucken das düstere Gemäuer, der Mensch stürzt aus dem Turm seiner Illusionen, das Unbewußte zerrt an den Fesseln, eine Kette von Katastrophen kündigt sich an.
»Na, was prophezeien die Hexenkarten?« fragte Heiner kauend.
»Unglück, Tod und Teufel.«
Er lachte. »Ich glaube nicht an den Teufel.«
»Ich schon«, antwortete Teresa und legte eine neue Karte. Der *Narr* grinste sie an. Der *Narr* lehrt, daß das Leben ein ständiger Tanz der Erfahrung ist.
Und wenn man nun zu schnell tanzt? Und außer Takt gerät?

Sieben

Am Sonntag morgen erwachte Teresa mit einem Geschmack im Mund, als hätte sie einen Eimer Abwaschwasser verschluckt. Das Telefon klingelte, schrill und unerbittlich.

»Keiner da«, schimpfte sie, als sie den Hörer abnahm. Ein leises Fiepen. »Ach, Kind«, sagte Oma Neutze mit kleiner Stimme. »Nun hat sie sich so gefreut, daß sie aus dem Heim raus ist und hat sich den Rudolf Schock in ihr Zimmer gehängt und einen Kanarienvogel gekauft. Hansi, nach ihrem Verstorbenen. Und jetzt...«

»Du meinst... der dicken Martha ist was passiert?«

»Heute nacht... Der Doktor sagt, sie ist ganz ruhig eingeschlafen. Wer's glaubt...«

»Sicher hat der Doktor recht. Herzkranke schlafen oft ganz ruhig ein«, sagte Teresa schnell, obwohl sie keinen Herzkranken kannte. »Und die letzten Wochen hatte sie noch so viel Freude bei dir. Ist doch ein Trost, nicht?«

»Aber es war viel zu kurz, viel zu kurz«, jammerte Oma Neutze.

»Kann ich dir was helfen?«

»Nein. Da ist ein Stiefbruder irgendwo im Rheinland. Der kommt und kümmert sich. Aber wenn du vielleicht

zur Beerdigung... Am Donnerstag vormittag. Mir wäre es lieber, du kutschierst die rostige Frieda, ich bin viel zu nervös. Die Frau Reintinger bleibt zu Hause, die hat wieder ihre Gicht, aber der General will unbedingt mit. Er hat immer ›Siebzehnundvier‹ gespielt mit der Martha. War ihr Lieblingsspiel.«
»Klar fahr' ich euch. Und reg dich bloß nicht so auf. Sonst wirst du mir auch noch krank.« Sagte Teresa und fühlte sich selbst, als hätte man sie unter eine Walzmaschine gelegt.

Zum Frühstück trank sie Kamillentee und aß Zwieback. Heiner grinste. »So gesund heute?«
»An ungesunden Tagen immer.«
»Was ist los?«
»Die dicke Martha ist gestorben, Oma Neutze ist total erledigt. Und meinem Blinddarm geht's immer noch nicht besser. Aber morgen habe ich einen Termin bei Dr. Frohwein.« Sie zerbröselte den Zwieback und schaute mit gerunzelter Stirn auf den Teller. Was war bloß aus ihrem maiengrünen, golddurchwirkten Frühling geworden? Aus der zärtlichen Leichtigkeit, mit der sie durch die Tage geschwebt? Seit sie sich so elend fühlte, wie sie aussah – der Leib war tatsächlich das Grab der Seele, Platon hatte schon recht –, reifte undefinierbarer Haß in ihr, während ihr Denkvermögen wieder einsetzte und die Vernunft sich jenes Teils ihres Gehirns bemächtigte, das sich, wie Heiner vor kurzem doziert hatte, Limbisches System nennt und angeblich die Gefühle steuert. Sie ließ Realitäten wie ein Sommergewit-

ter an sich vorbeiziehen, und ihre Selbstgefälligkeit ausdünstende Sorglosigkeit vergangener Tage wandelte sich und wurde zur grausamen Wahrheitsfindung: Sie betrog ihren Ehemann, sie enttäuschte ihren Liebhaber, sie vernachlässigte Oma Neutze und hatte jetzt auch noch einen gereizten Blinddarm. Chaos über Chaos!
»Dir geht's ja wirklich schlecht«, Heiner beugte sich besorgt zu ihr hinüber.
»Nun brich bloß nicht in Tränen aus. Ich komm' schon über die Runden.« Sie war störrisch wie ein Maultier, so sehr erschreckte sie die Erkenntnis, daß sie nicht nur einen Körper hatte, den man begehrte, sondern einen, der auch krank werden konnte. Sie hob Kater Mäxchen auf ihren Schoß und drückte ihr Gesicht in das weiche Fell.
»Ingeborg ist auf Mallorca, ohne Karlheinz«, sagte sie unvermittelt.
»Was macht sie allein auf Mallorca?«
»Ärgert Karlheinz.«
»Ach. Der ärgert sich, daß er nicht auf Mallorca ist? Kaum zu glauben.«
»Vielleicht doch.«
»Ich glaube nicht, daß der sich ärgert. Ich glaube, der geht eher Puppen aufreißen, wenn die Luft rein ist.« Heiner grinste sehnsüchtig.
Wieso grinste er so dämlich? Er hatte ja nicht einmal genügend Unternehmungsgeist, seine Ehefrau zufriedenzustellen!

Am Nachmittag fuhr sie zu Ingeborgs Wohnung. Sie hatte versprochen, sich um die Blumen zu kümmern, die Post aus dem Kasten zu holen und aufzupassen, wann Karlheinz von seiner vergnüglichen Geschäftsreise zurückkehrte.

Als sie in den dunklen Flur trat, stieß sie sich den Knöchel an einem Koffer. »Welcher Idiot...«, begann sie. Karlheinz kam aus dem Wohnzimmer und sah sie erstaunt an.

»Nanu? Ich dachte schon, Ingeborg poltert herein.«

»Sie ist doch erst am Mittwoch geflogen. Kann sie ja noch gar nicht poltern.«

Teresa klimperte verlegen mit dem Schlüsselbund in ihrer Hand.

»Tja, dann kann ich die Schlüssel ja dalassen. Gießt du die Blumen? Vor allem den Hibiskus, der braucht so viel Wasser wie ein durstiges Dromedar, meint Ingeborg.«

»So, so. Meint Ingeborg«, sagte er spöttisch.

Erst jetzt bemerkte Teresa, daß sein Gesicht voller Bartstoppeln und sein Hemd so schmuddelig war, als hätte er zwei Nächte im Obdachlosenasyl genächtigt. Kurzum, er sah mitgenommen aus, der Gute, und dieser Umstand machte sie froh. Schließlich war Ingeborg ihre Freundin.

»Sie ist nach Mallorca geflogen? Oder ist es nur eine Scheinadresse?« fragte er.

»Sie ist geflogen, da kannst du Gift drauf nehmen.«

»Mit einem Steuerberater«, ärgerte er sich. »Wußtest du das?«

»Sie hat was in der Art erwähnt.«

»Sie hat was in der Art erwähnt«, äffte er sie nach. »Du findest es wohl ganz normal, daß sie mit einem anderen

Kerl Urlaub macht. Na klar, nachdem du dir auch so einen alten Knacker als Seitensprung zugelegt hast...«
Solidarität unter Frauen gab's einfach nicht, es war zum Heulen. Warum hatte Ingeborg bloß gequatscht?
»Ingeborgs Steuerberater ist kein alter Knacker. Außerdem mußt du ja gerade reden«, sagte sie, weil Angriff immer noch die beste Verteidigung war.
»Wieso?«
»Hast du nicht immer sensationell gepflegte Fingernägel die letzten paar Monate? Vor allen Dingen auf deinen Geschäftsreisen?«
Er blieb sehr stumm, seine Lippen glänzten feucht, und mehr denn je glich er einem fülligen Faun, nur Gehörn und Bocksfüße fehlten.
»Sag mir, wo auf Mallorca sie ist.«
»Ich weiß es nicht. Sie hat nur gesagt: Mallorca.«
»Sie muß doch eine Adresse hinterlassen haben.«
»Hast du eine hinterlassen, als du verreist warst?«
»Wie geht's Heiner? Was sagt er eigentlich zu deiner plötzlichen Leidenschaft für graue Schläfen? Oder weiß er gar nichts davon?« wechselte er die Taktik.
»Kümmere du dich um deine eigenen Angelegenheiten, da hast du weiß Gott genug zu tun.« Sie wandte sich wütend ab und öffnete die Eingangstür.
»Ich werde Heiner demnächst in der Kneipe treffen«, schrie er ihr nach.
»Viel Vergnügen.«
»Vielleicht fällt dir vorher noch ein, wo Ingeborg ist?«
Sie versetzte der Tür einen Tritt.

Auf der Straße atmete sie tief durch. Dieser gemeine Kerl. Versuchte sie zu erpressen. Der mit Büschen gesäumte Weg, dem sie folgte und der zu einem kleinen Park führte, schwankte. Öffnete und schloß sich. Wurde breit wie die Ludwigstraße und dann wieder so eng, daß die Enden sich kreuzten wie verhaßte Schnittpunkte in der Geometriestunde. Sträucher und Hecken purzelten durcheinander, Hundegebell versackte in grauschwarzem Nebel.

»Nanu, junge Frau.« Ein pausbackiger Mann half ihr auf die Beine. Er trug eine Trompete unterm Arm.

Wo war sie? Im Jenseits? »Mir ist so schwindelig.«

»Ist der Föhn. Wir haben schon seit ein paar Tagen Föhn. Müssen Sie auch zum Bus? Dann kommen Sie mit mir, sonst kippen Sie womöglich noch einmal aus den Latschen, und keiner ist da.« Sein gutmütiges, von blauen Äderchen durchwobenes Gesicht näherte sich ihr, er faßte sie fürsorglich unter den Armen. »Haben Sie überhaupt schon etwas gegessen heute?«

»Tee und Zwieback.«

»Na!« Der ganze Abscheu bayerisch-barocker Lebensauffassung sprach aus seinem Blick. Er kramte in seiner Aktentasche und holte ein dick belegtes Brot hervor. »Preßsack. Hält Leib und Seele zusammen.«

Aber der Leib war doch das Grab der Seele... Unsinnige Lust zu lachen überkam Teresa. Kalter Schweiß bedeckte ihre Stirn, sie fürchtete sich entsetzlich. Was, wenn dieser verdammte Blinddarm durchbrach? Oma Neutzes Cousin war daran gestorben, Anno neunzehnhundertneunundzwanzig. Blut- und eitergetränkte Er-

zählungen dunkler Winterabende kamen ihr in den Sinn, und sie wurde starr vor Angst. Ihr Magen rebellierte, ihre Eingeweide fauchten und knurrten wie ein Hund an der Kette.
»Danke«, sagte sie schwach. »Aber ich hab's am Blinddarm, da soll man nicht fett essen.«
Sie winkte nach einem Taxi. »Danke«, murmelte sie nochmals. Dann krabbelte sie ins Auto wie eine uralte Frau.

Am Montag ging es ihr besser. Sie arbeitete wie besessen an dem blauen Voilekleid der extravaganten Kundin, verarbeitete Federn und Tüll, nähte Rüschen, säumte Bänder.
»Wissen Sie, Teresa«, sagte Gabriela Thurau gut gelaunt, »aus Ihnen könnte tatsächlich noch etwas werden. Nur mit den lila Federn, da bin ich mir nicht so sicher...«
Teresa wurde es heiß vor Freude. Es war das erste Mal, daß man ihre Arbeit lobte, und sie ging den ganzen Tag singend durchs Haus und sah bereits ihren Namen, fettgedruckt auf eleganten Modebroschüren. »Teresa Gärtner, das aufstrebende Talent aus München...« Sie brannte darauf, es Heiner zu erzählen. Zu Tode grämen würde er sich, wenn er erfuhr, daß schon wieder eine seiner düsteren Zukunftsprognosen zu Asche zerfiel und sich als dilettantische Fehleinschätzung erwies.

»Im Bauchraum Schmerzen und auch tagsüber anhaltende Übelkeit?« Dr. Frohwein wiegte bedenklich den Kopf. »Temperatur?«

Teresa verneinte. Sagte, daß sie sich ähnlich fühle wie damals, als sie eine Blinddarmreizung gehabt habe, »die gleichen Symptome, ganz und gar«, beteuerte sie.
Er verordnete ihr ein paar Tage Bettruhe, eine Empfehlung, die Teresa sofort wieder vergaß, und wollte sie am Donnerstag wiedersehen.
»Donnerstag nachmittag«, sagte Teresa zur Sprechstundenhilfe.
»Vormittag wäre besser.«
»Vormittags habe ich eine Beerdigung.«
»Sie sollten aber nicht in einer zugigen Aussegnungshalle stehen.«
»Darauf hat die dicke Martha keine Rücksicht genommen«, antwortete Teresa blaß.

Am Mittwoch hatte sie Streit mit Victor. Den ersten seit dem Tag, da sie ihn in seiner Wohnung besucht und begonnen hatte, sich wie Rotkäppchen aufzuführen.
Der Stammtisch entfiel – wegen Ingeborgs einsamer Mallorca-Reise und Annas Techtelmechtel mit Karli, dem Automechaniker –, und sie hatte Kinokarten bestellt. *Rainman*. Mit Dustin Hoffman. Victor schlug vor, daß sie ihn vorher in seiner Wohnung besuchen solle.
»Nein, ich will nicht«, sagte sie bestimmt.
»Warum?«
Sie schwieg. Sie konnte ihm nicht sagen, daß das ständig gleiche Ritual, dem ihre Besuche unterworfen waren, sie ähnlich verdroß wie Heiners systematische Erziehungsversuche, und daß eine schwer zu deutende Aggression sich ihrer bemächtigte, wenn Victor, wie zufällig, mit

ausdruckslosem Gesicht, fragte: »Kommst du vorher noch schnell bei mir vorbei?«
Dieses »Kommstduvorhernochschnellbeimirvorbei« begann mit einem Glas Wein und endete im Schlafzimmer. Dazwischen Victors wortreiche Monologe, sie variierten nur geringfügig, während Teresa schweigsam in einer Ecke der Couch saß und aus purem Unbehagen mehr Wein trank, als ihr guttat. Er sprach entweder über Teresas Schönheit, ihren Charme, ihre sonnige Unkompliziertheit – ein Begriff, den sie allmählich haßte wie Hüttenkäse auf Knäckebrot! Oder er verlieh seiner Befürchtung Ausdruck, daß Heiner sie nicht so schätze, wie sie es verdiene. Und wie er es tue. Oder er sprach von Urlauben, die er mit ihr verbringen, Hotels, die er ihr zeigen und Restaurants, die er, zusammen mit ihr, besuchen wollte. Blablabla! Nie redete er wirklich, ehrlich, über sich, es sei denn, sie fragte nach diesem oder jenem. Nach seiner geschiedenen Frau. Nach seinen Söhnen. Dann allerdings verstummte sein Redefluß, die Auskünfte versickerten wie Regen in der Wüste, seine Erinnerungen schienen nicht angetan, sein Mitteilungsbedürfnis neu zu entfachen. Sicher war, daß seine Frau ihn verlassen hatte und daß seine Söhne sich nicht allzuviel aus ihm machten. Manchmal kam es ihr vor, als habe er vor seiner Scheidung nicht existiert. Aber auch über das Tagesgeschehen äußerte er sich nicht, nicht über Politik, nicht übers Theater, nicht über Bücher. Er war wie eine Handfläche ohne Linien. Seine Interessen waren begrenzt, Golf, Schach, Reisen, sein soziales Gewissen war unterentwickelt. Solange es ihm gutging,

focht die Welt ihn nicht an. Auch Teresa zerbrach sich nie lange den Kopf über den Gang der Dinge, dafür hatte sie ja Heiner, der polterte von früh bis spät über die Quotenregelung, die Umweltverschmutzung, den Verfassungsschutzbericht, die Steuerreform, den Lehrerbund. Sie machte sich eher Gedanken über Menschen, Gefühle, Stimmungen, sie war eine scharfe Beobachterin. Victor hingegen schien nichts anderes im Sinn zu haben, als seinem Ruf als Gourmet gerecht zu werden, seine Golfstunden und Reisen zu buchen und Teresa, Fetisch seines Wahns vom unkomplizierten, schönen, heiteren Menschen (er liebte Operettenmelodien!!) in seine penibel saubere Wohnung, auf seine Couch, in sein Bett zu locken. Obwohl er immer beteuerte, daß Sex für ihn sekundär sei. Daß ihm an ihrer Freundschaft, ihrer so kindlich anmutenden Zutraulichkeit und, vor allem natürlich, an ihrem federleichten Gemüt liege. Zwei Herzen im Dreivierteltakt! Junge, Junge! Entweder war er selbst sich so fremd wie der verlorene Sohn seinem Vater, oder er war raffinierter, als sie gedacht hatte.
Manchmal starrte sie ihn gebannt an und hoffte auf ein Gespräch jenseits rein persönlicher Interessen oder operettenhafter Verlogenheit, aber sie hoffte vergebens.
Der Reiz des Neuen ist vorüber, dachte sie und erschrak. Denn wenn sie ihrer Liebesgeschichte den Schleier der Einzigartigkeit nahm, was blieb dann anderes als eine ganz billige Affaire? »Ich möchte nicht nur in deiner Wohnung herumsitzen. Ich will etwas *tun*, verstehst du? Ich will in eine Disko, ins Kino, in die Kneipe…« Sie wußte, daß sie grausam war. Denn die Zeit für Diskos

war für Victor vorbei, und zwanglose Kneipenbesuche, in legerem Pullover und alten Jeans, lagen ihm nicht.
»Wir könnten bei mir Kaffee trinken und dann..«
Teresa lachte grell. »Ich hasse es, wenn man nicht sagt, was man denkt. Die Sprache ist das Medium des Denkens... Hab' ich gelesen. Also warum sagst du dann nicht klipp und klar, was du willst: Du willst mich zuerst in dein Bett bringen und dann, wenn noch Zeit bleibt, denn meine Zeit ist ja beschränkt, wie wir wissen, könnten wir immer noch irgendwo ein Glas Wein trinken gehen. Aber eigentlich könnten wir das Glas Wein auch gleich bei dir trinken, wäre ja um so vieles praktischer.«
»Ich weiß gar nicht, Kleines, was heute los ist mit dir? Ist es so schlimm, wenn ich mich nach dir sehne?«
Nach mir? dachte Teresa. Sie sagte müde: »Okay, okay. Ich komme also bei dir vorbei. Ist es recht so?«
»Wenn du aber nicht willst...«
»Ich sagte doch eben: okay, okay.«
»Ich bin dir zu alt.«
Das war wirklich das letzte. Diese Mitleidstour. »Du bist mir nicht zu alt, du bist mir zu unflexibel.«
Sie schwiegen eine Weile.
»Kommst du also?«
»Ich komme.«
»Was denkst du gerade?«
»Das Glück der Jagd gehört dem Geduldigen.«
»Auch gelesen?« Er lachte. Saublöde.
»Alte Indianerweisheit. Aus einem Cowboyfilm. Aber Cowboyfilme magst du ja auch nicht. Tschüs dann.« Sie knallte den Hörer auf die Gabel.

Als sie am Donnerstag morgen Oma Neutze und den General zur Beerdigung abholte, wischte Frau Reintinger die Böden und polierte die Eingangstür. »Wenn die alle hernach herkommen zum Leichenschmaus«, sagte sie.
Beim Wort »Leichenschmaus« schauderte Teresa. Es war ein schwüler Tag, der Himmel bezog sich mit dunklen Wolken, ein plötzlicher Regenguß peitschte gegen die Fenster.
»Beerdigungswetter«, sagte der General, während er seinen Hut mit einer Bürste bearbeitete.
Ein breiter Weg, Zypressen, Sargträger. Oma Neutzes strenge, schwarze Gestalt. »Laßt uns beten für denjenigen unter uns, der als nächster zu Gott, dem Herrn...«
Teresa lehnte sich vorsichtig an den Stamm einer Kastanie und versuchte, ihre aufsteigende Panik zu bekämpfen.

Am Nachmittag schrieb Dr. Frohwein, einen Blick auf ihr graues Gesicht und die tiefen Schatten unter ihren Augen werfend, eine Überweisung für die Klinik aus. »Wahrscheinlich ist es der Blinddarm, man wird das im Krankenhaus feststellen, und dann muß sowieso operiert werden«, sagte er, »da hilft alles nichts. Stellen Sie sich vor, Sie fahren in Urlaub und sitzen auf einer kleinen Insel fest...«
»Wir fahren nach Hannover«, protestierte Teresa.
»Nun, jetzt fahren Sie jedenfalls ins Schwabinger Krankenhaus, ist das klar?«
Zu Hause verständigte sie Victor (»Ach, du armes Häs-

chen«), Gabriela Thurau (»Erholen Sie sich schnell, ich brauche Sie ganz dringend«), Veronika (»Die jungen Assistenzärzte im Schwabinger sollen irre Typen sein«) und Heiner. Man holte ihn vom Kaffeekränzchen der Lehrer ans Telefon, die Ferien standen vor der Tür, und Schule fand so gut wie nicht mehr statt.

»Ist doch reine Routine, so ein Blinddarm«, sagte er herzlos, und sie strafte ihn mit einem schauerlichen Stöhnen, bevor sie auflegte.

Zu Oma Neutze sagte sie, sie müsse überraschend für eine Woche geschäftlich verreisen, da sie sich noch lebhaft ihres letzten Krankenhausaufenthalts erinnerte, bei dem Oma Neutze Tag für Tag ihr Krankenzimmer gestürmt, die Schwestern zusammengestaucht und dem Arzt seine mörderischen Fehldiagnosen an den Kopf geworfen hatte. Sie hatte damals nur mehr mit dem Herrn Professor zu sprechen gewünscht (Teresa waren in einer zehnminütigen Operation die Mandeln entfernt worden).

Heiner keuchte eine halbe Stunde später heran – er hatte sein Kaffeekränzchen schweren Herzens verlassen – und überprüfte sofort den Inhalt ihres Koffers... »Du denkst doch immer nur an Krimskrams und nicht ans Wesentliche.«

Sie setzte sich auf John Waynes harten Schaukelpferdrücken und löffelte eine Tasse Haferschleimsuppe aus. Dann betonte sie mit Märtyrerblick, daß er ja nun eine sturmfreie Bude habe, daß sie das Glas mit den Roggenkörnern aufgefüllt und alle Plastikbecher aus dem Kompost gefischt habe.

»Damit du mich in angenehmer Erinnerung behältst, falls etwas schiefgeht während der Operation.«
Heiner sagte: »Was wird mit der Katze?«
»Nach meinem Hinscheiden?«
»Kindskopf. Ich weiß nur nicht, was sie frißt.«
»Dosen. Und frag jetzt nicht, wo der Dosenöffner ist und wo der Rührbesen für die Fertigsuppen liegt.«
Genau das tat er – typisch unselbständiger Vertreter seiner Gattung.
Aber sie fand den Rührbesen auch nicht.

Als sie sich dem großen Portal des Krankenhauses näherte, schritt sie forsch aus, um sich zu beweisen, wie tapfer sie den Belastungen des Lebens standhielt. Nur nicht weich werden, hätte Alf jetzt gesagt, und sie straffte den Rücken und lächelte ein paar Kindern nach, die mit wehenden Haaren ein Fahrradrennen veranstalteten.
Die Sekretärin in der Aufnahme drückte ihr zirka fünfzig verschiedene Formulare in die Hand, in denen sie, datierend bis zum Tage ihrer Geburt, anzugeben hatte, ob Mumps, Scharlach, Masern, Krampfadern oder Fehlgeburten sie geplagt hatten, ob ihre Eltern an Zuckerkrankheit, Krebs oder Debilität litten, und ein Formular, auf dem sie bestätigte, daß der Narkosearzt berechtigt sei, sie in süßen Schlummer zu versenken. Teresa hatte außer Masern, fehlenden Mandeln und dem entzündeten Appendix nichts Interessantes aufzuweisen, und über ihre Vorfahren wußte sie nur, daß sie nichts wußte. Da sie annahm, daß ihr unbekannter Vater nicht geistesgestört ge-

wesen war, sondern eher feige und ihre Mutter unter Oma Neutzes kategorischer Obhut weder die Krätze noch Diabetes bekommen hatte, schrieb sie: »Eltern sehr jung bei Autounfall verstorben.«

Dann wartete sie darauf, daß man ihr ein Bett zuwies. Nach einer Stunde wurde sie von einer Schwester, die aussah wie Goldie Hawn und sich nach jedem Arztkittel umdrehte, auch nach alten und beleibten, in ein Zimmer geführt, in dem noch drei andere Frauen lagen. Die eine ein Kropf, die andere eine Schilddrüse, die dritte eine kaputte Leiste, wie Goldie flüsternd informierte.

»Und Sie?« fragte der Kropf.

»Blinddarm.«

»Einfacher geht's nicht«, sagte die Schilddrüse.

»Vielleicht schon durchgebrochen«, rechtfertigte Teresa sich.

»Niemals. Durchgebrochene kommen gleich auf die Bahre. Und ab in den OP.«

Teresa überlegte, ob sie noch sagen sollte, daß sie keine Mandeln mehr hatte. Doch sie befürchtete, daß dies ihre Reputation eher noch untergrübe. Also schwieg sie.

Danach erhielt sie die Anweisung, sich zum EKG, ins Labor und zum Röntgenarzt zu begeben.

»Es ist die Lerche, nicht die Nachtigall«, sagte sie. »Ich hab's am Blinddarm, nicht an der Lunge.«

»Reine Routine«, antwortete Goldie gelangweilt. »Keine Operation ohne vorherige Generaluntersuchung. Sogar in die Gynäkologie müssen Sie.«

»Heute noch?«

»Ja, heute noch. Sie stehen für morgen auf dem Operationsplan. Bei Blinddarm sind wir immer rasch.«

Teresa warf der Schilddrüse einen triumphierenden Blick zu.

Das Elektrokardiogramm war in Ordnung, eine erstaunliche Diagnose nach Teresas Kenntnis. Nachdem ihr Limbisches System und ihr Herz sich seit Monaten in Aufruhr befanden, hatte sie eher angenommen, die kurvenmäßige Aufzeichnung ihrer Herzströme gleiche einem bedrohlichen Alpenpanorama. Doch die untersuchende Ärztin, ein Dragoner mit Oberlippenbart, röhrte nur: »Alles in Ordnung. Ich schicke die Unterlagen noch heute an die Chirurgie.«
Der Röntgenarzt sagte so gut wie nichts. Nur: »Kabine 1«, und »Bitte tief ausatmen, einatmen, bitte umdrehen, bitte Atem anhalten.« Bitte wieder atmen, sagte er nicht. Mörder.
In der Gynäkologie war man mürrisch, als sie, eines der Formulare in der Hand, antrottete.
»Warum so spät?« schimpfte der junge Abteilungsarzt.
»Eben«, antwortete Teresa zerknirscht. Das Gefühl, sich für ihre Anwesenheit permanent entschuldigen zu müssen, wuchs. Er bat sie auf den Untersuchungsstuhl. Schlüpfte in einen Plastikhandschuh. Tastete ab. Warf den Handschuh weg. Ging zum Waschbecken. »Einen Moment bitte«, sagte er und verließ das Zimmer. Teresa, auf dem Rücken liegend wie ein kranker Maikäfer, studierte ein paar Risse an der hohen Decke und wartete.
Nach ein paar Minuten kehrte er mit einer Kollegin zurück.

»Eine zweite Diagnose.«
»Was ist los? Ist mein Blinddarm zu tief gerutscht?«
Die Ärztin verzog keine Miene. Schlüpfte in einen Plastikhandschuh. Tastete ab. Warf den Handschuh weg. Ging zum Waschbecken.
»Wir werden noch eine Urinprobe machen«, sagte sie.
»Wegen der Nieren?«
»Wegen der Schwangerschaft. Wir glauben, daß Sie schwanger sind. Ihre Gebärmutter ist bereits leicht vergrößert, die Schwangerschaft ist unseres Erachtens im Anfangsstadium, die sechste, siebte Woche vielleicht. Deshalb wollen wir sichergehen.«
»Haha«, Teresa lachte herzlich, »Sie scherzen wohl.«
»Nein. Heute nicht mehr, mein Vorrat an gelungenen Witzen ist heute bereits erschöpft.«
»Ich kann nicht schwanger sein.«
»Warum?«
»Ich habe verhütet.«
»Mit der Pille?«
»Mit Zäpfchen.«
»Na!«
»Was heißt na?«
»Die vaginale Kontrazeption weist eine recht ansehnliche Versagerquote auf. Die spermizide Wirkung tritt nur ein, wenn exakt angewendet wird, und auch dann kommen noch Ausreißer vor.«
»Ich kann nicht schwanger sein«, sagte Teresa stur.
»Wieso denn nicht? Sie sind im richtigen Alter. Sind Sie verheiratet?«
Teresa schwieg. In ihrem Kopf drehte sich alles, sie spürte das dumpfe Hämmern ihres Herzens.

»Ich fragte, ob Sie verheiratet sind.«
»Ja«, antwortete sie tonlos.
»Was ist dann so schlimm daran, daß Sie schwanger sind?«
»Mein Mann will keine Kinder.«
Die Ärztin lächelte milde. »Das sagen die Männer oft vorher. Aber dann... Er wird sich freuen, warten Sie's ab.«
Heiner würde sich nicht freuen! Und sie freute sich auch nicht. Weil sie nämlich... Sie setzte sich ruckartig auf und spürte, wie alles Blut irgendwo in ihren Füßen versackte. Weil sie nämlich gar nicht wußte, ob das Gör im Kinderwagen später Golf oder Squash, Antiquitäten oder Kompostkästen, Kaviar oder Dinkel bevorzugen würde!
»Ich glaube, mir wird schlecht«, flüsterte sie.
Der junge Arzt lief nach einem Glas Wasser. »Können wir sonst noch etwas für Sie tun?«
»Reanimation zwecklos, Patientin tot«, erwiderte Teresa und kletterte vom Untersuchungsstuhl. Sie nahm einen Plastikbecher in Empfang und wurde auf die Toilette geschickt.
Eine Viertelstunde später war alles klar. Sie war schwanger. Der Blinddarm war kein Blinddarm, der Blinddarm war ein Kind.
»Tja. Dann können Sie eigentlich wieder nach Hause gehen«, sagte der Arzt der Chirurgie. »Mir noch mal vom Messer gesprungen«, er lachte schallend, der Witzbold, und Teresa haßte ihn, sie haßte ihn abgrundtief.
Sie nahm ihr Köfferchen und ging so steif zur Tür, als

hätte man ihr aus Versehen das Rückgrat operiert. Wußte überhaupt nicht, wohin sie ging. Setzte die Füße voreinander, umklammerte das Treppengeländer, verließ das Krankenhaus, fand eine staubige Parkbank, ließ sich darauf nieder und sah zu, wie eine bleiche Abendsonne schräge Strahlen auf ein Stückchen Rasen warf. Sie hatte unerträgliche Kopfschmerzen. Sie verspürte keinen anderen Wunsch, als hier zu sitzen, mit leerem Herzen und leerem Hirn und zu warten, daß jemand käme und sie aus ihrem bösen Traum erlöste. Denn es wollte ihr nicht einfallen, wie es weitergehen sollte.

Eine Frau scheuchte ihr Kind zum Sandkasten.

Zwei Mädchen bewarfen sich mit Gras.

Zwei Buben bauten sich eine Rollschuhbahn aus Holzbrettern.

Eine junge Mutter schleppte eine Babytasche, das Baby schwitzte, seine kleinen Händchen zerrten an den Bändern der Mütze.

Sie dachte verschwommen: Es gibt zu viele Kinder, Heiner hat recht.

Auf einmal durchfuhr es sie, strahlend und hell! Natürlich! Warum hatte sie nicht eher daran gedacht? Sie würde abtreiben lassen! Sie brauchte das Kind nicht zu bekommen. Sie brauchte weder Heiner noch Victor mit Schamröte auf den Wangen zu erklären, warum ihre vaginale Kontrazeption total versagt hatte. Sie brauchte auch nicht ein Leben lang im Gesicht ihres Kindes nach Ähnlichkeiten mit dem einen oder anderen potentiellen Vater zu forschen, sie brauchte nicht in weiten Sackkleidern vor Gabriela Thurau zu erscheinen, um so lange wie möglich zu verbergen, daß sie übler Hoffnung war, sie brauchte nichts zu tun, was sie nicht ausdrücklich wollte. Allerdings – die Indikation zum Schwangerschaftsabbruch wurde in der Bundesrepublik auch jetzt, kurz nach der Wiedervereinigung, immer noch streng gehandhabt, in Bayern durch vielerlei erschwert.

Ob es Indikation genug war, wenn man nicht wußte, wer als Vater des Kindes in Betracht kam?

Teresa schloß die Augen und legte ihre Hände auf den Bauch. Er war ganz flach.

Und wenn das Kind auf Indikationen pfiff? Wenn es einfach nur leben wollte?

Acht

»Das kann nicht dein Ernst sein«, schrie Ingeborg ins Telefon. Mallorca schien zumindest ihrer Stimme neue Kraft verliehen zu haben.

»Es ist mein blutiger Ernst. Ich ging am gleichen Tag wieder nach Hause, Heiner fiel fast um vor Schreck, als er mich sah. Ich erzählte ihm, daß man im Krankenhaus eine Infektion unbekannter Herkunft und dadurch bedingte Herzrhythmusstörungen festgestellt habe – man beachte die feine Ironie! –, daß aber kein Grund zur Sorge bestehe. Daraufhin drückte er mir den Kochlöffel und ein Tütchen mit Graupensuppe in die Hand und begab sich zufrieden ins Wohnzimmer. Zu seiner Zeitung.«

»Und jetzt?«

»Meine Herzrhythmusstörungen steigern sich stündlich. Ich plädiere für die Einberufung eines Sonderstammtisches. Schließlich war das unser gemeinsamer Seitensprung.«

»Aber du läßt doch sicherlich abtreiben?«

Teresa schwieg.

»Du kannst unmöglich ein Kind bekommen, auf das kein Mensch Wert legt.«

Teresa spürte, wie im dichten Gestrüpp ihrer Empfindungen Zorn wuchs. Und Trauer. »Vielleicht lege *ich* Wert darauf.«

Ingeborg antwortete ungerührt, daß sie sich Sentimentalitäten jetzt nicht leisten könne. Und überhaupt – wisse sie denn, wer der Vater sei? Nicht wahr. Und warum habe sie nicht bemerkt, daß sie schwanger sei? Kostbare Zeit sei so verstrichen.

»Es gab keine Anzeichen von Schwangerschaft. Oder sagen wir, fast keine. Ich war doch der festen Überzeugung, ich sei krank.«

»Ich denke, du hast verhütet?«

»So gut es ging.«

»Was heißt, so gut es ging?«

»Die Wirklichkeit ist eben anders als die Realität, um mit unserem Herrn Bundeskanzler zu sprechen. Da waren so Momente... Aber eigentlich zu unbedenklichen Zeiten.«

»Weißt du, wie du redest? Wie ein Stickkränzchen um die Jahrhundertwende. Wenn die das Nachthemd anließen, glaubten sie auch, nichts könne ihnen passieren. Teresa!!«

Ach, sie besaß ja so geistreiche Freundinnen!

»Vielleicht waren deine Verhütungs-Blackouts zufällig immer beim selben Mann?«

Teresa stockte der Atem. Es klang gar zu schrecklich. Als führte sie den Lebenswandel einer grünen Witwe mit Edelabsteige in der Innenstadt. »Wenn du meinst, ich wisse nicht, wer der Vater meines Kindes ist«, sagte sie geschraubt, »so hast du vollkommen recht. Und nun will ich dich nicht länger aufhalten. Sicher hast du mit Karlheinz einiges zu besprechen, vor allem, wie weit seine Selbstverwirklichung im Bett seiner jungen Geliebten gediehen ist.« *Peng!* Ingeborg sollte bloß nicht so tun, als sei ihre Ehe die Vorstufe zum Garten Eden. Das progressive Zusammenleben, haha! Und dafür langweilte sich der eine Teil der Partnerschaft solo in einer Familienpension auf Mallorca! Diese sogenannte Partnerschaft erstarrte in der Kälte rationaler Überlegungen. Krankte an der Summe ihrer Mißverständnisse. Und an Kinderlosigkeit. So konnte man es nämlich auch sehen!

Der eilig einberufene Sonderstammtisch wurde, wie Teresa fand, der Situation nicht gerecht. Ihre drei Freundinnen gaben sich betont fürsorglich – den mitleidig sich neigenden Häuptern mangelte es nur noch an passenden Schwesternhäubchen... Schätzchen, nun halten wir schön den Kopf hoch. Wir möchten doch nicht, daß alle Welt weiß, wie schlimm wir es getrieben haben... Veronika verrückte nervös ihren Stuhl und eilte nach angemessener Zeit zu einer ihrer Kellerproben. Sie arbeitete seit Tagen an den kabarettistischen Szenen und sagte nur: »Mach einen Schwangerschaftsabbruch. Sonst ist deine ganze Karriere im Eimer. Ich kann mir nicht vorstellen, daß die im Thurau-Salon eine Frau mit Kind gebrauchen können. Das an einer Überdosis Vater leidet. Außerdem – als Designerin mußt du doch viel reisen – wie willst du das machen? Mit Tuch auf dem Rücken, in dem ein nach der neuesten Mode gewickeltes Baby kräht?« Und, mit vorwurfsvollem Blick: »Warum, um

Himmels willen, hast du nicht ordentlich verhütet?« Ohne eine Antwort abzuwarten, teilte sie dann begeistert mit, daß Wolfgang Engel ein paar Lieder für sie geschrieben habe, irrsinnig gute Lieder, sie habe ja gar nicht gewußt, was für ein Könner er sei. Und was für ein toller Mann. »Aufregend«, sagte sie und zwinkerte Teresa zu.
Teresa war derzeit nicht interessiert an aufregenden Männern. Sie konnte aber nicht umhin, neidvoll anzuerkennen, daß das Schicksal es gut meinte mit Veronika. Sie hatte Eddi, der für ihr leibliches, und Wolfgang, der für ihr künstlerisches Fortkommen sorgte. Und sie? Was hatte sie? Einen neunundzwanzigjährigen potentiellen Vater, einen zweiundfünfzigjährigen potentiellen Vater, ein total neues Paket Verhütungszäpfchen (das alte war ja der Toilettenspülung zum Opfer gefallen) und (wahrscheinlich aus ebendiesem Grunde) einen Bauch, der laut Flugblattaktion der *kämpferischen Feministinnen* ihr gehörte, ihr ganz allein. Toll!
Sie wandte sich an Anna. Anna hatte selbst drei Kinder. Anna würde sie verstehen. Doch Anna zuckte nur die Achseln. Sie müsse eben ergründen, was sie wolle. Irgendwie sei es natürlich unmoralisch, seinem Mann ein Kind unterzujubeln, das vielleicht gar nicht das eigene sei. Andererseits – was könne das arme Wurm dafür? Und warum sie, um Himmels willen, nicht verhütet habe?
Ingeborg erklärte abschließend, das mallorcagebräunte Gesicht streng gefaltet, Abtreibung sei das einzig Wahre. Doch sollte Teresa sich entschließen, das Kind

zu behalten und Heiner mit der Wahrheit zu konfrontieren, sollte sie also tatsächlich etwas so Dummes tun und in Schwierigkeiten geraten, könne sie auch eine Weile bei ihr und Karlheinz wohnen. Dafür seien Freunde schließlich da, um im Bedarfsfalle hilfreich die Hand auszustrecken, nicht wahr? Was sie allerdings partout nicht verstehen könne, sei diese unsägliche Verhütungspanne.
Ihre Freundinnen wiederholten sich wie alte Spielfilme im Fernsehen.

Am nächsten Abend lud Teresa Heiner zum Essen ein. Sie schleppte ihn in ein Lokal, das in der Innenstadt lag, ausschließlich Roh- und Vollwertkost anbot und von der alternativen Szene besucht wurde. Vor allen Dingen von jungen, alternativen Elternpaaren mit ausgesprochen alternativen Kindern. Die lieben Kleinen trugen niedliche Gesundheitssandalen, weite Kleider, blumenverzierte Hütchen, Schlabberhosen, sie bewarfen sich mit Karottensalat und harten, aus braunem Mehl gebakkenen Pizzestücken.
»Herzig«, sagte Heiner.
»Ist doch nett, so ein Familienlokal.«
»Das sagst du? Sonst hast du solche Lokale immer gräßlich gefunden.«
»Aber die Kinder sind wirklich lieb. So... natürlich. Sieh mal, die Kleine da drüben, wie süß die schon ihr Müsli löffelt.«
»Es sind unerzogene Bälger, die viel zu wichtig genommen werden. Ein Heer von Psychiatern wird später nö-

tig sein, ihnen klarzumachen, daß sie nicht den Nabel der Welt bedeuten.«

»Was hast du eigentlich gegen Kinder? Mal ganz im Ernst«, fragte Teresa mit einem fast demütigen Lächeln.

»Nach ein paar Jahren Schuldienst bin ich zu der Überzeugung gelangt, daß ich Kinder nicht sonderlich mag. Ich bin kein Typ für Kinder.«

»Du bist Lehrer.«

»Ich tue meine Arbeit. Da meine Schüler ahnen, daß ich mir nicht allzuviel aus ihnen mache, bin ich schlecht anzugreifen. Sie können mich nicht verletzen, verstehst du?« Er grinste schlau.

»Und wenn ich nun ein Kind bekommen würde? Irgendwann einmal?«

»Dann würde ich auf Abtreibung bestehen.«

»Und wenn ich nicht einverstanden wäre?«

»Dann würde ich für das Kind bezahlen, mein Engel, aber ansonsten müßten wir getrennte Wege gehen. Wir haben eine Abmachung, vergiß das nicht. Bei unserer Heirat war abgemacht, daß du immer berufstätig sein wirst und daß wir keine Kinder wollen.«

»Aber man kann doch seine Meinung ändern...«

»In einem so elementaren Punkt nicht. Warum fragst du eigentlich?«

Teresa stocherte in ihren braunen Nudeln herum. »Mich interessiert das Problem grundsätzlich. Aus... aus ökonomisch-sozialen Erwägungen«, sagte sie verzweifelt.

Heiner interessierten ihre ökonomischen Erwägungen nicht. Er taxierte den Ausschnitt der Bedienung und bestellte sich noch ein Kichererbsencurry.

Als sie auf Victors Couch saß, trank sie Mineralwasser. Sie betonte, daß ein Virus sie überkommen habe und sie aus diesem Grund starke Medikamente schlucken müsse. Deshalb müsse sie sich jeglichen Alkohol versagen. Außerdem fühle sie sich auch sonst sehr schlapp – in jeder Beziehung, sagte sie und warf einen heuchlerisch bedauernden Blick auf das einladend zurückgeschlagene Moskitonetz. Victor legte ihr eine Decke um die Schultern. Dann holte er ein Glas mit frischem Orangensaft, er verschüttete ein paar Tropfen und vergaß tatsächlich, die Nirosta-Spüle zu polieren – ein Umstand, der sie fast zu Tränen rührte.

»Vielleicht hättest du doch im Krankenhaus bleiben und dich auskurieren sollen«, meinte er besorgt.

Sie schüttelte den Kopf. »Es geht schon wieder«, sagte sie. Dann, einer plötzlichen Eingebung folgend, erzählte sie von einer Freundin, die ein Kind bekomme, und der Ehemann wolle es nicht. Ob das nicht schrecklich sei?

Victor fand es nicht schrecklich. »Kinder«, sagte er und lachte verächtlich. »Wenn ich noch einmal die Wahl hätte, ich wollte auch keine Kinder mehr. Als sie klein waren, hingen sie ewig am Schürzenzipfel meiner Frau. Wir konnten nicht verreisen, denn in den Hotels, in denen ich gerne absteige, sind plärrende Babies nicht erwünscht. Wir konnten am Abend nicht mehr ausgehen, denn meine Frau mißtraute jedem Babysitter. Dann kam die Schulzeit. Da konnte man nur in den Schulferien verreisen, wenn Krethi und Plethi sich auf den Weg machten. Später kamen sie zu mir nur, wenn sie Geld brauchten. Nein, danke«, er seufzte, »ich bin froh, daß das Thema ›Kinder‹ für mich abgeschlossen ist.«

»Wenn alle so dächten, dann Menschheit ade!«
»Oh, es denken ja nicht alle so. Guck dich doch um, Kinder kommen wieder in Mode. Ich habe manchmal das Gefühl, jede Frau, die an mir vorübergeht, ist schwanger.«
Wie gut, daß sie saß und nicht vorüberging.
»Und in der Dritten Welt vermehren sie sich sowieso wie die Karnickel. Nein, mir ist nicht bange, daß wir aussterben. Und ich für meinen Teil werde zur Übervölkerung nicht mehr beitragen.«
»Woher weißt du das?«
»Ich bin absolut monogam geworden, mein Häschen. Bin nur noch mit dir zusammen.« Das innige Leuchten stahl sich wieder in seine Augen, hoffentlich erinnerte er sich, daß sie virusgeschwächt und daher ziemlich untauglich für die leiblichen Genüsse des Lebens war.
Sie sagte hastig: »*Ich* könnte ja auch ein Kind bekommen. Von dir.«
»Du? Dazu bist du viel zu aufgeklärt und vernünftig.«
Aha. Das Versagen ihrer vaginalen Kontrazeption war auch hier kein Thema. Aber wo dann? Im Beichtstuhl?

Ihr Gynäkologe, Dr. Wagenbauer, bestätigte ihre Schwangerschaft ausdrücklich. Als Geburtstermin ermittelte er den 22. März. Und wenn sie das Kind nicht wolle? fragte sie vorsichtig. Er reagierte genauso vorsichtig. Es müsse ein schwerwiegender Grund für den Abbruch einer Schwangerschaft vorliegen, eine Indikation, wie sie vielleicht schon gehört habe. Daran hätte auch die neue politische Situation noch nichts geändert.

Was für die Frauen in Frankfurt an der Oder aufgrund der Fristenregelung straffrei sei, werde in Frankfurt am Main bestraft. Indikation aber bedeute, daß die Fortsetzung der Schwangerschaft für die Schwangere mit einer Belastung verbunden sei, die erheblich über das mit einer Schwangerschaft sonst verbundene Maß hinausgehe. Er entnahm diesen Text, der mit seinen eigenen Worten kaum fertig wurde, einem kleinen Büchlein und fuhr fort: »Es gibt die medizinische Indikation, wenn nach ärztlicher Erkenntnis eine Gefahr für das Leben der Mutter oder eine schwerwiegende Beeinträchtigung des körperlichen oder seelischen Gesundheitszustandes der Frau zu befürchten ist. Oder aber eine sogenannte kindliche Indikation bei einer befürchteten, nicht behebbaren Schädigung des Gesundheitszustandes des Kindes. Und dann natürlich noch die Vergewaltigungs- und die Notlagenindikation.«

»Was bedeutet?« fragte Teresa.

Er las wieder vor: »›Wenn von der Schwangeren die Gefahr einer Notlage abzuwenden ist, die so schwer wiegt, daß die Fortsetzung der Schwangerschaft nicht verlangt werden, und wenn diese Notlage auf keine andere für die Schwangere zumutbare Weise abgewendet werden kann.‹ So steht es im Gesetz. Und es dürfen nach der Empfängnis nicht mehr als zwölf Wochen verstrichen sein.«

»Amen«, sagte Teresa. Dann: »Mein Mann lehnt grundsätzlich eigene Kinder ab, er würde sich von mir trennen, würde ich auf meiner Schwangerschaft bestehen. Er sagt, in diese Plastikwelt setzt er keine Kinder. Aber ich weiß gar nicht, ob das Kind von meinem Mann ist.« Sie bekam einen knallroten Kopf, so sehr bemühte sie sich um Lässigkeit. »Und mein... mein Freund lehnt Kinder ebenfalls ab. Er würde sich ebenfalls von mir trennen, denn mit Embryo im Bauch entspreche ich nicht mehr seinem Traum von der unkomplizierten jungen Frau. Dann werde ich zum Muttertier, das in keinem Luxushotel mehr Unterschlupf findet. Glauben Sie, diese für mein Kind und mich so erfreulichen Aussichten bedeuten genügend Indikation für unsere Herren Gesetzgeber? Und wer befindet darüber?«

»Die Indikationsfeststellung kann auch Ihr Hausarzt übernehmen. Oder ich. Vielleicht mit der Begründung, Ihre Ehe könne in die Brüche gehen, wenn der Ehemann vom Liebhaber erfährt. Was Sie dann noch brauchen, ist eine Bescheinigung, daß Sie an einer sozialen Beratung teilgenommen haben. Ich würde Ihnen empfehlen, bevor Sie sich für oder gegen Ihr Kind entscheiden, sich mit Pro familia in Verbindung zu setzen. Es ist ein konfessionell und politisch unabhängiger Verein, und man ist dort sehr erfahren und handelt ausgesprochen einfühlsam.«

»Würden Sie eine Notlagen-Indikationsfeststellung in meinem Fall machen?«

Er blickte sie nachdenklich an. Er war ein Mann mittleren Alters, Teresa kannte ihn nicht sonderlich gut, und sie hatte keinen blassen Schimmer, wie er persönlich über das Problem Abtreibung dachte.

»Ich mache Ihnen einen Vorschlag. Überlegen Sie sich alles noch einmal gründlich. Sprechen Sie mit Pro familia. Dann kommen Sie wieder – sagen wir in einer Woche, und wir unterhalten uns weiter.«

»Ich verreise für eine Woche nach Hannover.«

»Gut. Nach Ihrer Rückkehr melden Sie sich bei mir. Einverstanden?«

Sein Gesicht war glatt, doch in seinen Augen saß Verständnis.

Sie stand auf. »Danke, daß Sie mich so ausführlich beraten haben.« Sie ging auf die Tür zu.

»Frau Gärtner?«

Sie drehte sich um.

»Ich will Ihre Entscheidung nicht beeinflussen. Aber machen Sie sich eines klar: Wichtig ist nur, was Sie wollen. Es gibt auch alleinerziehende Mütter, sehr glückliche Mütter mit fröhlichen Kindern. Ich bin zwar der in Bayern so revolutionären Ansicht, daß es Sache der Mutter ist, zu entscheiden, ob sie ihr Kind behalten will oder nicht. Aber die Entscheidung sollte sehr, sehr sorgfältig getroffen werden. Und ich bin der Meinung«, fügte er barsch hinzu, »daß Männer, die keine Kinder haben wollen, auf jeden Fall auch dafür sorgen müßten, Schwangerschaften zu verhüten.«

Teresa lachte bitter. »Mein Mann kümmert sich aus Prinzip nicht um solche Dinge, und mein Freund... Tja, der ist schon ein bißchen älter, dem wäre das Thema peinlich. Die Frage ›Wie verhüten wir?‹ würde seine Operettenromantik stören. Sieh dort den kleinen Pavillon... Verstehen Sie? Da denkt man nicht an Kondome oder anderes. Das überläßt man der Frau. Sie merken schon – ich war es, die versagt hat. Auf der ganzen Linie.

Ich hatte Pillenpause, und meine... anderen Vorsorgemaßnahmen waren einen alten Hut wert, weil nicht konsequent angewandt.«
»Es ist immer das gleiche. Mein Gott – in welchem Jahrhundert leben wir eigentlich?«
»Im zwanzigsten Jahrhundert des Mannes, wußten Sie das nicht?«
»Wenn es ein Frauenarzt nicht weiß, wer dann?« Er seufzte. »Nun. Ich wünsche Ihnen einen schönen Aufenthalt in Hannover. Fahren Sie zu Verwandten?«
»Schwiegereltern.«
»Die wenigstens würden sich über Ihr Kind freuen.«
»Wenn ich eine notarielle Beglaubigung beibringe, daß das Kind ein Sohn und ohne jegliche mütterlichen Erbanlagen ist – dann vielleicht. Wissen Sie, ich bin nicht standesgemäß.«
Das verschlug ihm die Sprache. Aber er war nicht der erste, dem Heiners Familie die Sprache verschlug.

Die Schwiegereltern empfingen Teresa mit gewohnt frostiger Miene. Heiners Mutter, eine schlanke Frau mit kornblumenblauen Augen, schmalem Gesicht und dem Körper und der Anmut eines jungen Mädchens, ergriff Teresas ausgestreckte Hand lediglich mit den Fingerspitzen, legte den Arm um die Hüften ihres Sohnes und bedauerte mit der Schlauheit einer Füchsin, wie blaß er aussehe und daß Lehrer zu sein wohl eine wahre Plage sei. Dabei warf sie Teresa einen Blick zu, der sie auf der Stelle in das Heer der schwererziehbaren Kinder einreihte. Heiners Vater war ein knochentrockener Mann um die Sechzig. Er hatte engstehende, freudlose Augen, einen kleinen blonden Schnurrbart, ein milchiges Gesicht und hellbraune Augenbrauen. Seine zynischen Bemerkungen waren nicht nur im Gerichtssaal gefürchtet, und Teresa, die zu Beginn ihrer Ehe gehofft hatte, endlich elterliche Liebe zu erfahren, war bitter enttäuscht worden. Weder wollten Heiners Eltern die Heirat ihres Sohnes akzeptieren, noch konnten sie sich mit Teresas Art, dem Leben zu begegnen, abfinden.

»Wie der Flügelschlag eines leichtfertigen Kolibris. Keine Zielstrebigkeit, kein Ernst, nichts«, pflegte Heiners Mutter, die die Kälte ihres Gemüts gerne unter der Decke blumiger Ausdrücke verbarg, mit zwitschernder Stimme auszurufen. Beim Abendessen sprach man über die Korrektur der Scheidungsgesetze. Teresa wagte zu bemerken, daß es doch schlimm sein müsse, Scheidungsanwalt zu sein, desillusionierend, deprimierend.

Heiners Vater lächelte spöttisch. Die engstehenden, freudlosen Augen fuhren über Teresas Gesicht. Seine Ehe sei ideal, die Ehen anderer interessierten ihn lediglich, wenn sie zerbrachen und für eine gutgehende Kanzlei sorgten. Und daß sie gutgehend sei, könne man der letzten Statistik des Bundesamtes für Sozialwesen entnehmen. Hundertdreißigtausend Ehescheidungen jährlich.

Heiners Mutter lenkte das Gespräch geschickt auf biologischen Boden, denn Biologie war Heiners Lieblingsthema, und Isolde Gärtner ließ nichts unversucht, ihren Götzendienst am Sohn abzuleisten. Heiner stellte in ihren Augen etwas Überwältigendes dar, und so, wie sie

vor vielen Jahren vor der Vollkommenheit seines kleinen Körpers erschaudert war, erschauderte sie heute bei dem Gedanken, Teresa könnte die Einmaligkeit seiner Persönlichkeit und seines Intellekts durch den Pesthauch ihrer weltlichen Art schmälern. Heiner erblühte im Treibhaus der mütterlichen Liebe, er schäkerte mit seiner Mutter, zupfte sie neckisch am Ohr, schwärmte von ihren kornblumenblauen Augen, nahm sogar, unter ihrem kokettierenden Blick, echte Schildkrötensuppe zu sich – eine Grzimeksche Fehlleistung par excellence!! – und ergötzte sich danach an Gänsebraten und Rum-Baba. Mit mühsam unterdrücktem Schluckauf begann er in dozierendem Ton über Evolution, Samen, Mutation und Darwin zu sprechen, und Teresa gelangte zu dem Schluß, daß ihr Mann nie aufgehört hatte, Mutters braver Sohn zu sein, und daß seine sonst so asketische Lebensweise eine Art Bestrafung darstellte, den mütterlichen Schoß verlassen und gegen das zweifelhafte Vergnügen einer südländischen Mesalliance vertauscht zu haben. Wie stets, wenn sie sich ängstigte, verstärkte sie ihre Bemühungen, die Atmosphäre aufzulockern, und da sie sich zum Frühstück immer noch Platon und dem wissenschaftlichen Teil der *Süddeutschen Zeitung* widmete, sagte sie, mit sehr viel Schalk in der Stimme, sie habe zum weiten, weiten Feld »Evolution« gelesen, die Männer seien lediglich eine Blödheit der Natur und für die Fortpflanzung prinzipiell überflüssig.
»Haha«, konterte Heiner, »meine Frau und das hehre Gebiet der Evolutionsbiologie! Sich selbst fortpflanzende weibliche Eidechsen! Sich selbst befruchtende

Schnecken! Ein Spermasäckchen im Bauch der Frau – und schon wäre der Mann als parasitische Erbsubstanz überflüssig. Ist die Theorie eines amerikanischen Wissenschaftlers«, wandte er sich an seine kornblumenblauäugige Mutter. »Und mein Weib in seiner erschreckenden Halbbildung nimmt immer für bare Münze, was so an Gedrucktem zu lesen steht.«

»Ich wollte eher einen kleinen Scherz machen«, sagte Teresa.

»Laß es lieber. Wissenschaftliche Scherze liegen dir nicht. Aber du weißt ja, in einem bin ich ganz deiner Meinung: Männchengezeugter Nachwuchs kommt für mich nicht mehr in Frage.«

»Du kannst ihn aber nicht verhindern.«

»Vielleicht lasse ich mich sterilisieren.«

Teresa lachte, bis ihre Augen vor Nässe tropften.

»Warum dieser Heiterkeitsausbruch?« fragte Heiners Mutter mit dem ewigen Lächeln der Sieggewohnten.

Teresa verstummte. Noch als sie im Bett lag und die Schatten an der Wand zu abenteuerlichen Fabeltieren zusammenwuchsen, lachte etwas in ihr fort. Heiners Sterilisationswunsch, an den sie im übrigen keinen Moment glaubte, kam auf jeden Fall zu spät: Einander entsprechende Chromosome paarten sich bereits. Und irgendwann, in sieben, acht Monaten würde sie wissen, ob Junge oder Mädchen, und ein paar weitere Monate später, nach dem erbbiologischen Gutachten, ob es Victors oder Heiners Kind war. *Wenn sie das Kind leben ließ.*

Am letzten Abend schlenderten Heiner und sie durch Hannovers Altstadt. Heiner hatte sich bereits glänzend erholt, und in überraschender Großzügigkeit lud er Teresa zu einem Grillteller mit Pommes frites ein, er bestellte auch Weißwein und sah wohlgefällig, da sie im Freien saßen, den jungen Studentinnen nach, die sich in knappen T-Shirts und Miniröcken an den Stühlen und Tischen der Lokale vorbeidrängelten.
Teresa lehnte sich zurück. Zarte Abendröte durchzog das Blau des Himmels, Schwalben flogen zwitschernd um einen alten Kirchturm. Heiner nahm ihre Hand.
»Das Kleid steht dir gut, siehst überhaupt wieder besser aus jetzt«, sagte er.
Sie drückte seine Hand an ihr Gesicht. »Liebst du mich?« fragte sie plötzlich.
»Na, na, ich wußte gar nicht, daß mein dußliges Hannover sentimental machen kann... Doch, ich kann dich ganz gut leiden ab und zu.«
»Mein lieber grüner Heinrich, ich krieg' ein Kind.« Sie wurde ganz ruhig, da es endlich gesagt war.
Er zog seine Hand so ruckartig weg, daß sie erschrak.
»Nein.«
»Doch. Ich war schon beim Arzt. In der Klinik haben sie es zuerst festgestellt, aber der Arzt hat es noch einmal bestätigt.«
»Im wievielten Monat bist du?«
»Warum?«
»Wegen der Abtreibung.«
»Willst du nicht erst mal für eine Minute darüber nachdenken?«

»Ich habe über diese Sache bereits vor Jahren nachgedacht, wir haben sie besprochen, sie ist abgehakt.«
»Mein Kind ist nicht abgehakt«, rief Teresa so laut, daß ein paar Leute am Nachbartisch sich umdrehten.
»Es ist *unser* Kind, wenn schon. Und wir waren uns einig. Wieso konntest du überhaupt schwanger werden?«
»Eine saublöde Frage für einen Biologen, findest du nicht?«
»Also – im wievielten Monat?«
»Im Film gesteht *sie* immer errötend ihr süßes Geheimnis, und *er* lispelt überglücklich: *›Ist's denn wahr, wirklich wahr?‹* «
»Im wievielten Monat??«
»In der achten Woche.«
»Dann wird es Zeit. Gut, daß wir morgen sowieso nach Hause fahren.«
»Keinerlei Indikation ist gegeben in meinem Fall. Es ist nicht so leicht abzutreiben.«
»Es gibt immer Mittel und Wege. Und neuerdings auch Frankfurt an der Oder.«
Teresa nahm vorsichtig ihr Weinglas auf. »Ich werde mich mit dem Problem auseinandersetzen, ich tu' nichts anderes seit Tagen, das kannst du mir glauben. Aber es ist *mein* Problem, verstehst du? Das Kind ist in meinem Bauch, die Abtreibung würde an meinem Körper geschehen, also werde auch ich bestimmen, ob sie geschieht.«
»Ich will kein Kind!«
Worte formten sich in Teresas Mund. Auch nicht von

mir? wollte sie fragen, doch es fehlte ihr der Mut. Sie glaubte die Antwort zu kennen. Und fragte dann doch: »Auch nicht von mir?«

»Nein, auch nicht von dir«, antwortete Heiner heftig. »Es ist meines Erachtens verantwortungslos, in unsere heutige Welt Kinder zu setzen. Unsere Kinder haben keine Zukunft mehr. Die Meere kaputt, das sich ständig vergrößernde Ozonloch, Betonwüsten, verpestete Luft... Nein, ich kann das nicht verantworten.«

»Es hat zu jeder Zeit Argumente gegen Kinder gegeben. Und doch...«

»Keine Diskussion mehr. Glaube mir, Teresa, ich habe darüber nachgedacht.«

»Das heißt also, wenn ich das Kind bekomme, muß ich es allein aufziehen.«

»Ich glaube, daß du mir letztendlich zustimmen wirst.«

»So, wie ich dir immer zugestimmt habe.«

»Du machst die Abtreibung, und im September, bevor die Schule wieder beginnt, fahren wir noch für vierzehn Tage ans Meer. Jugoslawien, wenn du willst.«

Teresa wurde es heiß vor Zorn. Vierzehn Tage Jugoslawien als Belohnung dafür, daß sie ihr Kind beseitigte! Dezent und schnell. Ein Häufchen Abfall im Klinikalltag.

»Sieh mal«, begann sie wieder. »Ich kann Frauen, die sich in einer wirklichen Notlage befinden, verstehen, wenn sie abtreiben. Ich gehöre nicht zu den selbstgerechten Fanatikern, die der Meinung sind, daß Abtreibung immer, ausnahmslos, ein Verbrechen ist. Aber in unserem Fall...« Sie stockte. Aber in ihrem Fall war es

viel komplizierter, als sie sich eingestand. Denn angenommen, Heiner stimmte ihr doch noch zu, was dann? Sollte sie ihm dann sagen, daß er nur als möglicher Vater in Betracht kam? Oder sollte sie schweigen? Ihre Affaire mit Victor sofort beenden und schweigen? Nichts mehr würde dann an ihren Seitensprung erinnern.
Es sei denn, ein penibel ordentlicher Junge, der sich zu Weihnachten eine Puppenküche wünschte.
Oder ein Mädchen, das bei Operettenmelodien verzückt in Tränen ausbrach. Heiliger Antonius!
»Ich bin müde, laß uns nach Hause gehen.«
Heiner tätschelte ihr Gesicht. »Na, na. Ist alles halb so schlimm, glaube mir.«
Eine Abtreibung – nur halb so schlimm? Teresa entbrannte vor Wut, die Wut schnürte ihr den Atem ab. Sie verspürte nichts als Haß. Haß auf Heiner und seinen in scheinheilige Weltuntergangsstimmung gekleideten Egoismus, Haß auf Victors verblendete Gefühlsduselei, Haß auf ihre eigene, leichtfertige Maßlosigkeit, Haß auf das neue, sich in ihrem Körper einnistende Geschöpf, diese Ansammlung von Zellen, und Haß auf die Unabdingbarkeit einer Entscheidung, vor der sie sich mehr fürchtete als vor Heiners kaltem Mangel an Verständnis, wenn sie ihr Verhältnis zu Victor beichtete.
Sie stand langsam auf und sagte: »Du brauchst dir keine Gedanken zu machen. Wahrscheinlich ist das Kind gar nicht von dir.«
Er starrte sie an. Seine Lippen wurden weiß. »Was soll das heißen?«
»Das soll heißen, daß es außer deiner kostbaren Person

noch einen anderen Mann gibt. Einen, der mich liebt. Er wird mich auch mit Kind wollen, so oder so.«
Von da an sprach Heiner kein Wort mehr mit ihr.

Der Mann, von dem sie so kühn behauptete, daß er sie liebe, schloß sie beglückt in die Arme, als sie, einen Tag nach ihrer Rückkehr aus Hannover, seine Wohnung betrat. Und dieses Mal fragte er nicht, ob sie päßlich oder unpäßlich sei. Er stürzte sich in seine Umarmungen, als hätten sie sich Jahre nicht gesehen, und Teresa, viel zu müde, zu erschöpft, ließ sich in eine Willenlosigkeit gleiten, die ihr ansonsten fremd war. Als Victor, in einen weißen Bademantel gehüllt, ihr ein Glas Wein brachte, sagte sie, ohne das geringste Anzeichen von Erregung:
»Ich bekomme übrigens ein Kind.«
Das Schweigen nach diesen Worten war so beängstigend, daß sie das Glas Wein auf einen Zug hinunterstürzte. Victor gab einen überraschten kleinen Laut von sich. »Das ist nicht dein Ernst.«
»Wieso?«
»Was sagt dein Mann dazu?«
»Und wenn das Kind von dir ist?«
»Von mir?«
Nun gut, er hatte nicht, wie Heiner, Biologie studiert. Aber ein gewisses Maß an Wissen konnte man auch bei einem Werbekaufmann voraussetzen.
»Warum nicht von dir?«
»Wir haben nie über Verhütung gesprochen. Aber ich habe angenommen, wenn du mit mir zusammen warst, hättest du besondere Vorkehrungen getroffen.«

Teresa fragte ihn, sehr ruhig, was er unter besonderen Vorkehrungen verstehe. Er zuckte die Achseln. Die Pille. Die Spirale, Frauen wüßten darüber doch besser Bescheid. Dann aber, als der erste Schock überwunden war, rief er, mit gütig-väterlichem Lächeln, sie solle sich keinesfalls ängstigen, ein Telefonat genüge, und die Angelegenheit sei erledigt. Einer seiner besten Freunde sei Gynäkologe.

»Und wenn ich das Kind behalten will? Vielleicht deshalb, weil es ja auch dein Kind sein könnte?«

»Ich will kein Kind!«

Als er ihr Gesicht tätschelte und sagte: »Na, na, ist alles halb so schlimm, glaube mir«, schob sie zornig seine Hand beiseite. Heiner und er, die neuen siamesischen Zwillinge im Geiste!

Victor achtete nicht auf sie. Er ging zu seinem Schreibtisch und blätterte in einem Adreßbuch. »Ich werde Michael heute noch anrufen. Im wievielten Monat bist du?«

Sie schwieg, weil sie begriff, daß auch Victor nicht der Mann war, für den sie ihn gehalten, sie begriff sogar, daß sie dies von Anfang an gewußt hatte, sie verachtete sich dafür, natürlich verachtete sie sich, aber sie verachtete auch ihn, und diese Verachtung nährte ihren Zorn aufs neue. Sie sagte:

»Scher dich doch zum Teufel!« und nahm ihre Handtasche und ging ins Badezimmer. Starrte blicklos in den Spiegel. Drehte die Dusche auf und ließ heißes Wasser fließen, bis sie in einer Wolke nassen Dampfes stand. Sie fühlte sich wie gerädert, ihre Brüste spannten, in ihrem Bauch lauerten Hilflosigkeit und Verzweiflung.

Victor wartete im Flur auf sie, fahl unter der sommerlichen Bräune.

»Mach's gut«, sagte sie.

»Wann seh' ich dich wieder?«

»Wozu?« Als er nicht antwortete, meinte sie: »Wenn du eine Nachfolgerin für mich suchst, ruf doch das Institut Müller an. Die Marktforschung für Fertigsuppen ist, soviel ich weiß, beendet. Jetzt ist man bei den Putzmitteln. Denk an deine Nirosta-Spüle.«

»Was soll der Unsinn?«

»Und nimm dir das nächstemal eine unverheiratete Freundin. Ach ja...« Sie öffnete ihre Handtasche und drückte ihm das Päckchen mit dem Verhütungsmittel in die Hand. »Für alle Fälle!«

Am besten, sie behielt ihn so in Erinnerung. Mit jammervollem Gesicht, die nackten Füße in dunkelbraunen Lederpantoffeln (sie konstatierte, daß sie Lederpantoffeln ebenfalls verachtete!). Ein Mann auf der Schwelle des Alters, verzweifelt bemüht, seine sogenannten besten Jahre zu dehnen wie ein Gummiband. Ein Mann wie alle Männer. Ein Mann... Als sie die Treppen hinunterlief, die Augen blind vor Tränen, fluchte sie und schwor sich, sich nie mehr zu verlieben. Tränen sind nur Salz und Eiweiß, hatte Heiner ihr einmal erklärt. Nun, nun, auf das bißchen Salz und Eiweiß, das Victor ihr raubte, konnte sie verzichten, sie war ja ansonsten kerngesund.

Das Büro der Deutschen Gesellschaft für Sexualberatung und Familienplanung, Pro familia, lag in Schwa-

bing. Die Büroräume waren hell, freundlich, modern möbliert. Eine junge Frau, die sich als Barbara Hoppe, Psychologin, vorstellte und Teresa auf Anhieb sympathisch war, führte sie in einen großen Raum, bot ihr Platz an und kam sofort zur Sache. Sie erteile keine Ratschläge, erklärte sie, sondern versuche, einen Entscheidungsprozeß zu initiieren, der für die Frau, die ein Kind erwarte, von dem sie nicht wisse, ob sie es behalten könne oder wolle, von weitreichender Bedeutung sei. Sie könne auch mit Rechtsberatung dienen, Anwälte stelle die Gesellschaft allerdings nicht.
Teresa legte ihre Lage dar. Und noch während sie sprach, kühl und sachlich, fiel ein Teil der ängstlichen Beklemmung, in der sie sich die letzten Tage befunden, von ihr ab. Barbara Hoppe schockierte weder die Tatsache, daß sie nicht wußte, wer als Vater des Kindes in Betracht kam, noch, daß sie an Abtreibung dachte. Sie referierte, wie schon Dr. Wagenbauer, über die Möglichkeit des Schwangerschaftsabbruches, die notwendigen Schritte, die Zuständigkeiten, die Indikationen, welche Methoden des Schwangerschaftsabbruchs heute angewendet werden, welche Methoden der Betäubung, die gesundheitlichen Risiken. Dann sprach sie von der Möglichkeit, das Kind zu behalten. Wenn beide Väter sich gegen das Kind und damit auch gegen die Mutter stellten – ob sie dann nicht alleine leben wolle? Ob sie eine Unterkunft habe? Ihr Mann müsse sie auf jeden Fall unterstützen, er sei vor dem Gesetz der Vater, der Gesetzgeber habe bestimmt, daß ein während einer Ehe geborenes oder gezeugtes Kind ehelich sei. Teresas Kind

würde sowieso, auch wenn man sich später scheiden lasse, noch während ihrer Ehe geboren werden. Natürlich könne ihr Mann ein erbbiologisches Gutachten anstreben. Wenn sich dann herausstelle, daß er nicht Vater des Kindes sei, müsse der tatsächliche Vater zahlen. Dies sei dann wohl dieser Victor Maiborn.

»Überlegen Sie sich das Ganze noch einmal. Reden Sie noch einmal mit Ihrem Arzt. Sollten Sie dann immer noch überzeugt sein, abtreiben zu wollen, erhalten Sie von mir die Bescheinigung, daß Sie sich einer Sozialberatung unterzogen haben. Sollten Sie aber das Kind behalten wollen, werden Sie von uns, wenn Sie wollen, während der ganzen Schwangerschaft und auch hinterher betreut. Dann könnten wir auch weitergehend darüber sprechen, wie die Unterstützung durch Ihren Mann auszusehen hat, was alles an öffentlichen Hilfen wie Wohngeld, Kindergeld, steuerliche Vergünstigungen et cetera für Sie in Frage käme.«

Teresa fühlte sich unendlich erleichtert. Sie war nicht allein. Sie erfuhr, daß viele Frauen, gleich ihr, sich Jahr für Jahr ratsuchend an Pro familia oder ähnlich engagierte Institutionen wandten, daß sie dort medizinisch, psychologisch und pädagogisch beraten wurden.

»Ich werde noch heute meinen Arzt aufsuchen«, versprach sie. Dann fragte sie verlegen: »Wie ist das mit der Bezahlung für diese Beratung? Schicken Sie mir eine Rechnung?«

Barbara Hoppe lächelte. »Nein. Wir leben von öffentlichen Mitteln und Spenden der Ratsuchenden. Wir stellen natürlich Quittungen fürs Finanzamt aus. Allerdings

– die Schwangerenberatung und die soziale Beratung nach Paragraph 218b sind kostenlos.«
Teresa hinterlegte dennoch einen Geldschein. Dann verabschiedete sie sich. »Wenn Sie wüßten, wie sehr Sie mir schon geholfen haben«, sagte sie.

Dr. Wagenbauer begrüßte sie sehr herzlich und führte sie in einen Raum, in dem Ultraschall-Untersuchungen vorgenommen wurden. »Ich möchte gerne, daß Sie es sich ansehen«, sagte er. »Normalerweise finden Ultraschall-Untersuchungen erst ein wenig später statt. Aber in Ihrem Fall...«
Teresa starrte während der Untersuchung wie gebannt auf den Bildschirm des kleinen Monitors. Sie nahm eine verschwommene, graue Masse wahr, in sich vernetzt, schaukelnd, rollend, sie sah eine Art winzigen Schattens, ein winziges Pendel, das sich bewegte, aufleuchtete, pochte. *Sie sah das Herz ihres Kindes.*
»Das war Ihre Absicht, nicht wahr?« Sie blickte Dr. Wagenbauer ins Gesicht.
Er lächelte. »Ihr Kind ist kein Embryo mehr, sondern schon ein Fetus. Alles, was zu einem voll ausgebildeten Menschen gehört, ist vorhanden. Er muß nur noch wachsen, dieser kleine Mensch, die Einzelheiten müssen vollendet und die Funktionen geübt werden.«
Immer, solange sie lebte, würde sie sich an diesen Augenblick erinnern. An die Stille im Zimmer. An die gedämpften Geräusche, die von der Straße durch die geschlossenen Fenster drangen. An das Gemurmel der Patienten im Nebenraum.

Sie sagte: »Ich werde zu einer Freundin ziehen. Ich werde das Kind behalten.«
Dr. Wagenbauer schaltete die Apparate aus. »Das wußte ich«, antwortete er ruhig.

Nun, da die Entscheidung gefallen war, fühlte sie sich federleicht. Sie lief auf die Straße und hielt ihr Gesicht der Sonne entgegen. Ihr war, als trage sie Flügel. Als sie an einem Spielwarengeschäft vorbeikam, kaufte sie einen rosaroten Stoffhasen. Bei »Mother & Child« ein himmelblaues Lätzchen. In einem Frauen-Shop ein T-Shirt mit der Aufschrift »Frauen haben Männer so nötig wie Fische ein Fahrrad«. Sie behielt es gleich an.
Sie betrat eine Kirche. In der dämmrigen Kühle überkam sie tiefe Zufriedenheit. Sie setzte sich auf eine der harten Bänke, faltete ihre Hände über ihrem Schoß und schloß die Augen. Wenn es ein Sohn wurde, würde sie ihn Paul nennen. Sie stand auf, ging zu einem Seitenaltar und steckte eine Kerze auf den zu einem Kreuz geformten, vielarmigen Ständer. Sie zündete die Kerze an. Schützte das kleine Licht mit der Hand, als ein Windstoß durch eine der geöffneten Türen fuhr.
Zu Hause telefonierte sie mit Ingeborg. Dann packte sie zwei Koffer und eine Reisetasche und stellte sie ins Treppenhaus. Sie schleppte John Wayne in den Flur. Zum Schluß setzte sie Kater Mäxchen in den Katzenkorb und verstaute all seine Habseligkeiten in einer großen Plastiktüte.
Als das Taxi vorfuhr, bog ein verrosteter Käfer in die Einfahrt. Wolfgang Engel. Er trug ein Kuchenpäckchen.

»Hallo! Ich wollte zu Emma, der Frau, die Münchens besten Kaffee kocht.«

»Diese Frau hat keine Zeit.«

»Was ist los? Verreist du? Mit Schaukelpferd?«

»Ich ziehe aus.«

»Du? Wohin?«

»Zu Ingeborg.«

»Warum das denn?«

»Wegen Paulchen.«

»Paulchen? Schon wieder ein Neuer?«

Teresa nickte. »Funkelnagelneu«, sagte sie. »Und weißt du was?« Nun lachte sie, übermütig wie ein Kind. »Er besteht fast nur aus Herz. Poch poch poch. Faszinierend.«

Neun

Als Teresa an einem kalten Oktobermorgen die Fenster öffnete, durch die der Geruch feuchter Erde und nassen Laubs drang, stützte sie ihre Arme auf das schmale Sims und atmete tief durch. Sie hörte Ingeborg, die in der Küche den Teekessel aufsetzte und mit Kater Mäxchen sprach. Sie hörte Karlheinz ins Bad schlurfen. Sie wandte sich um. Das Zimmer, das sie jetzt bewohnte, mochte vielleicht zehn Quadratmeter umfassen. Es diente als Gäste- und Bügelzimmer. Ein paar Bücherregale, eine Liege, ein kleiner Schrank. Daneben Teresas Schaukelpferd. An der Wand gerahmte Fotos. Ingeborg als Sechsjährige, eine Schultüte umklammernd, Karlheinz mit pickeligem Gesicht in Tangohaltung.

Teresa öffnete den Schrank und nahm ein bunt gemustertes Kleid vom Bügel. Sie arbeitete noch regelmäßig für das Marktforschungsinstitut Müller und den Modesalon Thurau. Gabriela Thurau war mit ihrer Arbeit zufrieden. Manches Mal betrachtete sie sie prüfend von der Seite. »Sie sind so ruhig in letzter Zeit«, sagte sie dann vielleicht. Oder: »Ein bißchen blaß um die Nase, zuviel gefeiert gestern?«

Die Termine bei Pro familia und Dr. Wagenbauer hielt

Teresa exakt ein. Auch dort war man mit ihr zufrieden. Ihre Schwangerschaft, so erklärte man, entwickele sich prächtig, ihre Stimmungslage schien stabil.
Heiner führte seit Teresas spektakulärem Auszug lange Telefonate mit seinem Vater in Hannover und war, rechtlich gesehen, bestens gerüstet. Er ließ Teresa wissen, daß er dafür stimme, den Trennungsunterhalt einvernehmlich zu regeln und bediente sich bei jedem ihrer Gespräche einer eines Staranwalts würdigen Terminologie. Der »einvernehmliche« Trennungsunterhalt bedeutete, wie er dozierte, drei Siebtel der Differenz seines Nettogehaltes zu Teresas monatlichem Einkommen; er gestand ihr am Ende ihrer Verhandlungen einen Betrag von sechshundert Mark zu, sehr viel weniger, als diese berühmten drei Siebtel ausmachten. Doch er sagte, da Teresa ungefähr tausend Mark im Monat selbst verdiene und Ingeborg sicherlich keine Miete verlange, seien sechshundert Mark völlig ausreichend, vor allem, wenn man sich ins Gedächtnis rufe, daß sie es sei, die eine Ehe zerstöre.
Ob er nicht auch eigene Fehler erkenne? warf sie ihm vor. Seine lieblose Art, seine übertriebene Nüchternheit, seine Nörgeleien, sein Mangel an Humor, sein sich ständig steigernder Gesundheitswahn?
Heiner wies die Vorwürfe nicht sofort zurück, wie er überhaupt den Eindruck machte, als wolle er in Zukunft allen Problemen emotionslos und sachlich begegnen (es mußte an der Ernährung liegen). Er holte sich ein Päckchen mit Sonnenblumenkernen, kaute, überlegte. Dann kam er zu dem Schluß, daß er sich keine Fehler vorzuwerfen hatte.

»Ich bin mit dem Trennungsunterhalt einverstanden«, sagte Teresa. »Wenn aber das Kind da ist...«
»Wenn das Kind da ist, werden wir sowieso ein Familiengericht bemühen müssen«, antwortete Heiner mit ausdruckslosem Gesicht.

Victor stand eines Tages in faltenfreiem Anzug, dezent gemusterter Krawatte und rosigen Pfirsichbäckchen vor ihr. Schier krank geworden sei er aus Sorge um sie. Kein Auge habe er zugetan des Nachts, sogar seine Reise an die Algarve habe er auf das nächste Frühjahr umgebucht, so sehr habe er sich geängstigt. Und wie es ihr gehe? Ob er sie zum Essen einladen dürfe?
Während dieses Essens konnte er seine Unruhe nicht verbergen. Tja, es sei wohl alles geregelt?
Was geregelt? fragte sie hartherzig zurück.
Die Abtreibung.
Als sie verneinte, verzichtete er auf den Nachtisch, rote Grütze, sein Lieblingsgericht, und bestellte sich einen Grappa. Einen doppelten. Während er ihr gegenübersaß, mit umwölkter Stirn den Grappa schlürfend, so tadellos gekleidet, so sorgfältig rasiert, fragte sie sich, was sie an ihm gefunden hatte, suchte nach einem Stückchen Erinnerung in ihrem Herzen.
»Und wie soll es nun weitergehen?«
Sie lächelte schwach. »Ich werde versuchen, in einer Wohngemeinschaft unterzukommen. Heiner wird ein erbbiologisches Gutachten anstreben, verständlicherweise. Hätte ich genügend Geld, würde ich sowohl auf das Gutachten als auf euch beide verzichten und mein

Paulchen allein ernähren. Aber leider kann ich mir das nicht leisten.«

»Es wird ein Junge?«

»Das weiß ich nicht. Ich wollte einfach nur einen Namen haben, mit dem ich mich unterhalten kann.«

»Hast du darüber nachgedacht, was du dem Kind antust, wenn du es ohne Vater aufwachsen läßt?«

»Hast du darüber nachgedacht, was du dem Kind antust, wenn du es einfach abmurkst?«

Sie trennten sich sehr höflich. Zwar maß Victor sie noch mit einem bedauernden Blick – die Schwangerschaft verlieh ihr, da die ersten Unpäßlichkeiten überwunden waren, ein blühendes Aussehen, und ihre Brust konnte man getrost als wohlgerundet bezeichnen –, doch selbstverständlich siegte sein gesunder Mannesverstand. Er war wohlhabend, und wenn sich herausstellen sollte, daß er der Vater des Kindes war, nun, es würde ihm nicht schwerfallen zu zahlen. Ansonsten, Teresa entnahm es seinem erleichterten Mienenspiel, als er sich umwandte und Richtung Marienplatz strebte, schien er froh, diese Angelegenheit überstanden zu haben. O ja, er war sehr verliebt gewesen. Aber es gab neue Lieben. Und er war ein Pragmatiker. Wenn nicht zu seinen Bedingungen geliebt und gelebt wurde, dann hopp und ex. Was tat er mit einer Frau, die schwanger war? Sie war nicht mehr unkompliziert – man denke bloß an die Kompliziertheit der Vorgänge in ihrem Körper, die Geburt, das Blut, der Schmerz! –, sie durfte keinen Alkohol trinken, sie konnte nicht verreisen, sie mochte nicht mehr unters Moskitonetz, sie würde gebären, sie würde stillen, sie würde wickeln, waschen, nähen, stricken...

»Hopp und ex«, murmelte Teresa, als sie ihm nachsah. Jetzt fand sie die Asche der Erinnerung, die sie gesucht, einen schmerzlichen Rest Erinnerung. Es schmerzte der Verlust eines Stückchens wunderbarer Zeit. Es schmerzte die Wehmut beim Gedanken an den Verlust dieser Zeit. Es schmerzte die Erkenntnis, jederzeit ersetzt werden zu können, wo man doch gedacht hatte, einzig zu sein. Es schmerzte der Irrtum an sich. Jener Tag im Juni kam ihr in den Sinn, als sie mit Victor in Österreich gewesen war. Wieder spürte sie die zarte Wärme auf ihrer Haut, sah den im Sonnenlicht träumenden blaulilaweißrotgelben Blütenteppich, hörte die Bienen summen, lag im Gras und fühlte den Überschwang des Lebens und der Gefühle. Und jetzt?
Sie wünschte sich plötzlich, nie erfahren zu müssen, wer Paulchens Vater war.

Oma Neutze nahm es gelassen. Zwar seufzte sie einmal kurz auf – gedachte sie doch Teresas Mutter, die vor vielen Jahren just auf diesem Küchenstuhl gesessen und erklärt hatte, sie wisse nicht, wer der Vater ihres Kindes sei – doch die Duplizität der Fälle erstaunte sie nicht. Sie glaubte an Schicksal und Bestimmung, und sie war ebenso pragmatisch wie Victor.
»Tja. Hätte ich es eher gewußt, hätte ich Marthas Zimmer nicht an einen Studenten vermietet.«
»Du hast an einen Studenten vermietet? Ich dachte, ihr seid eine Graue-Panther-WG?«
»Wir haben uns überlegt, daß es nett sein müßte, Jung und Alt zu mischen. So lernen die Jungen die Alten bes-

ser zu verstehen und umgekehrt. Wir haben einen guten Griff getan. Der Gabriel studiert Tiermedizin, so kann er auch gleich die Katze und Marthas verwaiste Vögel behandeln, wenn was fehlt. Und er spielt gern Siebzehnundvier. Freut den General. Andererseits, das Zimmer wäre natürlich ideal gewesen für dich. Und wenn das Baby da ist...«

Teresa schüttelte verlegen den Kopf. »Sei nicht böse, aber ich hätte das Zimmer sowieso nicht genommen. Das ist, als würde ich quasi wieder in den Bauch zurückkriechen, aus dem ich gekommen bin. Es war schwer genug, mich von dir abzunabeln. Und von Heiner. Ist an der Zeit, daß ich erwachsen werde.«

»Und wie wohnt es sich so bei Ingeborg? Was sagt ihr Mann dazu, daß du bei ihnen haust?«

Teresa lachte. »Karlheinz ist es ganz recht. Er ist selten daheim, er hat ja eine Freundin. Da ist es ganz praktisch, daß ich Ingeborgs einsame Abende mit meinem sonnigen Humor vergolde. Und in Kater Mäxchen ist er schier vernarrt. Kater Mäxchen geht auch so gern strawanzen und miaut jeder fremden Kätzin nach. Na ja, und Ingeborg...« Sie schwieg, tastete nach Worten. »Sie wird immer mürrischer. Sie ist total überarbeitet, macht jetzt auch noch ein Samstags-Seminar. Sie will Karlheinz imponieren. Als hätte jemals eine Frau aufgrund ihrer geistigen Fähigkeiten einem Mann imponiert. Sie hängt so tierisch an Karlheinz, ich glaube, wenn er ihr vorschlagen würde, seine Freundin in der Wohnung aufzunehmen, sie würde es glatt tun, bloß, um ihn zu halten.«

»Zeiten sind das...«, meinte Oma Neutze daraufhin nachdenklich.

Ja, Zeiten waren das... Teresa schloß das Fenster und ging ins Bad. Karlheinz begegnete ihr auf dem Flur. »Na, Mütterchen«, scherzte er.
Als Teresa sich in der Küche eine Tasse Tee aufbrühte, sagte sie zu Ingeborg: »Ich habe bei Pro familia eine junge Frau kennengelernt, eine Marlene Froschhammer. Sie wohnt etwas außerhalb in einer Wohngemeinschaft junger Mütter. In einem Reihenhaus. Sie hat mich zum Kaffee eingeladen, irgendwann mal, wenn ich Zeit habe. Vielleicht wäre das etwas für mich. Zum Wohnen, meine ich.«
Ingeborg nickte. »Ist vielleicht nicht schlecht. Es kann sowieso sein, daß ich das Zimmer bald brauche.« Sie vermied es, Teresa anzusehen. »Wie ist das? Kommst du heute zum Stammtisch? Ist das letzte Mal vor der Keller-Premiere.«
»Ich komme, wenn ich im Thurau-Salon fertig bin. Da haben wir heute wieder Anprobe der Seventeen-Leute für die Silvester-Klamotten.«
»Aha. Daher dein poppiger Aufzug.«
»Sieht man schon was von meiner Schwangerschaft?« fragte Teresa besorgt.
»Nur, wenn man dich sehr gut kennt. Du warst so gertenschlank, da wird es wohl noch einige Zeit nicht auffallen.«
»Gott sei Dank. Wenn Gabriela Thurau etwas mitkriegt, dann kann Heiner seine drei Siebtel gleich neu berechnen.«

»Hast du keinen Arbeitsvertrag?«
»Nur einen Zeitvertrag bis Februar. Dann scheidet die Designerin aus, deren Nachfolge ich hätte antreten sollen. Da wäre dann ein neuer Vertrag gemacht worden.«
»Vielleicht nehmen sie dich auch mit Kind.«
»Ich habe an Gabriela Thurau schon viele überraschende Eigenschaften entdeckt, aber der Hang zur guten Tat war nicht dabei. Außerdem – was mache ich mit Paulchen?«
»Kinderkrippe. Oder wirklich eine Wohngemeinschaft. Oder dieses Mutter-Kind-Heim, von dem du mal erzählst hast.«
»Das alles wird in Frau Thuraus Ohren nicht sehr verlockend klingen. Paulchen wird Zähne kriegen, wird krank werden... Weißt du...« Teresa trank einen Schluck Tee im Stehen. »Manchmal wird mir angst und bange, wenn ich an die Zukunft denke.«
»Du hast es ja nicht anders gewollt«, sagte Ingeborg kühl.
»Da hast du ganz recht«, antwortete Teresa ebenso kühl.

Am Vormittag testete sie im Supermarkt Sojasprossen. Man gab ihr begeistert Auskunft, und sie kam zu dem Schluß, daß Heiner recht hatte und Sojasprossen etwas waren, was die Menschen wirklich bewegte. Ein verstohlener Blick in die Einkaufswagen allerdings zeigte ihr, daß Kartoffelchips der absolute Renner waren und auf die Frage: *Wenn Sie statt des 200-Gramm-Beutels Spross-dich-gesund einen verbilligten 500-Gramm-Beutel*

wählen, wie viele Beutel kaufen Sie dann im Durchschnitt mehr? streikten die Leute sowieso, und eine Frau meinte unwirsch, diese Frage erinnere sie fatal an ihre Schulzeit. Wie viele Holzfäller sägen in wie vielen Stunden wie viele Bäume mehr, wenn ein Holzfäller fröhlich aus seinem Kanada-Urlaub zurückkehrt. An dem Stand mit den Sojasprossen ging diese unfreundliche Person wie auch alle anderen befragten vorbei, und Teresa wurde wieder unschlüssig, was die Aussagekraft der Marktforschung betraf.
Gegen Mittag packte sie die Bogen zusammen, holte sich ein Glas mit Essiggurken und zwei Stück Apfelkuchen und ärgerte sich, daß sie damit genau der althergebrachten Vorstellung einer Schwangeren entsprach. Also kaufte sie als selbst auferlegte Buße auch einen Beutel mit Sojasprossen. Nun entsprach sie Heiners theoretischer Vorstellung einer Schwangeren. Aus Gründen der Ausgewogenheit holte sie noch zwei Becher Schokoladensahne. Etwas Ausgewogeneres als Schokoladensahne kannte sie nicht.

Es war spätnachmittags, als das Telefon auf ihrem Schreibtisch klingelte.
»Teresa? Hätten Sie einen Moment Zeit für mich?«
Die Stimme Gabriela Thuraus. Sehr förmlich. Teresa wurde es heiß.
Als sie Frau Thuraus Zimmer betrat, saß Valentin Brettschneider in einem Polstersessel und sah ihr erwartungsvoll entgegen. Teresa begrüßte ihn artig.
Frau Thurau kam sofort zur Sache. »Ich nehme an, Sie

werden sich über dieses Gespräch freuen«, sagte sie herzlich. »Herr Brettschneider und ich kamen überein, daß Sie tatsächlich Möglichkeiten in sich bergen. Deshalb möchte ich Sie bereits ab 1. Januar unter Vertrag nehmen. Es soll dies meine Anerkennung für Ihren vorbildlichen Einsatz sein, vor allen Dingen in den letzten Wochen. Anfangs dachte ich ja, Ihre etwas sprunghafte Art würde ein Handicap bedeuten, aber nun...«

Teresa sank auf einen Stuhl. Ihre Gedanken jagten. Sie freute sich so sehr. Und sie erschrak so sehr; denn Anstand und Fairneß geboten es, ihre Schwangerschaft zu beichten. Das Herz brach ihr, wenn sie an die Folgen dachte. Ihre Chance! Ihre große Chance! Was würde daraus werden? Sie konnte nichts anderes denken: Meine Chance, dahin wie ein Blatt im Wind! Nein, sie ließ es nicht zu. Ihr mußte etwas einfallen. Auf der Stelle. Jetzt. Sofort.

»Da ist eine Kleinigkeit, die ich Ihnen sagen muß«, flüsterte sie mit trockenem Mund.

»Ja?«

»Ich ... ich lebe von meinem Mann getrennt und bekomme ein Kind.« Als sie die Bestürzung auf den beiden Gesichtern las, hob sie die Hand und sagte: »Aber es ist alles in Ordnung, alles ist geregelt. Ich werde ab Januar mit dem Vater des Kindes zusammenleben, er ... er ist freiberuflich tätig. Er wird bei unserem Kind sein, er ist geradezu prädestiniert zum Hausmann. Außerdem hat meine Großmutter sich bereit erklärt, tagsüber bei uns zu bleiben... Sie sehen also, alles ist bestens organisiert. O bitte...« Sie unterbrach sich. Dann sagte sie nochmals, beschwörend: »Ich bitte Sie, lassen Sie mir meine Chance! Sie haben selbst gesagt, Sie seien mit mir zufrieden. Ich werde auch nicht auf dem Mutterschaftsurlaub bestehen, ich werde, sobald ich mich wieder wohl fühle, an meinen Arbeitsplatz zurückkehren. In der Zwischenzeit werde ich zu Hause arbeiten. Eine Frau muß doch auch mal beides haben können, Karriere und Kind. Und mein ... mein Freund fördert mich, wo es nur geht. Bitte!«

»Was macht Ihr Freund, beruflich meine ich, daß er so viel Zeit hat?«

Teresa überlegte fieberhaft. »Er ... er ist Musiklehrer. Und komponiert«, sagte sie, weil Wolfgang Engel der einzige im Sinne des Angestelltengesetzes untätige Mensch war, der ihr einfiel.

Gabriela Thurau betrachtete sie mit zusammengekniffenen Augen. »Ein Kind... Deshalb waren Sie so ruhig in letzter Zeit. Und so blaß.«

»Aber ich fühle mich großartig«, beeilte sich Teresa zu sagen.

»Warum haben Sie sich ausgerechnet in dieser Phase Ihres Lebens ein Kind zugelegt?«

»Es ist eben passiert. Und abtreiben ... nein, das konnte ich einfach nicht.«

Es war Valentin Brettschneider, der sich für sie einsetzte. Auf Gabriela Thurau einredete. Sie bat, wenigstens einen Versuch zu wagen. Der andere Vertrag laufe im Februar aus, sie könne doch zuerst eine Vereinbarung auf freie Mitarbeiterschaft festlegen und später, wenn alles gutgehe, einen regulären Vertrag ausstellen.

»Na ja...«, meinte diese zögernd, doch in ihren Augen saßen Skepsis und Mißtrauen. Typisch Frau. Sie sagte zu Teresa, sehr süß: »Ich mache Ihnen einen Vorschlag: Gehen Sie und Ihr Freund mit mir am Freitag abend essen. Dann können wir über alles sprechen. Einverstanden?«
Haha! Das Schicksal meinte es ja so gut mit ihr!
»Einverstanden«, antwortete Teresa strahlend, während lähmendes Entsetzen ihr Herz wie eine Klammer hielt. »Gott, wird Wolfgang sich freuen...«

Sie ließ den Stammtisch sausen. Entschuldigte sich mit Überstunden. Dann rief sie Wolfgang Engel an. Ob er nicht Lust habe auf ein frisches Pils mit Emma, der Unglücklichen? Das gehe nicht, antwortete er. Er erwarte einen wichtigen Anruf von einem Rundfunkfritzen, seine *Sieben Todsünden* hätten tatsächlich Aussicht, im Funk unterzukommen, er sitze seit Tagen wie auf Kohlen, denn habe man erst Kontakte zum Rundfunk, stehe einem die halbe Welt offen. »Oder zumindest halb Bayern«, setzte er hinzu und lachte. Aber am Freitagabend, da habe er Zeit.
Teresa freute sich, daß er am Freitagabend Zeit hatte. Ob sie ihn dann heute vielleicht in seiner Wohnung...? Essiggurken, Apfelkuchen und Sojasprossen hätte sie schon eingekauft, sie brauche nur noch eine große Pizza beim Italiener zu besorgen. Er zögerte. Teresa meinte, daß sie auch noch Käse mitbringen könne. Er zögerte immer noch. »Und Schokoladensahne.« Die Schokoladensahne überzeugte ihn.

Sie fuhr mit dem Bus. Wolfgangs Wohnung lag in der Nähe des Isartorplatzes in einer von Kastanienbäumen beschatteten Straße. Die Häuser waren alt, in den Vorgärten klebten Spinnweben an den letzten Dahlien des Sommers. In den Hinterhöfen hingen die Kinder wie kleine Affen an den morschen Teppichstangen, Fliederbüsche verloren ihr Laub, auf den Mauern, die die Höfe voneinander trennten, wucherte rot der wilde Wein. Teresa hastete die Treppen empor, blieb auf dem vorletzten Absatz stehen und zog einen Spiegel aus der Tasche. Sie fuhr sich mit dem Kamm durch die Haare und probte ein so persönliches Lächeln, daß sie verlegen den Spiegel wieder einsteckte und sich auf den Weg zum letzten Stockwerk machte. Wolfgang Engel öffnete die Tür und nahm ihr das Einkaufsnetz ab. Im Flur roch es schwach nach Parfum, das samtbezogene Verlobungssofa ächzte, als Teresa sich setzte. Auf dem Klavier stand eine Vase mit einer dunkelroten Rose. Am Boden verstreut Notenblätter. Auf dem Klavierschemel ein gelbes Seidenhemdchen. Teresa deutete darauf und sagte: »Na, na.«
Wolfgang grinste. »Von Iris. Ballettelevin. Sie tanzt die Hauptrolle in meinem Weihnachtsballett. *Das Mädchen mit den Schwefelhölzern.*«
»Ist das nicht Unzucht mit Minderjährigen oder so was ähnliches?«
»Sie ist neunzehn. Im Ballett wird sie's vielleicht nicht ganz so weit bringen wie in der Erotik.«
»Die Lust an einem schönen Körper ist die unterste Stufe des Eros. Sagt Platon!«
Das war wieder einmal typisch. Wenn sie sich schon ei-

nen Mann als Vorzeigevater erkor, wurde er verfolgt von Balletteleveninnen, die mit Rosen um sich warfen und ihre Seidenhemdchen verloren wie andere ihre Papiertaschentücher.
Da Wolfgang nur unverschämt weitergrinste, sagte sie säuerlich: »Und drinnen waltet die züchtige Hausfrau.« Sie stand auf, ging zu einer der schwarz gestrichenen Türen, öffnete sie und blieb überrascht stehen. Sie befand sich in einer großen Wohnküche, sicherlich die schlampigste, gemütlichste Küche, die sie je gesehen hatte (für Victor wäre sie allerdings Ausdruck asozialen Lebens gewesen). Auf gelblichweißen Küchenmöbeln, von denen der Lack splitterte, standen riesige Asparagustöpfe, Knoblauch baumelte am Fensterkreuz, über einem wurmstichigen Tisch hing eine Kupferlampe, das bauchige Spülbecken hatte Rostflecken, im Milchkrug schwamm eine tote Fliege.
Teresa band sich ein Trockentuch um und machte sich an die Arbeit. Sie schob die Pizza in den Herd, deckte den Tisch, würzte den Sprossensalat und fand ausgerechnet im Kühlschrank eine Flasche Chianti.
Beim Essen gab sie sich heiter. Wie es denn laufe mit den vielen Premierenproben? Veronikas Kellerpremiere, der Ballettpremiere... was sei es doch gleich gewesen? Ach ja. *Das Mädchen mit den Schwefelhölzern*, haha, die Rolle würde sich ja wirklich gut eignen für diese Iris, da sie auch nur ein Hemdchen trug in bitterkalter Nacht.
Wolfgang erzählte, daß es gut laufe. Veronika beherrsche ihr Repertoire inzwischen recht anständig, sie sei eine Könnerin, er sei wirklich beeindruckt. Teresa, der

einfiel, mit welch begehrlichem Funkeln in den Augen Veronika von Wolfgang gesprochen hatte, blickte sich rasch um, ob sie noch ein zweites Seidenhemdchen entdeckte, vielleicht an die Tür des Schlafzimmers genagelt, aber dort befanden sich nur ein paar Haken, an denen zerfranste Jeans hingen.

Das Mädchen mit den Schwefelhölzern würde eine gute Sache werden. Lediglich eine kleine Umbesetzung sei notwendig, fuhr Wolfgang fort, doch bis Weihnachten habe man ja noch Zeit. Und für seine Komposition der *Sieben Todsünden,* die er im Rahmen eines Wettbewerbes eingereicht habe, sei, wie gesagt, vom Bayerischen Rundfunk Interesse angemeldet worden.

»Und du?« fragte er und zündete sich eine Zigarette an.

»Ich bin so weit informiert, daß du dich von Heiner getrennt hast. Und neu liiert bist. Mit einem Mann namens Paulchen, der nur aus Herz besteht. Heiner hat übrigens nie mit mir darüber gesprochen, und ich habe auch nicht erwähnt, daß ich weiß, du lebst nicht mehr bei ihm.«

»Das mit Heiner und mir... Das wäre früher oder später sowieso in die Brüche gegangen. Wir haben uns auseinanderentwickelt. Damals, zu unserer Studentenzeit, da hatten wir noch die gleiche Wellenlänge. Da war Heiner noch ein lustiger Kumpel und froh, den elterlichen Fittichen entkommen zu sein. Da verstanden wir uns prima. Auch noch am Anfang unserer Ehe. Ach, wir haben so viel gelacht und herumgealbert! Aber je älter er wurde, desto etablierter führte er sich auf. Alles wurde dosiert: das Vergnügen, der Wein, das Essen, sogar die Erotik packte er in kleine Tütchen und wog sie ab, damit sie nicht sinnlos verpraßt wurde. Und als er auch noch den absoluten Umwelttick kriegte...«

»Ist aber doch wichtig, die Umwelt...« Wolfgang sah sie lächelnd durch den Rauch seiner Zigarette an.

»Ja. Seh' ich auch ein. Ich habe auch nichts dagegen, meinen Müll zu trennen und zum Glascontainer zu hatschen. Und gesund zu kochen. Aber muß man unentwegt davon reden? Nichts anderes mehr im Kopf haben? Nur mehr jammern? Kann ich mich ja gleich auf den Friedhof legen und das Ende der Welt abwarten.«

»Und Ingeborgs Cousin? Hast du den auch schon wieder über?«

Teresa sah Wolfgang in die Augen. So offen und ehrlich wie ein Hyänenbaby. Wenn sie wollte, daß er mit ihr paktiere, mußte sie ihm den Eindruck völliger Aufrichtigkeit vermitteln.

»Ja. Der ist passé.«

»Warum?«

»Willst du die schreckliche Wahrheit hören?« Sie lächelte ihn an, aus den Augenwinkeln, sehr reizend, und nahm einen Schluck Wein. »Es liegt nicht daran, daß er wesentlich älter ist als ich. Oder vielleicht doch. Vielleicht verfolgt man andere Ziele, wenn man über fünfzig ist. Obwohl – das tat Victor gar nicht. Er ist nicht weise geworden mit den Jahren, eher gewitzt. Auch nicht mitfühlend, eher selbstzufrieden. Er ist ein Mann mit begrenztem Gesichtskreis. Er hatte nie den Drang, aus seinem... Barockrahmen zu steigen und die Welt zu sehen, wie sie wirklich ist.«

»Was du natürlich unablässig tust...«

»Nein, zugegeben, ich auch nicht. Das heißt aber nicht, daß ich nicht wüßte, was ich alles verkehrt mache, und manchmal versuche ich sogar, mich zu ändern. Victor aber hat sich, aus purer Bequemlichkeit, ein entsetzlich kitschiges Weltbild zurechtgebastelt: Die ideale Frau ist lieb und nett und darf ruhig ein bißchen doof sein. Die Männer dieser Frauen arbeiten hart, um der Familie ein sorgenfreies Leben zu bieten. Natürlich ist man kulturell interessiert, geht in die Oper, in die Operette, ab und zu ins Schauspiel – aber bitte nicht in eine jener Neuinszenierungen, in denen die Maria Stuart sich kreischend am Boden wälzt. Schon eher ins *Schwarzwaldmädel*. Da kratzt einen die Handlung nicht, da ist die Welt so, wie man sie gerne hätte. Da sind die Frauen weich und süß und raffiniert und die Männer Smoking tragende Schwerenöter, die Champagner trinkend durchs Leben tanzen.«

»Klingt gut.« Wolfgang lachte. »Außerdem hast du mir immer den Eindruck gemacht, als hättest du es auch ganz gern, wenn die Wirklichkeit dich nicht allzusehr kratzt.«

»Jetzt kratzt sie mich aber.«

»Okay. Einigen wir uns darauf, daß du keine Spießerin bist. Aber labil. Und verrückt. Doch das ist nicht mein Problem.«

Dachte er. Wieder lächelte sie ihn an.

»Was verschafft mir denn die Ehre deines überraschenden Besuches? Denn ohne Grund wirst du mich nicht gemästet haben mit Pizza und Schokoladensahne.«

Teresa drängte es, alles hervorzusprudeln. Doch sie be-

herrschte sich. Schlug die Augen nieder. »Du bist doch nicht nur Heiners Freund?«
»Jetzt sind wir aber auch lieb und herzig.«
Sie wurde rot. »Ich brauche deine Hilfe. Nichts Großartiges. Eigentlich bitte ich dich nur um einen Abend.«
»Um noch einen Abend? Teresa, Teresa! Du hast doch jetzt dein Paulchen!«
»Nun sei mal ernst.«
»Es ist mir ernst. Tja...« Er warf den Kopf zurück und lachte. »Du bist leider nicht mein Typ. Ich mag's gern ein wenig vollschlank.«
Das konnte er haben. Noch eher, als er dachte... »Keine Sorge. Du bist auch nicht mein Typ, ich mag keine dunklen Männer«, sagte sie giftig. Dann, weil sie ja etwas von ihm wollte, verbiß sie sich ihren Zorn. »Ich möchte gern, daß du mit mir und meiner Chefin zum Essen gehst.«
»Mit dir und deiner Chefin? Der Modetante? Soll ich für sie auch Lieder komponieren? Morgenstern? Der Rock, am Tage angehabt, er ruht zur Nacht sich schweigend aus... Oder willst du, daß ich ihr Klavierunterricht gebe?« Seine schwarzen Augen funkelten vor Lustigkeit und wanderten zur geöffneten Tür, zum Klavier, zum gelben Spitzenhemdchen.
»Nein. Ich will nur, daß du mit uns ißt und so tust...« Sie biß sich auf die Lippen und lächelte ihn wieder allerliebst an.
»Also?«
Plötzlich brach es aus ihr heraus. »Ich will, daß du Gabriela Thurau erzählst, daß du mein neuer Freund bist.

Daß du nur auf die Scheidung wartest, um mich heiraten zu können. Und daß ich schon bald zu dir ziehe.«

»Ich hör' wohl nicht recht! Warum denn?«

»Weil ich ihr genau das vorgeflunkert habe. Als Ausrede. Da konnte ich ja nicht wissen, daß sie dich partout kennenlernen will.«

»Warum hast du ihr solchen Unsinn erzählt? Ist das pathologisch bei dir? Das Schwindeln?«

»Ich wollte nicht sagen, daß ich bei Ingeborg wohne.«

»Das verstehe ich nicht. Dein Privatleben kann ihr doch piepegal sein. Selbst wenn sie erfahren hat, daß du von Heiner getrennt lebst, geht es sie nichts an, wo du jetzt wohnst.«

»Es ist wegen Paulchen.«

»Ja, genau, warum ziehst du nicht zu dem sagenhaften Paulchen? Warum wohnst du, verbal, bei mir?«

»Weil er bei mir wohnt.«

»Wie bitte?«

Teresa begann zu lachen. »Armer Wolfgang. Aber tröste dich, jeder, der mit mir zu tun hat, gerät in diesen Zustand der absoluten Ratlosigkeit.«

Wolfgang wollte Wein nachschenken, doch sie winkte ab. »Mag Paulchen nicht so gern.«

»Ist er Antialkoholiker? Also wirklich, Teresa... Da kommst du ja vom Regen in die Traufe. Oder hast du eine masochistische Vorliebe für Asketen?«

»Dem Paulchen wird schlecht, wenn ich Wein trinke. Und mir auch.«

Die Stille war beklemmend. Dann fragte Wolfgang: »Du meinst, du kriegst ein Kind?«

Sie nickte.
»Von Heiner?«
Sie zuckte die Achseln.
»Du weißt es nicht?«
»Nein.«
»Warum hast du das Kind behalten?«
»Ich habe mir immer ein Kind gewünscht.«
»Heiner auch?«
»Er nicht. Schon gar kein fremdes. Und Victor hat bereits zwei erwachsene Söhne, mit denen er sich nicht versteht. *Voilà!* Deshalb wohne ich bei Ingeborg.«
Wolfgang starrte sie an. »Und warum will deine Chefin mit uns essen gehen?«
»Weil du Paulchens Vater bist. Und ich ab Januar bei dir wohne.«
»Was? Bist du total verrückt geworden?«
»Ich versuche doch bloß, meine Haut zu retten. Ich habe Gabriela Thurau gesagt, du bist der Vater. Na und? Was kann es dir schon ausmachen, einen Abend lang in eine andere Rolle zu schlüpfen!«
»Warum soll ich der Vater sein?«
»Weil ich damit klarmachen wollte, daß du als freischaffender Künstler genug Zeit hast, dich um das Kind zu kümmern, während ich ungestört meinem Beruf nachgehe.«
»Wenn ich eine Vaterschaft zugebe, an der ich nicht beteiligt bin, bin ich entweder ein Romantiker oder ein Idiot.«
»Richtig. Ein romantischer Idiot. *Take it easy!* Du mußt mir einfach helfen.« Tränen traten in Teresas Augen, sie suchte nach einem Taschentuch.

»Bitte, keine Tränen! Meine Mitleidensfähigkeit ist heute bereits erschöpft.«
Sie erzählte ihm von dem Vertrag. Von ihrer Chance. Und daß Gabriela Thurau, skeptisch und mißtrauisch wie alle Weiber auf Gottes Erdboden, sich wohl selbst ein Bild machen wolle von der Zuverlässigkeit der Angaben. Und daß sie deshalb weder Heiner noch Victor zu diesem Essen bitten könne. Heiner nicht, weil er mit wahrer Begeisterung ihre Pläne durchkreuzt hätte, Victor nicht, weil ihm in seinem Alter keiner abnahm, daß er bereit war, den Vater und Hausmann zu spielen.
»Aber mir nimmt man den Hausmann ab?«
»Du bist ein Chaot. Chaoten leben von ihrer Flexibilität. Machen auch mal einen Blödsinn mit. Komm doch – ist ja nur dieses eine Essen. Du schaust mich innig an, legst mir die besten Bissen vor, tätschelst liebevoll mein Bäuchlein und sagst: ›Darling, mach du nur ruhig Karriere, um Paulchen und den Haushalt kümmere ich mich schon.‹ Das ist alles.«
»Das ist alles! Wunderbar! Und was soll hinterher werden? Nichts stimmt von dem, was wir dieser Thurau erzählen.«
»Das laß nur meine Sorge sein. Also – hilfst du mir?«
»Nein.«
»Warum nicht?«
»Ich hasse Verwicklungen. Und wenn ich mich auf so etwas einlasse und mit dir konspiriere, ahne ich nur Katastrophen.«
»Dann heure ich einen Schauspieler an. Wenn dir das lieber ist?«

»Mach, was du willst. Das hat dann nichts mehr mit mir zu tun.«

»O doch. Denn der Schauspieler wird unter deinem Namen auftreten, ist doch klar.«

»Ich verbiete dir...«

Teresa stöhnte und legte ihre Hand auf ihren Bauch. »Ohhh...«

»Was ist los?« Wolfgang sprang entsetzt auf. »Sind das die Wehen? Oder was?«

»Ich soll mich nicht aufregen.«

Er setzte sich wieder. Sagte erschöpft: »Okay, okay. Also reg dich nicht auf. Und übertreibe am Freitagabend nicht so maßlos, sonst bringst du mich nur aus meinem Konzept.«

Sie umarmte ihn. »Danke. Und wenn du mich mal brauchst – ich gehe für dich durchs Feuer. Ich erzähle allen, daß Mozart ein musikalischer Nobody ist gegen dich. Ich verstecke dich vor deinen Weibern unter meinem Bett, wenn sie dich allzusehr verfolgen.«

»Um Himmels willen! Nicht unter deinem Bett. Also – dann am Freitag. Im schwarzen Anzug?«

»Sieh einfach aus wie ein komponierender Hausmann.«

»Küchenschürze und Taktstock?«

Teresa kicherte. »Rollkragenpulli. Und zwischendurch dirigierst du mit dem Suppenlöffel ein unsichtbares Orchester und kritzelst ein paar Noten auf die Serviette und aufs Tischtuch.«

»An das Unmoralische meines Tuns darf ich gar nicht denken.«

»Was ist daran unmoralisch, wenn man einer werdenden Mutter hilft?« Vorsichtshalber stöhnte sie wieder ein wenig auf.
Das gab ihm den Rest. Er kapitulierte.

Und spielte seine Rolle ausgezeichnet.
Gabriela Thurau sagte, während sie auf den Nachtisch warteten: »Ich habe Teresa schon lange nicht so ausgeglichen und rundherum glücklich gesehen. Was die Liebe so alles vermag...«
Teresa wandte den Kopf und sah Wolfgang an. »Ja, ja, die Liebe«, sagte sie boshaft.
Er schickte ein breites Lächeln zu ihr hernieder. Maß sie mit einem frechen Blick. »Ich freue mich schon so, wenn Teresa endlich, endlich bei mir wohnt und ich sie verwöhnen kann, wie sie es verdient.« Sein Tonfall war voll tückischer Wärme, er legte einen Arm um ihre Schulter und zog sie so fest an sich, daß es ihr schier den Atem abschnürte.
Sie wurde blutrot. »Der Nachtisch...«, stammelte sie.
Wolfgang rief begeistert: »Ach. Unser Tiramisu. Ich hebe unter die Creme ja noch ein bißchen Eischnee, mal sehen, ob die hier auch dieses Rezept verwenden.«
Er hatte ein Kochbuch studiert! Sie starrte ihn an. Und sah wieder diese jungenhafte Fröhlichkeit, diese freche Herausforderung in seinen Augen aufblitzen, und etwas von seiner unverschämten Lebendigkeit sprang auf sie über. Oh! Auch sie konnte ihn in Verlegenheit bringen!
Ihr Herz begann hurtig zu schlagen, als sie zu Gabriela Thurau sagte: »Wenn ich mich häuslich eingerichtet

habe bei Wolfgang, müssen Sie uns unbedingt besuchen kommen.«

Er räusperte sich. »Teresa hat mir erzählt, Sie arbeiten unter Hochdruck für die Silvester-Schau im Fernsehen?«

»Richtig. Und sie hat bedeutenden Anteil daran. Wissen Sie, Ihre Teresa hat recht ungewöhnliche Ideen.«

»War von jeher ihre Stärke.«

»Was wünschen Sie sich denn? Junge oder Mädchen?«

»Einen Jungen... musikalisch wie der Vater«, sagte Teresa schnell.

Wolfgang breitete die Arme so enthusiastisch aus wie ein Pfarrer während der Sonntagspredigt: »Aber nein, nein! Ein Mädchen, natürlich! Mit all den netten, ausgefallenen Ideen der Mutter. Wäre das nicht himmlisch?«

Er tätschelte Teresas Bauch, in den Augen pure Lust auf Mord.

Zehn

Veronikas Kellerpremiere wurde ein großer Erfolg. Als sie, von Wolfgang Engel auf dem Klavier begleitet, mit einer eigenwilligen Interpretation aus der *Dreigroschenoper* begann, lauschte das Publikum mit einer Mischung aus Achtung und Neugierde. Als sie mit Morgenstern und Heine endete, klatschte es begeistert Beifall und bat um Zugaben.

Teresa saß zwischen Anna und Ingeborg und starrte Wolfgang Engel an, der einen nachtblauen Anzug trug und dessen Augen, nur zehn Handbreit von Veronikas Gesicht entfernt, einen so bewundernden Ausdruck zeigten, daß Teresa nicht nur künstlerische Gemeinsamkeiten argwöhnte. Lediglich beim *Möwenlied* wandte Wolfgang leicht den Kopf und kräuselte die Lippen.

»Die Möwen sehen alle aus, als ob sie Emma hießen ...«, Teresa war froh, daß sie im Halbdunkel saß und niemand die Röte, die ihr in Stirn und Wangen fuhr, bemerkte.

»Eddi wird allmählich eifersüchtig auf diesen Wolfgang«, flüsterte Anna, »ist ja auch wirklich ein heißer Typ.«

Teresa flüsterte zurück, Veronika solle sich bloß in acht

nehmen, der Wolfgang sei ein ganz Ausgekochter. Der könne mit den in seiner Wohnung vergessenen Seidenhemdchen allmählich einen Second-hand-Shop aufmachen.
Später meinte Anna kichernd: »Apropos ausgekocht. Mein Manfred ist der Meinung, ich solle nicht mehr verkehren mit dir. Weil du eine Gestrauchelte bist. Eine Frau, die ihren Mann verläßt und nicht einmal weiß, von wem das Kind ist, das sie kriegt...«
»Wo er die Neuigkeit wohl herhat? Ach, und wie geht es eigentlich deinem Karli?«
Anna meinte seelenruhig, daß es Karli gutgehe. Sie fragte Teresa nach ihrer Arbeit im Thurau-Salon und ob es stimme, daß sie an den Silvesterfummeln für die »Seventeen«-Leute mitarbeite.
»Ich arbeite mit. Gabriela Thurau beschäftigt mich nämlich auch als Gestrauchelte.«
»Sei bloß nicht sauer. Der Manfred ist halt ein Spießer, da kann man nichts machen. Und daß du einen schlechten Einfluß auf mich ausübst«, Anna kicherte schon wieder impertinent, »ist unbestritten. Ohne Stammtisch kein Karli. Bloß – der Manfred weiß halt nichts vom Karli. Ich bin geschickter als du.«
»Ich nehme an, ohne Stammtisch hättest du dir einfach den Gasableser gekrallt.«
Wolfgang Engel setzte sich zu ihnen. Er hatte sein Jakkett ausgezogen und wirkte angegriffen, aber nicht angegriffen genug, um nicht Veronika an den Tisch zu rufen und ihr ein Glas Champagner aufzudrängen.
»Da«, sagte er. »Du warst großartig. Wirst bestimmt gute Kritiken bekommen.«

»Du auch«, antwortete Veronika.
Wollten sie vielleicht auch noch ihre Medaillons tauschen? Teresa rückte ihren Stuhl nah an den Tisch. Sie hatte in den letzten Wochen stark zugenommen, sie trug weite Kleider, die sie mit phantasievollen Stoffblumen, Schals oder Volants schmückte. Trotzdem fühlte sie sich plump und ungelenk. Wolfgang beobachtete sie, mit einem aufblühenden Lächeln, das ihr nicht geheuer war.
»Ja, ja, die Emma und ihr Kind«, sagte er.
»Ja, ja, der Blaubart und seine Opfer«, antwortete sie.
Er grinste. Dann ging er mit Veronika zum Champagnerstand. Die Menschheit würde zugrunde gehen am Alkoholismus, und das begnadete Genie eines Komponisten, der sich dem Trunk ergab, fiel sowieso der Mittelmäßigkeit anheim.
Ingeborg sagte: »Da bahnt sich was an. Con brio und furioso.«
»Ich bin sehr unverbildet, das weißt du doch.«
»Leidenschaftlich und mit Feuer. Hast du's nicht bemerkt?«
»Wo furioses Feuer hinführt, siehst du ja an mir«, antwortete Teresa.
»Nicht jede ist so blöd wie du.«
Endlich einmal eine präzise Charakterisierung ihrer Persönlichkeit!

An einem grauen Novembertag fuhr Teresa nach Tutzing, um Marlene Froschhammer und ihre Wohngemeinschaft zu besuchen. Sie hatte einen triftigen Grund, diese Angelegenheit voranzutreiben, hatte ihr doch Ingeborg bereits einige Male zu verstehen gegeben, daß sie das dritte Zimmer nun wieder brauche und daß ihre Einladung ja nur als Notlösung gedacht gewesen sei. Ob sie ihr denn das Zimmer wenigstens noch bis Ende Dezember, natürlich gegen Mietzahlung, überlassen könne, hatte Teresa gefragt. Doch Ingeborg schüttelte stumm den Kopf.

»Es kann doch nicht dein Ernst sein, mit der Freundin deines Mannes in einer Wohnung zu leben«, sagte Teresa empört.

»Das verstehst du nicht.«

»Was gibt es da zu verstehen?«

»Willst ausgerechnet du den Moralapostel spielen?«

»Ingeborg! Ich sehe doch, wie du leidest. Was meinst du, wie du dich fühlst, wenn diese Zicke erst einmal hier wohnt?«

»Es ist nur vorübergehend. Weil sie jetzt im November ein Studium begonnen hat, Orientalistik, sehr zukunftsträchtig.« Ingeborg lachte hart auf. »Jetzt kann sie sich ihre Wohnung nicht mehr leisten.«

»Und wie soll das funktionieren? Besucht Karlheinz sie im Gästezimmer Nacht für Nacht? Als Mentor in Sachen Orientalistik? Oder werfen sie dich aus dem Schlafzimmer?«

Ingeborg begann zu weinen. Doch auch noch unter rauhem Schluchzen wiederholte sie, daß Teresa keine Ahnung habe und daß Karlheinz seine Torheit ungestört ausleben müsse. Und daß sie, wenn sie geduldig und nachsichtig sei, am Ende siegen werde.

»Das klingt verteufelt nach Dr. Burgers schlauen Ratschlägen auf einen Leserbrief.«

Ingeborg hatte sich wieder gefaßt. »Karlheinz hat mir versichert, daß er mit Uta nur mehr freundschaftlich verkehrt. Er will ihr den Start in das akademische Leben erleichtern, sagt er, er will nicht, daß sie als Maniküre endet, weil sie eine ganz naive Intelligenz besitzt, die zu fördern unbedingt wichtig sei. Er arbeite da mit dem Pygmalioneffekt, sagt er, und wenn Uta sich intellektuell freigestrampelt habe, dann sei auch seine Aufgabe beendet.«

»Eliza Doolittle hat sich Professor Higgins auch gekapert, indem sie ihm nicht nur seine Pantoffeln anwärmte.«

Ingeborg schwieg. Dann sagte sie: »Du suchst dir also eine andere Bleibe?«

Teresa versprach es.

Bereits am nächsten Tag telefonierte sie mit Barbara Hoppe von Pro familia. Sie erhielt Adresse und Telefonnummer eines Apartmentheims, in dem alleinstehende Mütter mit ihren Kindern lebten. Da das Haus auch eine Kinderkrippe und einen Kindergarten besaß, konnten die Mütter einer geregelten beruflichen Tätigkeit nachgehen. Außerdem empfahl man ihr, doppelgleisig zu fahren und sich beim Wohnungsamt eine hohe Dringlichkeitsstufe zu besorgen.

Das Apartmentheim »Mutter-Kind« setzte sie auf die Warteliste. Die Wartezeit werde mindestens ein halbes Jahr betragen, teilte man ihr mit. Oder länger.

Das Wohnungsamt gewährte tatsächlich eine hohe Dringlichkeitsstufe und setzte sie ebenfalls auf die Warteliste. Aussicht auf eine Wohnung bestand kaum. »Was

glauben Sie, wie viele Leute in München eine hohe Dringlichkeitsstufe haben...«, seufzte der genervte Beamte.
»Aber ich kriege ein Kind. Kann ich da nicht gleich...«
»Haben Sie eine ärztliche Bestätigung dabei?«
»Sie sehen doch, daß es unterwegs ist. Oder glauben Sie, ich habe mich mit Sofakissen ausgestopft?«
»Da habe ich schon ganz andere Sachen erlebt. Tja... vor der Geburt würde es sowieso nicht mehr klappen mit der Wohnung. Jetzt warten Sie doch erst mal ab.«
»Auf was, bitte, soll ich warten?«
»Tut mir leid, daß ich das sagen muß – aber angenommen, es wird eine Fehl- oder Totgeburt? Dann entfällt unter Umständen auch der Anspruch.«
Teresa starrte ihn an. Dann zerriß sie das bereits bearbeitete und unterschriebene Formular und warf es ihm ins Gesicht.

Blieb also die Wohngemeinschaft in Tutzing. Sie saß im kalten Abteil der S-Bahn und blickte aus dem Fenster. Im Frost erstarrte Bäume reckten die dunklen Zweige in den Himmel, tote Blätter wirbelten auf, Krähen flogen über grauerdige, karstige Äcker.
Vom Bahnhof führte eine schmale Straße zu einer Reihenhaussiedlung. In den Vorgärten lag der Reif auf braun verfärbtem Gras, Strohsterne hingen in den Fenstern. Eines dieser Häuser wurde von Marlene Froschhammer und ihren beiden Freundinnen, Elisabeth und Henriette, bewohnt. Alle drei Frauen hatten Kinder. Marlene ein Baby von ungefähr fünf Monaten, Elisabeth

einen vierjährigen und Henriette einen sechsjährigen Sohn. Als Teresa klingelte, riß ein Junge mit olivfarbenem Teint und pechschwarzem Haar die Tür auf.
»Die Marlene ist im Bad und macht einen Schwangerschaftstest«, trompetete er.
Er lief voraus in ein geräumiges Wohnzimmer, in dem ein Tisch, ein paar Stühle, eine Stehlampe und ein großer Fernsehapparat standen. Ein Stofflöwe und eine Babyrassel lagen am Boden. Durch die geöffnete Tür sah Teresa in eine Küche. Auch dort Kinderspielzeug. Ein Bügelbrett, Töpfe und Pfannen, Geschirr auf einem Bretterbord.
Marlene, deren Test offensichtlich negativ ausgefallen war – sie trällerte fröhlich vor sich hin, als sie Teresa durchs Haus führte –, erklärte, daß sie und ihre Freundinnen, jeweils zusammen mit ihren Kindern, ein eigenes Zimmer bewohnten, vierhundert Mark koste so ein Zimmer, daß man den Wohnraum, das Bad, die Küche gemeinsam benutze, daß man eine feste Hausordnung geschaffen habe und abwechselnd am Abend oder auch mal tagsüber auf die Kinder der anderen aufpasse.
»Was arbeitest du?« fragte sie.
Teresa sagte, daß sie als Designerin arbeite.
»Mit festen Arbeitszeiten?«
»Mit langen Arbeitszeiten. Und später werde ich auch öfter mal verreisen müssen. Auf Messen. Und um Stoffe einzukaufen.«
Marlene wiegte den Kopf. »Klingt nicht gut«, sagte sie.
Nein, es klang nicht gut. Das meinten, während des Abendessens, auch Elisabeth und Henriette. Man einigte

sich, daß Teresa in Ruhe über die Angelegenheit nachdenken solle. Das Zimmer, das noch frei sei, würde vor Januar nicht vergeben werden, also verbleibe Teresa noch Zeit, sich zu entscheiden. Allerdings, einen regelmäßigen Turnus, währenddessen man ihr Baby versorge, gebe es keinesfalls, eine Wohngemeinschaft sei kein Mutter-Kind-Heim. Natürlich helfe man sich gegenseitig, so gut es gehe.

»Wer paßt tagsüber auf eure Kinder auf?« fragte Teresa.

Marlene Froschhammer sagte: »Ich bin zu Hause bei meinem Baby. Ich kriege Alimente, Erziehungsgeld und Sozialhilfe. Für die Erstausstattung bin ich zur Landesstiftung gegangen, Hilfe für Mutter und Kind. Ich bin ledige Mutter, außerdem noch in der Ausbildung, da läuft die Sache anders als bei dir. Ich kriege sogar einen Zuschuß zu einer Tagesmutter, wenn ich wieder zur Uni will.«

Elisabeth arbeitete als Krankenschwester. Ihr Kind war im Kindergarten.

Henriettes Sohn Pablo ging in eine Tagesheimschule.

Als Teresa wieder nach München zurückfuhr und durch die schmutzigen Zugfenster in die nächtliche Dunkelheit starrte, wandelte sich ihre Zuversicht in Ratlosigkeit. Was sollte sie tun? Eine Tagesmutter konnte sie sich nicht leisten. Egal also, wohin sie ging, sie mußte ihr Kind in eine Kinderkrippe geben und diese Tatsache obendrein geschickt vor Gabriela Thurau verbergen. Doch wohin ging sie, quo vadis, Teresa? dachte sie fröstelnd und versuchte, ihrer Angst mit dem von Oma

Neutze ererbten Optimismus zu begegnen, schließlich war sie nicht ganz allein auf der Welt, und lagen nicht sogar ihre Tarotkarten im Moment günstig? Gestern, vorgestern, heute – immer tauchte die Karte des *Gehängten* auf. Grausame Konfrontation mit dem Leben, gefolgt von dem Gefühl süßen Friedens nach schwerer Prüfung und der Forderung, zu sein, wer und was man war, auch wenn die mißbilligende Mehrheit (in ihrem Fall Heiner, Victor, Ingeborg, Veronika und Anna) einen für geistig zurückgeblieben hielt. Bloß Oma Neutze hatte das Wort »Abtreibung« nie und das Wort »Scheidung« wie selbstverständlich in den Mund genommen. Teresa beschloß, sich ein billiges Apartment in der Nähe von Oma Neutzes Wohnung zu suchen. Sie würde sich mit Heiner die gemeinsamen Möbel teilen und ihrem Mann außerdem nahelegen, die ihr zustehenden drei Siebtel korrekt zu berechnen. Sie würde weiterhin zusätzlich für das Institut Müller arbeiten, vielleicht sogar wieder um Befragungen bitten, die man in Privatwohnungen durchführen konnte, weil diese Art von Tests besser bezahlt wurde – sofort dachte sie an ihren ersten Besuch in Victors Wohnung, und eine alte Wunde brach auf. Doch als sie sich Victor im Bademantel, die nackten Füße in läppischen Lederpantoffeln, vorstellte, versachlichten sich ihre Gedanken wieder, und sie überlegte, daß das Gehalt, das Gabriela Thurau ihr zahlte, zwar gering, aber ausreichend war und daß ihr Sparkonto, von dem Heiner nichts wußte und das sie für den Kauf einer Nähmaschine hatte verwenden wollen, die Kosten für Babyausstattung, Kinderbett und Kinderwagen decken würde.

Auch krankenversichert war sie, und sie hatte schon vor Jahren, um Ingeborg einen Gefallen zu tun, eine Haftpflichtversicherung abgeschlossen (obwohl die Haftpflichtversicherung für Unfälle während der Pillenpause nicht aufkam!). Sie besaß, für ihre einsamen Abende, Fußschemel, Strickzeug und Kater Mäxchen und verfügte über eine ansehnliche Sammlung von Informationsbroschüren, ohne die eine junge Schwangere heutzutage anscheinend nicht mehr auskam. *Summen und Singen in der Schwangerschaft; Bauchtanz vor und nach der Geburt; Die natürliche Geburt; Die Wassergeburt; Die Geburt in der Hocke* – was also regte sie sich auf? Nein, sie regte sich nicht auf. Sie entspannte sich und begann zu summen. Paulchen protestierte mit einem heftigen Stoß. Ob er unmusikalisch war?

Ingeborg und Karlheinz befanden sich in der Küche, als sie leise die Wohnungstür öffnete und in den Flur trat. Sie stritten sich. Ingeborg sagte gerade:
»Ich kann sie unmöglich vor die Tür setzen, bevor sie eine andere Unterkunft hat. Es ist nicht so leicht für eine Schwangere, eine Wohnung zu finden, jetzt erst recht nicht, vor Weihnachten. Kommt sie mir ja vor wie die heilige Maria auf Herbergssuche. Der der Josef durchgebrannt ist.«
Das sei ihm allmählich egal, antwortete Karlheinz. Schließlich habe Teresa ja ihre Großmutter, die hocke wie ein alter Geier in ihrer riesengroßen Wohnung, auch so ein Unding, eine so große Wohnung für eine so alte Frau, und da könne Teresa ja bleiben, bis sich etwas Geeignetes gefunden habe.

»Oma Neutze hat doch alle Zimmer vermietet.«
»Na und? Geht eben eines der Fossilien ins Seniorenheim.«
»Wann würde Uta denn hier einziehen?« fragte Ingeborg, die Verräterin, mit ganz flacher Stimme.
»Sobald das Zimmer leer ist.«
Schweigen. Dann dieselbe flache Stimme: »Ich rede mit Teresa.«
»Schließlich sind wir nicht die Fürsorge, und wie man sich bettet, so liegt man.«
»Genau das ist es, was mir Sorge macht«, schrie Ingeborg, »ob ich dann gut liegen werde, wenn ich mich nach deinem Geschmack bette.«
Teresa stand wie erstarrt. Dann schlüpfte sie aus ihren Schuhen und schlich zum Gästezimmer.

Am nächsten Morgen packte sie ihre Sachen. Wieder schleppte sie ihre beiden Koffer, die Reisetasche, das Schaukelpferd und den Katzenkorb in ein dämmriges Treppenhaus und fragte sich, was ihr die Zukunft bringen mochte. Sie hinterließ in der Küche einen Zettel für Ingeborg:

»Maria geht auf Herbergssuche.
Danke für eure Gastfreundschaft.«

Auf Ingeborgs Bett legte sie eine mit Kerzen und Sternen bemalte Schachtel, in der sich ein Cocktailkleid aus rosarotem Satin befand. Sie hatte es aus Resten, die ihr Frau Thurau überlassen, genäht und es Ingeborg zu Weihnachten schenken wollen.

Sie berauschte sich an ihren Gesten – der wortkarge Zettel auf dem Küchentisch, das blitzsauber aufgeräumte Gästezimmer, das Kleid. Bevor sie sich nach einem Taxi umsah, rief sie Wolfgang Engel an. Er war zu Hause, Gottlob. Sie schwieg, hörte sein ungeduldiges »Hallo?« und schwieg weiter, so lange, bis er auflegte.

Auf ihr Klingeln öffnete er erst nach geraumer Zeit. Er trug nur eine Turnhose. Seine stoppeligen Wangen waren grau wie der graue Novemberhimmel. Er war barfuß. Er schaute auf Teresa, dann wanderte sein Blick zu den Koffern, zur Reisetasche, dem Katzenkorb. So erschreckte Augen hatte sonst nur ein Kind.

»Duu?«

»Ingeborg braucht das Gästezimmer für die Geliebte ihres Mannes. Ich mußte gehen und wußte nicht, wohin«, sagte Teresa dramatisch. Und dann, weil er anscheinend am Vormittag noch nicht in der Lage war, längere, zusammenhängende Texte zu begreifen: »Es ist nur für ein paar Nächte. Bis ich weiß, wo ich hin soll und was ich mache.«

»Wieso weißt du immer noch nicht, was du machst? Hast doch lange genug Zeit gehabt, darüber nachzudenken.«

Eine junge Frau mit zartem Madonnengesicht und schwarzem, zu einem Nackenknoten geschlungenem Haar tänzelte zur Tür. Das Schwefelholz. Im Seidenhemdchen.

»Was ist los, Darling?«

Teresa wurde auf der Stelle klar, warum das Schwefelholz auf der Bühne tanzte und nicht sprach. Die Stimme klang so kratzig wie ein rostiger Nagel.

»Eine Invasion. Das ist los!« Wolfgang führte sich auf, als seien Krieg, Hungersnot und Pestilenz über ihn gekommen.
»Ich heiße Teresa Gärtner«, sagte Teresa freundlich in den dunklen Flur hinein.
»Iris Sackstetter. Darling, was soll der Katzenkorb? Du weißt, ich bin allergisch gegen Katzenhaare.«
»Ich nicht nur gegen Katzenhaare«, sagte Wolfgang. »Und wenn ich noch länger halbnackt an der Tür stehe, erfriere ich. Meine Zähne klappern wie Kastagnetten.«
»Zähneklappern soll das Gehirn anregen und dem Altersschwachsinn vorbeugen« lächelte Teresa. »Aber du hast recht: Gehen wir besser rein.«
Während Iris im Schlafzimmer verschwand, um ihre beachtlichen Blößen zu bedecken, knallte Wolfgang den Teekessel auf den Herd und bestrich eine Semmel. Für sich.
»Krieg' ich auch eine?«
»Wie stellst du dir das vor?« schrie er. »Ich bin eingefleischter Junggeselle. Ich hasse Frauen in meiner Wohnung!«
Teresa schaute zur Schlafzimmertür. »Ach ja?«
»Iris ist nicht in meiner Wohnung. Sie ist in meinem Bett. Ein Unterschied, den Frauen wohl nie kapieren werden.«
»Ich bin nicht in deinem Bett und dafür in deiner Wohnung. Abwechslung ist ein Zeichen von intellektueller Neugierde.«
»Ich bin Musiker. Ich muß allein sein beim Arbeiten. Die Anwesenheit einer Frau macht mich impotent, künstlerisch impotent, verstehst du?«

»Stell dir einfach vor, ich sei ein Mann.«
»April, April, was?« Dann, da Teresa nach einem Taschentuch tastete, leicht hysterisch: »Wie lange willst du hierbleiben, sagtest du?«
Teresas Knie begannen zu zittern. »Ich... ich dachte tatsächlich, du setzt mich auf die Straße.«
»Bei Gott, das sollte ich tun. Du hast einen Ehemann, einen Liebhaber, aber die beiden sind fein raus. Die hatten das Vergnügen – ich den Ärger.«
»Ich wußte nicht, daß du auch das Vergnügen hättest haben wo...«
»Hör auf, so furchtbar witzig zu sein!« Er biß wütend in seine Semmel, Frischkäse mit Kräutern – Teresa lief das Wasser im Mund zusammen –, und rannte auf und ab. »Ich muß komplett wahnsinnig sein!«
»Du bist nicht wahnsinnig. Du neigst zur karitativen Tat, das ist ein sehr schöner und edler Charakterzug, vor allen Dingen an Weihnachten.«
Als er sich umwandte und sie ansah, zweifelte sie an den Prognosen des *Gehängten*. Der Ausdruck in Wolfgangs Gesicht wies eher in Richtung *Tod* und *Teufel*. Dieses Abgleiten in die Perversion. Diese schiere Lust am Töten.
»Glaubst du, mir macht das Spaß, betteln zu gehen?« Sie schnupfte in das Taschentuch.
Sofort änderte sich der Ausdruck seines Gesichts. Er drückte ihr seine Käsesemmel in die Hand und kramte nach einem zweiten Teebeutel.

Es ergab sich, daß die Wohnung einen großen Abstellraum mit breitem Fenster besaß, der sich als wahre Schatzkammer erwies. Teresa kniete sich in die Arbeit. Sie packte zerrissenes Notenpapier, Fotoalben, Stöße von Ansichtskarten verliebter Klavierschülerinnen, Wäsche, ein defektes Radio und einen Tauchsieder in zwei Umzugskartons und deponierte sie im Keller. Die in einer Ecke gestapelten Lebensmittelvorräte verstaute sie in der Küche. Auf dem Speicher fand sie ein Klappbett, eine Truhe und einen Plastikschrank mit Reißverschluß. Sie schob ihr Schaukelpferd unters Fenster und Mäxchens Katzenkorb vor das Bett. Sie packte ihre Koffer aus, holte einen der Asparagustöpfe aus der Küche, stellte ihn auf einen Schemel und schaltete, als es zu dunkeln begann, eine Wandlampe an. Das Zimmer wirkte, im sanften Schein der Lampe, sehr gemütlich. Dann duschte sie, putzte sich die Zähne, band ihre Haare zu einem Pferdeschwanz und requirierte einen orangefarbenen Bademantel mit weiten Ärmeln und Spitzeneinsatz, an dessen Kragen ein schwarzglänzendes Schwefelholzhaar hing. Zaghaft klopfte sie an die Wohnzimmertür.
Wolfgang sah ihr schweigend entgegen.
Sie fragte ihn, ob er erlaube, daß sie sich in der Küche nach etwas Eßbarem umsehe.
Er nickte, und sie verließ ihn, so geräuschlos wie möglich. Sie belegte ein paar Brote mit Wurst, holte Bier aus dem Kühlschrank und deckte den Tisch. Dann rief sie nach ihm.
»Ein gedeckter Abendbrottisch. Grauenhaft!«
Er nahm das Bierglas und ging zurück ins Wohnzim-

mer. Wenig später ertönte Klaviergeklimper. Furioso und con brio. Und besorgniserregend fortissimo.

Sie kamen überein, daß sie bei ihm bleiben könne, bis sich ein passendes Appartement finde. Ein passendes Appartement bedeutete ein billiges Appartement, und die Suche danach erwies sich als ähnlich simpel, als hätte sie sich vorgenommen, in Sandaletten den Mount Everest zu besteigen. Es stellte sich nämlich heraus, daß die billigen Wohnungen die Ausmaße eines Handtuchs, die geeigneten dagegen schwindelerregende Preise hatten und die Vermieter es obendrein prinzipiell ablehnten, ihren kostbaren Besitz einer schwangeren Frau anzuvertrauen.

»Sie bekommen ja ein Kind«, sagte eine mit Schmuck behängte Platinblonde so empört, als hätte Teresa die Absicht, Kakerlaken einzuschmuggeln.

Das nächstemal nahm Teresa, um den Makel der alleinstehenden Schwangeren zu mildern, Wolfgang mit.

»Erstens«, sagte man im Maklerbüro, »will der Herr Enzensgruber keine unverheiratete Frau mit Kind. Zweitens keine, die einen Freund im Rücken hat, der sich bei ihr einnistet. Und drittens keine Freiberuflerin.«

»Was sucht er? Eine millionenschwere Nonne?«

»Da es seine Wohnung ist, hat er auch das Sagen.«

Wolfgang schrie, der Herr Enzensgruber gehöre enteignet.

»Viertens«, sagte der Makler, »vermietet der Herr Enzensgruber nicht an Kommunisten.«

»Fünftens«, schrie Wolfgang, »kann uns der Herr Enzensgruber kreuzweise.«
Teresa beschloß, wieder allein auf Wohnungssuche zu gehen.

Ihre Freundinnen konnten ihr auch nicht helfen. Veronika, die nach ihrem Eröffnungsabend wohlwollende Kritiken erhalten hatte und deren Kellerlokal plötzlich im Trend lag, konnte sich mit so trivialen Dingen wie Wohnungsnot, Babyausstattung und Kinderkrippen nicht befassen; Ingeborg war jetzt eine aufgeklärte, progressive Ehefrau, hatte bereits zehn Pfund abgenommen und trug ihre progressiven Probleme zu einer progressiven Psychotherapeutin namens Yasmin Oberpriller. Und Annas soziales Empfinden war von jeher so unterentwickelt wie das Gebiß eines Ameisenbärs.
»Was mach' ich bloß? Ich will dir unmöglich noch länger zur Last fallen«, jammerte Teresa kurz vor Weihnachten.
Wolfgang schwieg.
»Es ist mir so unangenehm.«
Wolfgang schwieg konstant.
»Ich könnte ja ab Januar in die WG nach Tutzing. Aber das ist so weit weg... und was soll Paulchen auf dem Land, wenn ich den ganzen Tag in München arbeite?«
Wolfgang wußte auch nicht, was Paulchen auf dem Land sollte. Er machte ein Schafsgesicht. Dann sagte er widerstrebend: »Meine Wohnung ist groß genug. Bleib also, bis das Kind da ist. Hinterher kannst du in Ruhe weitersuchen, jetzt ist das nichts mehr für dich, das Ge-

renne treppauf, treppab und der ganze Ärger mit diesem miesen Vermieterpack.« Er bekam einen roten Kopf, so sehr ärgerte er sich über seine Anwandlung von Nächstenliebe, und Teresa verließ sofort das Zimmer, um ihm die Möglichkeit zu geben, seine emotionelle Unruhe unbeobachtet ausleben zu können. Das war wichtig, auch Yasmin Oberpriller hatte Ingeborg geraten, ab und zu, wenn Karlheinz im Büro war, eine Tasse an die Wand zu werfen. Sie lauschte, ob Wolfgang eine Tasse an die Wand warf. Als alles ruhig blieb, ging sie in die Küche und kochte einen Pichelsteiner Eintopf. Pichelsteiner Eintopf war Wolfgangs Lieblingsessen.

Weihnachten verbrachte sie bei Oma Neutze. Am ersten Feiertag ging sie mit Heiner, am zweiten mit Victor zum Essen. Beiden schenkte sie ein Jesuskind in der Wiege und eine Fotografie: Teresa in gerundeter Seitenansicht; dabei drückte sie eine Hand ins Kreuz, streckte den Bauch heraus und lachte in die Kamera, aber weder Heiner noch Victor besaßen die menschliche Größe, das Geschenk zu würdigen. Heiner sagte nur: »Ich werde dir ab Januar hundert Mark mehr überweisen.« Victor sagte, indem er das Foto verlegen in seine Brusttasche steckte und die Wiege so heftig schaukelte, daß das Jesuskind in den Brotkorb fiel: »Warum hat bloß alles so kommen müssen, ich versteh' dich immer noch nicht, Teresa...« Er schenkte ihr übrigens nichts. Er strengte sich nur an, wenn seine Ausgaben sich amortisierten.

Und dann, einen Tag vor Silvester, trat Wolfgang mit verlegenem Gesicht in die Küche und fragte: »Was machst du eigentlich morgen? Gehst du zum Feiern aus? Oder bist du bei Oma Neutze?«
»Nein. Ich bleibe zu Hause. Aber mach dir um mich keine Gedanken. Ich höre Musik und gucke in die Röhre. Wegen des Klamauks mit den ›Seventeen‹-Leuten.«
Wolfgang meinte, daß er sich nicht direkt Sorgen mache. Es sei nur so, daß er eine Bekannte eingeladen habe. Hierher in die Wohnung.
»Das Schwefelholz?«
Er schüttelte den Kopf. »Nein. Es ist... na ja, etwas Besonderes. Ruth ist... eine sehr beachtliche Person.«
»Wie alt?«
»Vierzig.«
»Vierzig?« schrie Teresa. »Das ist in der Tat sehr... beachtlich.«
»Ich denke, du bist so fortschrittlich? Ich bin immerhin auch schon reife zweiunddreißig.«
Teresa kaute auf ihrer Unterlippe. Dann sagte sie: »Und du möchtest mit ihr allein sein, wolltest du das sagen? Nun, ich rühr' mich nicht aus meinem Zimmer, okay?«
(Aber bestimmt hatte sie es bis dahin an der Blase, und das Badezimmer lag am anderen Ende des Flurs!)
»Ich dachte mir, wir könnten vielleicht zusammen essen und dann...«
Teresa lächelte süß. »Und dann ziehe ich mich mit meinem Strickzeug zurück. Ich habe schon begriffen.«
»Wenn du dich aber mies fühlen solltest dabei, dann kannst du auch...«

»Nein, nein, wo denkst du hin. Ist ja schon nett, daß ich mit euch essen darf.« Wieder lächelte sie. »Was soll ich kochen? Pichelsteiner?«
Sie einigten sich auf Fleischfondue.
Sie hieß also Ruth. Ruth Blessing. Sie war ungefähr einen Meter siebzig groß, schlank, rotblond, sehr mondän. Sie trug ein schlichtes Seidenkleid mit weißen Manschetten, eine Perlenkette und Perlenclips. Sie hatte eine angenehme Stimme, ein melodisches Lachen und eisgraue Augen. Sie arbeitete, wie sie Teresa erzählte, als Büroleiterin in einer Anwaltskanzlei. »Es ist nicht leicht, meinen Hühnerhaufen zusammenzuhalten«, sagte sie, aber sie ließ niemanden in Zweifel, daß es ihr gelang. Tag für Tag.
Teresa hatte den Tisch mit Wolfgangs bestem Geschirr gedeckt, hatte Luftschlangen aufgehängt und neben jedes Gedeck ein rosarotes Marzipanschwein gestellt.
Die Dekoration wirkte sofort albern, als Ruth Blessing sich an den Tisch setzte. Ihr Gesicht war ruhig und beherrscht, überhaupt umgab sie eine Aura steter Ausgeglichenheit. Wolfgang schien fasziniert von dem erlesenen Klima, das sie um ihn wob wie einen undurchdringlichen Schleier. Sein Blick hing voll Bewunderung an ihren blaßgeschminkten Lippen.
Die ununterbrochen sprachen. Mit dieser melodischen Stimme, die sich an den richtigen Stellen hob und senkte wie sanfte Wellen, die einen Kahn schaukelten. Teresa erfuhr, was Ruth gerne aß und trank, welche politischen Strömungen sie verabscheute, welche sie bevorzugte, wie sie sich ihr Leben und das Leben ihr nahestehender

Menschen vorstellte – sie sah dabei Wolfgang fest in die Augen – und was, ihrer Meinung nach, der Rest der Welt verkehrt machte.

»Und Sie, Teresa? Sie haben sicherlich auch alles bestens im Griff.« »Alles im Griff haben« war Ruths bevorzugte Redewendung.

»Na ja. Wenn das Paulchen da ist...«

»Sie haben das Geschlecht bestimmen lassen? Warum denn?«

»Das Geschlecht ist noch unbestimmt. Ich sage einfach Paulchen, nur so, da komm' ich besser zurecht damit.«

»Verstehe ich nicht ganz.«

»Ich finde, ein Mann hat es leichter auf dieser beschissenen Welt. Und ich will, daß es mein Kind leichter hat.«

»Ist ein bißchen in die Wolken gedacht, nicht wahr?«

»Ich denke gern in die Wolken«, sagte Teresa schnell und schielte hilfesuchend zu Wolfgang. Doch der hielt sich ruhig wie ein krankes Kaninchen.

»Ist in Ihrer Lage nicht gerade opportun.«

»Ach, wissen Sie...« Teresa spielte mit ihrer Gabel. »Opportun war es auch nicht, daß ich das Kind behalten habe. Und trotzdem... Es ist wunderbar, ein Kind zu kriegen.«

Ruth Blessing sagte, sie habe keine Kinder, der Beruf sei ihr immer wichtiger gewesen. »Aber ich bin Patentante, das genügt mir eigentlich«, sie lachte und legte eine Hand auf Wolfgangs Arm, sehr vertraut. »Spielst du ein bißchen Mozart?«

Es war ein knallharter Rausschmiß. Teresa erhob sich.

»Du kannst aber gern noch ein bißchen dableiben, nicht

wahr, Ruth? Teresa kann doch noch etwas dableiben, bis...«

Wolfgang zerkrümelte ein Stückchen Weißbrot.

Ruth Blessing blieb stumm. Stumm wie ein Stockfisch.

»Einen schönen Abend noch. Und alles Gute fürs neue Jahr«, sagte Teresa. Sie gab Ruth Blessing die Hand. Sie gab Wolfgang die Hand. Aus den Augenwinkeln bemerkte sie, wie Ruth sie musterte. Da beugte sie sich vor und küßte Wolfgang auf den Mund.

»Lieber Amadeus, vielen Dank für alles. Vor allen Dingen für deine... Freundschaft.« In das Wort Freundschaft lächelte sie schelmisch hinein, so, als wolle sie an dieses und jenes erinnern.

Ruths Lider flatterten. Hellwach.

So gesehen, hatten auch Leute, die in Wolkenkuckucksheim lebten, ihre Situationen im Griff.

Mitternacht saß sie am offenen Fenster. Sie hörte Kirchenglocken dumpf und feierlich schlagen, Feuerwerkskörper krachten und knatterten, Menschen liefen auf die Straße, prosteten sich zu, schrien und sangen. Sie sah einen prächtigen Goldregen, der einen Flammenschweif hinter sich herzog, glühende Sterne, die vom Himmel fielen und in der Dunkelheit verschwanden, und einen kleinen Jungen, der sich aus einem Fenster lehnte, Wunderkerzen entzündete und sie in weitem Bogen auf die Straße warf. Es begann zu schneien, die ersten Flocken sanken ganz sacht zur Erde. Teresa hob Kater Mäxchen auf ihren Schoß. Er zitterte. Letztes Jahr um diese Zeit hatte sie mit Heiner Sekt getrunken und einen Wiener Walzer getanzt. Letztes Jahr um diese Zeit hatte sie Victor noch nicht gekannt. Letztes Jahr um diese Zeit gab es noch kein Paulchen.

Es klopfte leise an der Tür. Sie antwortete nicht.

Letztes Jahr um diese Zeit hatte sie noch nicht gewußt, wie schnell Gefühle sterben. Und andere geboren werden.

Elf

Als an einem regengepeitschten Märztag Paulinchen zur Welt kam, dachte Teresa, daß wohl nichts auf Erden sich mit diesem Augenblick vergleichen lasse. Und trotz der Schmerzen, den würdelosen Flüchen im Kreißsaal und der Nichtachtung der Broschüre *Die Geburt in der Hocke* fühlte sie sich jetzt, da alles vorüber war, von einer so erleichterten, satten Zufriedenheit, daß sie meinte, das Herz müsse ihr schier übergehen vor Glück. Sie lag, Paulinchen im Arm, mit geschlossenen Augen im Bett, lauschte auf den Regen, der gegen die Fensterscheiben prasselte und hörte ihr Kind, leise wie einen Windhauch, atmen. Auf dem Flur klapperte ein Essenswagen. Die Stimme eines Mannes rief einen rauhen Scherz. Eine Frau lachte. Eine Tür schlug zu.

»Isses das erste Kind?« fragte eine Bettnachbarin, eine dralle Brünette in geblümtem Nachthemd. Sie zerteilte mit geschickten Fingern einen Apfel, ihre Augen wanderten hurtig zwischen Teresa und den kleinen Apfelstückchen, die sie in den Mund schob, hin und her.

Teresa setzte sich vorsichtig auf. »Ja. Das erste. Ein Mädchen.«

»Sie Glückliche! Ich hab' drei Buben. Und der Mittermaier, was mein Mann ist, wollte von Anfang an ein Mädchen. Kann ja noch heiter werden!«

»Ich habe die ganze Zeit geglaubt, es wird ein Junge. Und jetzt freue ich mich so, daß es keiner ist. Ist das normal?« fragte Teresa besorgt.

»Is völlig normal«, sagte Frau Mittermaier. »Man liebt immer das, was man kriegt, das hat die Natur so eingerichtet, egal, was die heutzutage alles rumbasteln an unserer Psyche.« Sie schob vorsichtig ein Bein ins Freie und stöhnte leicht auf. »Krampfadern. Schon nach dem zweiten. Dem Benno. Na, kann man nichts machen.« Sie zuckte die Achseln. »Sin Sie verheiratet? Muß man ja fragen heutzutage.«

»J... jaa.« Wenn auch nicht mit dem Richtigen, dachte Teresa und wurde rot.

Eine Schwester mit Flügelhaube und strengem Marmorgesicht nahm ihr Paulinchen aus dem Arm. Teresa kam sich vor wie amputiert. »Wann krieg' ich das Paulinchen wieder?«

»Die kleine Dame wird ihr Mittagsschläfchen woanders fortsetzen.«

»Warum nicht bei mir?«

»Sie müssen raus aus dem Bett, ins Bad, auf die Toilette. Ist wichtig für den Kreislauf.«

»Ach«, sagte Teresa enttäuscht. In gewissen Romanen lagen die Wöchnerinnen im schneeweißen Wöchnerinnenbett, verlangten mit matter Stimme nach einem Spiegel, bevor man ihnen eine Tasse kräftiger Hühnerbrühe reichte und der liebende Gatte, Tränen des Glücks in den Augen, vor dem Bett in die Knie brach. »Und ich dachte, ich könnte mich endlich mal ausruhen.«

»Meine Mutter ging einen Tag nach der Geburt schon wieder zur Kartoffelernte«, sagte das Marmorgesicht.
Jaja! Und jetzt noch die Story von der Frau, die achtundfünfzig Kinder hatte, jedes eigenhändig geboren! Teresa rappelte sich hoch.
Wolfgang und Oma Neutze rissen in jenem Moment die Tür auf, da sie, mit zittrigen Beinen und schwarzen Sternchen vor den Augen, zum Baderaum schwankte. Oma Neutze rief ihr hinterher, Paulinchen sei das schönste Baby im Haus, schöner noch, als Teresa gewesen sei, und dieses blonde, seidige Haar, nicht wahr? Und der kleine Mund, eine Rosenknospe! Und die Augen! So blau!
Als sie zurückkam, drückte ihr Wolfgang einen Strauß windzerzauster Tulpen und einen weißen Lilienstengel in die Hand. Und eine Plastiktüte.
»Die Tulpen sind von mir, die Tüte auch. Die Lilie ist von Heiner. Na... war's schlimm?«
»Ging schon. Hast du das Paulinchen gesehen?«
»Ja. Hinter Glas – wie gekochter Beinschinken.«
»Sie wiegt siebeneinhalb Pfund. Und ist zweiundfünfzig Zentimeter lang«, sagte Teresa stolz.
»Ich sag' ja. Wie gekochter Beinschinken.« Wolfgang grinste.
»Hast du die Väter alle angerufen?«
»Habe ich. Zuerst Heiner, der sagte, typisch Biologe: ›Der arme Wurm... in dieser Welt!‹ Und daß ich dir Blumen mitbringen soll, aber nur für sechs, sieben Mark, du würdest ihn sowieso ein Vermögen kosten. Und dieser Victor mit dem Operettentimbre wollte die

Krankenhausadresse haben. Vielleicht besucht er dich ja.«

»Nie. Der schickt einen Rosenstrauß und eine Karte. Mit drei Seufzern und fünf Ausrufezeichen... Wie geht's zu Hause?«

»Geht schon. Mein Speiseplan ist wieder zum Ursprung zurückgekehrt. Brot und Wurst. Deine ewigen Pommes frites fehlen mir auch. Und du fehlst Mäxchen. Er liegt in Paulinchens Wiege und nuckelt die Schleifen kaputt. Und wer soll jetzt meinen Eintopf kochen?«

»Soll ich für Ruth mein Pichelsteiner-Rezept aufschreiben? Oder ist Pichelsteiner zu vulgär für Ruth?«

Wolfgang hüllte sich in Schweigen. Ruth war kein Thema. Ruth war geheiligtes Terrain. Wie die Kapelle im Krankenhaus. Oma Neutze erklärte der hoffnungsfrohen Frau Mittermaier, daß nach dem Gesetz der Statistik das vierte Kind ein Mädchen werden würde, und legte eine Packung Stoffwindeln auf Teresas Bett.

»Keine albernen Papierwindeln auf den Po meiner Urenkelin, auch nicht die mit dem kleinen Unterschied«, meinte sie kriegerisch. Dann erzählte sie, daß sie Mitglied der Grauen Panther geworden sei und sich deshalb mit dem General in den Haaren liege. »Er mag keine Aufwiegler, ist das nicht zum Lachen? Na, dem habe ich Bescheid gegeben.«

Wenn Oma Neutze jemandem Bescheid gab, endete es meist in einem Rechtsstreit.

»Und?« fragte Teresa interessiert.

»Jetzt redet er nicht mehr mit mir. Ein fast Achtzigjähriger mit Schmollmund! Wenn mir noch mal jemand mit der Weisheit des Alters kommt!« Sie stand vor Teresas Bett, die Beine unter der gestreiften Schlußverkaufsbaumwolle ganz krumm vor Empörung, und Teresa tätschelte ihr die Hand und sagte: »Der beruhigt sich schon wieder. Er muß eben lernen, mit einer Emanze zusammenzuleben.«

Die »Emanze« versöhnte Oma Neutze. Zu zweit kramten sie in Wolfgangs Plastiktüte. Zogen drei knallrote Strampelhöschen heraus. Und ein Buch *Die junge Mutter und ihr erstes Kind*, Antiquariat, aus dem Jahre 1934: »Deutsche Frau! Der Geburtenrückgang hat bedrohlichste Ausmaße angenommen. Im Jahre 1901 wurden im Deutschen Reich 2032000 Kinder lebend geboren, im Jahre 1932 noch 978000! Und die Ursachen sind letzten Endes in einer kinderfeindlichen Weltanschauung begründet...« Teresa lachte. »Ich trage bei zur Erhaltung unseres Volkes und kriege einen Mutterorden. Klingt alles schon wieder furchtbar neu. Wo hast du das Ding her?«

»Vom Trödler. Sogar die Strickanleitung für ein wollenes Trägerröckchen ist drin. Und ein Kapitel über das Verhalten des Brustkindes.«

»Blödmann«, sagte Teresa.

Das letzte Päckchen kam von Ruth. Ein rosa Strickjäckchen, gehüllt in makellos glänzendes rosa Papier, mit einer rosa Schleife verziert, rosa Röschen auf der Karte: »Herzlichen Glückwunsch zum freudigen Ereignis – Ihre Ruth Blessing.« Teresa stopfte die Karte tief in die Tüte zurück.

»Und es bleibt bei dem Namen Pauline?« fragte Oma Neutze.

»Ja.«
»Furchtbar. Wir hatten nur eine Pauline in der Familie, eine Cousine dritten Grades, die soff Birnenschnaps wie ein Landser und rauchte ohne Filter. Und Männer hatte die... jede Woche ein paar. Ein Aas, kann ich dir sagen. Jetzt treibt sie irgendwo im Fränkischen in einem Altersheim ihr Unwesen, über neunzig ist sie schon. Daß das ihre Leber mitgemacht hat so lange...«
»Die Männer?«
»Die auch«, sagte Oma Neutze.

Später, als Teresa wieder mit geschlossenen Augen im Bett lag und dem Rauschen des Regens nachsann, kam der Fleurop-Bote. Er brachte einen Strauß dunkelroter Nelken. Und die Karte mit den vielen Seufzern.
»Ich denke, der Vater von Paulinchen war grade da?« wunderte sich Frau Mittermaier.
Teresa nickte. Nicken war nicht so viel geschwindelt wie Jasagen.
»Und die Nelken?«
»Vom anderen Vater.«
»Und die Begräbnislilie?«
»Von meinem Mann.«
»Ach.«
Teresa hielt es aus Gründen der guten Bettnachbarschaft für angezeigt, Frau Mittermaier aufzuklären.
»Pauline hat drei Väter. Zwei ignorante, die sie den Jordan runterschicken wollten, und einen, der sie mag. Der ihr auf dem Flohmarkt eine Wiege gekauft hat und eine Spieluhr und eine Holzeisenbahn. Und der sein Ohr auf

meinen Bauch gelegt hat. Mir zuliebe. Das hab' ich mir nämlich immer gewünscht. Ein Kind und einen Mann, der sein Ohr auf meinen Bauch legt.«

»Und welcher ist derjenige, der?«

Teresa überlegte. »Der mit dem Ohr auf meinem Bauch.«

»Der ist der Vater?«

»Na ja. So ungefähr«, sagte Teresa vorsichtig.

Ein ungefährer Vater verwirrte Frau Mittermaier noch mehr. Sie runzelte die Stirn.

In der Nacht lag Teresa lange wach. Der Regen hatte etwas nachgelassen, das Fenster war einen Spalt geöffnet, und frische Luft drang ins Zimmer. Sie hörte, leise, fern, einen Säugling weinen. Ob es das Paulinchen war? Sie tastete nach einem Taschentuch. Blödsinn, jetzt gleich mitzuheulen. War doch alles gutgegangen! Würde auch weiterhin alles gutgehen. Sogar einen Wickelkurs hatte sie besucht. Sie schnaubte in das Tuch. Erinnerte sich, erinnerte sich vor allem an die letzten paar Monate. An Gabriela Thurau, die ihr eine Nähmaschine und einen Zeichencomputer besorgt hatte. An Anna, die gebrauchte Babykleidung und einen Laufstall anschleppte. An ihre schweratmigen Ausflüge in die nahegelegenen Supermärkte, die Testbogen unterm Arm. An die Käuferbefragung in den Privatwohnungen, treppauf, treppab und wieder hundert Mark aufs Notgroschenkonto, und wieder zweihundertfünfzig Mark abgehoben für Wolle und den Flohmarkt-Kinderwagen. An den Abend, als sie Geburtstag hatte und das heulende Elend kriegte, weil sie sich so allein und verlassen fühlte. An Wolfgang, der sie in den Arm nahm und tröstete. An die durch hemmungslose Klagen unterbrochenen Telefonate mit Ingeborg, die nicht mehr an die fleischlose Nächstenliebe ihres Gatten glauben mochte und deshalb immer häufiger des aufbauenden Rates der Yasmin Oberpriller bedurfte. An das Champagnerfest im Fasching, als sie sich als überbreiter Schwertransporter maskiert und mit zwei Glas Bowle betrunken hatte. An den köstlichen Augenblick, als Wolfgang ihr das Glas aus der Hand nahm und mit ernster Stimme erklärte, Alkohol schade dem kleinen Paulchen. An die ersten Wehen, die sie im Kino überraschten. *Drei Männer und ein Baby*, sie war hingegangen, weil der Titel sie so reizte. An den italienischen Taxifahrer, der versprach, Wolfgang in der Kneipe anzurufen. Auch das Schwefelholz fiel Teresa ein, rote Nase und verweinte Augen im blassen Madonnengesicht, weil Wolfgang nur mehr mit Ruth... Und an ihren eigenen Kummer, weil Wolfgang nur mehr mit Ruth... Überall, überall war Wolfgang. Und überall, überall lauerte Ruth.

»Wissen Sie«, sagte sie am nächsten Morgen beim Zähneputzen zu Frau Mittermaier, »der Wolfgang ist ein furchtbar netter Kerl. Und als Mann ungemein gefragt. Aber mich, mich sieht er gar nicht. Ich bin so was wie ein Clown. Auf jeden Fall bin ich nichts Weibliches für ihn. Ich bin nicht sein Typ.«

»Versteh' ich Sie recht? Von dem einen Vater wollen Sie sich scheiden lassen, den anderen Vater haben Sie vorher schon zum Teufel gejagt, und den dritten, der ein Na-jaso-ungefähr-Vater ist, möchten Sie jetzt partout haben?«

»Klingt sonderbar. Als wüßte ich nicht, was ich wollte. Ist aber nicht so«, sagte Teresa mit sehr viel Schaum vorm Mund. »Ich habe lange darüber nachgedacht, es ist alles ganz logisch. Der Heiner und ich, wir konnten uns vorher schon nicht mehr riechen, unter keinen, auch nicht unter meinen Umständen. Ich glaube, er hat auch schon eine andere. Eine, die ihm jeden Tag Sojaschnitzel kocht und seinen Kompostkasten umgräbt... Und Victor – das ist der mit den Nelken –, der wollte nicht mich, sondern eine Vorstellung, ein Bild, das er sich gemalt hatte wie ein Kind im Kindergarten. Die unkomplizierte junge Frau als Jungbrunnen des Körpers und der Seele. Und ich wollte nicht Victor, sondern einen Mann, der mir die rauhe Welt fernhält, der mich beschützt und nicht zuläßt, daß mir Böses widerfährt. Aber dann ist mir Böses widerfahren. Und jeder von uns hat wieder so reagiert, wie er mußte. Heiner hat sich in ein Schneckenhaus namens ›Weltanschauung‹ verkrochen, Victor wollte das Problem mit Geld aus der Welt schaffen, und ich...« Sie überlegte. Dann sagte sie erstaunt: »Nein, ich habe nicht wie gewohnt reagiert. Ich habe mich nicht manipulieren lassen. Ich habe das Paulinchen gekriegt. Obwohl ich mich so furchtbar schämte...«

»Warum denn?«

»Es ist nicht gerade glorreich, zugeben zu müssen, daß man nicht weiß, wer der Vater seines Kindes ist. Abtreiben wäre viel einfacher gewesen. Hätt' ich meinen Glorienschein noch, nicht wahr?«

»Und dieser Wolfgang? Was ist mit ihm?«
Ich habe seinen Asparagus gegossen, dachte Teresa, ich habe ihm Pichelsteiner gekocht, seine Hemden gebügelt und am Abend zugehört, wenn er die *Sieben Todsünden* spielte. Ich habe sein Gesicht betrachtet, wenn er Noten aufs Papier schrieb, ich habe Herzklopfen gekriegt, wenn er die Tür aufsperrte, ich habe mich so wohl gefühlt wie eine gute, alte Ehefrau. Ja. Es war fast wie Verheiratetsein. Verheiratetsein, so wie Oma Neutze es immer erzählt hat von sich und Großvater. Nur daß ihre Ehe nicht platonisch war. Und keine Nebenbuhlerin hatte. Ruth heißt die Kanaille...
Sie sagte langsam: »Ganz früher mal, als Wolfgang immer Heiner und mich besuchte, hat er meine Neugierde geweckt. Sie kennen ja dieses typisch weibliche Gefühl: Wie wäre es denn, wenn... Vor allen Dingen, weil Heiner gegen Wolfgangs unbekümmerte, pralle Vitalität wirkte wie eine Wachspuppe. Als er mich bei sich aufgenommen hat, war ich ihm dankbar. Und dann, so peu à peu, fand ich ihn immer aufregender. Ich sage ja, ich wollte, daß er mich als Frau akzeptiert.«
»Als was sonst?«
»Na, nicht nur als Herbergssuchende. Als Frau seines Kollegen, die in Not geraten ist. Tja, und plötzlich, über Nacht, gerade als diese dumme Ruth auftauchte, merkte ich... Also, ich wollte, daß ich ihm sehr viel besser gefalle als all die anderen Frauen... Daß er sich nach mir umdreht. Mir mal ein Kompliment macht. Mit mir seine Sorgen bespricht. Aber berauschen Sie mal einen Mann, wenn Sie einen Bauch wie eine Trommel haben

und Ihre Fußgelenke anschwellen, und dann noch die Grippe! Wochenlang bin ich mit tränenden Augen rumgelaufen! Und jeden Abend kam diese Ruth! Nie ein Fitzelchen Staub auf ihren Schuhen, nie verschmierte Wimperntusche, alles makellos, makellos, makellos!«
»Gott! Sind Sie eifersüchtig«, gluckste Frau Mittermaier begeistert.
»Was soll ich nur tun? Ich muß mich, wenn ich aus dem Krankenhaus raus bin, nach einer Wohnung umsehen. Dann ist alles zu Ende.«
Die Mittermaier lachte ein freimütiges Lachen, eines, das durchsetzt war von tausend Jahren Weiblichkeit. »Ist doch ganz einfach. Wenn Sie nach Hause kommen, haben Sie keinen Trommelbauch mehr. Auch keine Grippe. Dafür aber ein Paulinchen, nach dem er ganz verrückt ist. Werfen Sie sich in Schale. Er ist Ihnen ja praktisch ausgeliefert Tag und Nacht. Und spielen Sie bloß nicht das Hausmütterchen. Das haben Künstler nicht so gerne. Küchengerüche, während sie das Genie überfällt. Ich hab' da mal einen interessanten Film gesehen. Mit der Kückelmann, glaube ich. Sie hatte immer eine Schürze an, wenn er nach Hause kam zum Komponieren. Und dann ging er durch mit einer rothaarigen Sängerin. Ach ja... Und schenken Sie, um Gottes willen, Ihre wollenen Nachthemden dem Malteserorden.«
»Die sind von Oma Neutze. Damit die Milch nicht vergeht, sagt sie.«
»Die Milch vergeht vielleicht nicht, aber alles andere.«
»Wenn er nur nicht so ein verdammter Weiberheld wäre!« rief Teresa empört. »Und wenn ihm die Weiber nicht so nachlaufen würden!«

»Damit müssen Sie sich abfinden. Die Weiber laufen so einem immer nach.«
»Ich doch auch. Ich laufe schon ein Vierteljahr lang und habe bald keine Puste mehr.«
»Vielleicht geht sie ihm auch aus... die Puste, meine ich...« Frau Mittermaier gähnte.
Ach, wie konnte sie gähnen! In diesem Augenblick der völligen Mutlosigkeit!
Frau Mittermaier kletterte ins Bett. »Ja ja, die Liebe...« sagte sie und seufzte zufrieden auf.

Der triumphale Einzug in Wolfgangs Wohnung, das schlafende Paulinchen im Arm, litt lediglich unter Ruths Anwesenheit. Sie hatte ein köstliches Menü bereitet, einen Strauß Märzenbecher in Teresas Zimmer gestellt und an Paulinchens Wiege einen Teddybären gehängt. Sie spielte so gekonnt die Gastgeberin, hatte wieder so rasch alles im Griff, hatte die Wohnung durch ihr zartes Parfum, ihre melodiöse Stimme und ihren aus der Zeitschrift *Besseres Wohnen* angelesenen Geschmack so sehr verändert, daß Teresa wirklich die Milch verging. Vor Gram.
Ruth sagte beim Essen: »Übrigens, wir haben einen Mandanten, einen Immobilienmakler. Wir stehen sehr gut mit ihm. Ich glaube sicher, daß er etwas tun kann für Teresa. Wegen der Wohnung, meine ich...« Sie lächelte unschuldig.
»Ach ja?« sagte Teresa mit wenig Begeisterung.
»Ach ja?« sagte Wolfgang, mit sehr viel mehr Begeisterung.

»Ja, sicher doch«, antwortete Ruth und sah Teresa an. Ihre Blicke kreuzten sich. Wie zwei Degen in einer Schilleraufführung.

Ein paar Tage später, als Teresa in ihre alten Jeans stieg und feststellte, daß der Reißverschluß immer noch klemmte, beschloß sie, zum einen eine Muse (wegen ihrer schwellenden Üppigkeit) und zum anderen (aus demselben Grund) raffiniert zu werden. Eine Muse zu sein war an sich schon eine sehr kreative Aufgabe, wurde sie aber zur raffinierten Muse, so kam ihr vor, werde sie sich als unschlagbare Gegnerin erweisen. Sicher. Das Verhältnis zwischen Ruth und Wolfgang hatte sich gefestigt – er trug wieder seine löchrigen T-Shirts, wenn Ruth ihn besuchte –, aber dennoch spürte sie eine leise Spannung zwischen den beiden, den Hauch einer Verärgerung. Wenn Ruth allzuoft anrief. Wenn sie den Tisch *jeden* Abend mit Nymphenburger Porzellan deckte. Wenn sie keine Stullen machte, sondern hauchdünne Schnittchen. Wenn sie im Fernsehen das *Modejournal* her- und den Krimi wegschaltete. Wenn sie mit ihren Nagellackfläschchen das Bretterbord im Bad blockierte. Wenn sie ihre Augenbrauen ausrupfte und vor dem Spiegel ungeniert versuchte, ihr Gesicht jünger zu färben. Wie gesagt – der Hauch einer Verärgerung. Den man nutzen mußte. Was sie so dringend brauchte wie einen Lottogewinn, war ein Abend allein mit Wolfgang! Und einen listigen Plan! Nicht wahr? Ruth war ihm also manches Mal zu künstlich, zu lackiert, zu damenhaft? Teresa warf sofort ihre fünf Nagellackfläschchen und die Glitzersternchen in den Abfalleimer. Ruth war ihm zu exaltiert? Teresa stellte sich vor den Spiegel und probte ein überirdisch natürliches Lächeln. Eine Mischung aus Rosen-Resli und Sissi. Ruth war ihm zu oberflächlich? Teresa holte sich in der Leihbibliothek Schopenhauer. *Die Welt als Wille und Vorstellung*. Was gab es Unwiderstehlicheres als eine naiv lächelnde junge Mutter, in deren Händen das Buch *Die Welt als Wille und Vorstellung* ruhte?

In einer Boutique mit angemessenen Preisen kaufte sie sich eine weiße, tiefausgeschnittene Folklorebluse und neue, knallenge Jeans. Sie besuchte ihren Friseur (er war immer noch in seinen Lehrling verliebt) und ließ sich ihre Haare auf Kinnlänge schneiden. Von einer Zelle aus telefonierte sie mit Ruths Büro. Die Sekretärin nahm ab.

Teresa sagte: »Hier spricht die Heizungsfirma Danfoss. Die Heizkörper in Frau Blessings Wohnung erhalten neue Ventile. Würden Sie Frau Blessing bitten, heute abend auf jeden Fall daheim zu bleiben?«

Die Sekretärin versprach, Frau Blessing sofort zu informieren. Teresa bedankte sich im Namen der Firma Danfoss.

Sie deckte den Tisch nicht. Sie machte auch keine Schnittchen, sondern handfeste Stullen mit Schinken, und stellte Bier kalt. Sie duschte und malte sich schöne, große Augen. Sonst ließ sie alles naturell. Gut durchblutet, rosig und leicht nach Lavendel duftend.

Als er die Tür aufschloß, saß sie im Wohnzimmer auf dem Teppich und stillte das Paulinchen. »Salve pater patriae!« sagte sie lächelnd.

»Ist Ruth nicht da?«
»Hast du sie erwartet?«
»Sie ist doch immer da.« Er blickte auf das schmatzende Paulinchen herab.
»Ich habe Stullen gemacht. Und Bier kaltgestellt. Außerdem ist ein Krimi um neun. Willst du?«
Sein Gesicht entspannte sich. »Wirklich, das ist nett von dir. Ich hatte einen scheußlichen Tag. Kindern, die nur mehr in Sprechblasen denken, das Leben Beethovens nahezubringen! Ach ja. Ich wollte schon lange mal wieder die Beine hochlegen und Bier trinken und...« Als er den Verrat bemerkte, schwieg er. »Was macht dein Rundfunkvertrag?« wechselte Teresa hastig das Thema.
»Man hat mir einen interessanten Vorschlag gemacht. Die Assistenzstelle des Leiters der E-Musik wird vergeben. Freiberuflich. Man hat sie mir angeboten. Ich säße dann an der Quelle, könnte komponieren, und viele Möglichkeiten ergäben sich auf diese Weise.«
»Klingt ja großartig. Warum zögerst du?«
»Ruth meint, es sei schwachsinnig, den Lehrerberuf an den Nagel zu hängen. Wegen des Beamtenstatus.«
»Pfeif auf den Beamtenstatus. Du bist kein Beamter, du bist Musiker.«
Er sah sie nachdenklich an. Dann sagte er: »Warst du beim Friseur? Sieht nett aus.«
»Danke«, sagte sie und lächelte ihr Sissi-Lächeln.
Er war verwirrt. In seine Augen trat ein neuer Ausdruck. Vorsicht? Oder... Unvorsicht?
Der Mörder schlich sich gerade auf den Balkon der Heldin, als das Telefon klingelte. Wolfgang fluchte leise.

»Hallo? Du? Hör mal, da ist gerade... Ja... Ja. Aber ich habe gerade Fernsehen an, und da ist... Ja, eine Unverschämtheit, daß keiner kam. Aber Ruth, ich möchte jetzt gern... Himmeldonnerwetter! Ich will den Schluß des Krimis sehen, dann ruf' ich dich wieder an.« Er schmiß den Hörer auf die Gabel und kam ins Zimmer zurück.

»Jetzt hast du den Schluß verpaßt«, sagte Teresa. »Also... Der Mann mit dem Narbengesicht hatte sie schon halb totgewürgt, da sprang Don Johnson durch die Fensterscheibe und schrie ›Miami Vice, Hände hoch!‹ und dann...«

Das Telefon klingelte wieder, unerbittlich. Wolfgang schloß die Tür, setzte sich neben Teresa auf den Teppich, legte einen Arm um ihre Schultern und sagte: »Schalt mal aufs Dritte. Da ist ein alter Film mit Kirk Douglas.« Sie grinsten sich an wie zwei Schulbuben, die die Lehrerin ausgetrickst haben. Sein Gesicht war ganz nah, seine Augen glänzend und groß, und nichts von dem, was diese Situation erforderte, wollte ihr einfallen. Ihr Herz klopfte so stark, daß sie befürchtete, er könne es hören, und ein Sturm von Empfindungen erwachte, der ihr den Atem raubte und eisigen Schweiß in die Handflächen trieb.

Um seinen Mund erschien ein kleines Lächeln. »Du hast dich verändert. Manche Frauen scheinen erst mit Kind zu erblühen wie ein Rosengarten. Siehst richtig gefährlich aus, meine süße Emma.«

Gefährlich fand sie sich nicht. Eher verschüchtert. Viel zu verschüchtert für eine raffinierte Muse. »Ich glaube,

ich guck' mal rasch nach dem Paulinchen«, murmelte sie.
»Du bleibst hier.« Der Griff um ihre Schultern wurde fester.
»Aber ich will nicht...« Sie stockte.
»Was? Was willst du nicht?«
»Ich will nicht ein neues Seidenhemdchen werden, das du über dein Bett nagelst und gleich wieder vergißt.«
Seine Mundwinkel zuckten. »Sondern?«
»Eine gute Freundin«, sagte sie sittsam.
Er lachte. »Dann will ich dich auch küssen, wie man eine gute alte Freundin küßt.« Er zog sie an sich und fuhr mit den Lippen leicht über ihren Mund. Dann hielt er sie ein Stück von sich ab. »Zufrieden?«
Sie schwieg. Weil ihr Herz immer härter gegen die Rippen schlug und sie Angst hatte, daß ihre Stimme sie verrate.
»Nicht zufrieden? Emma, Emma, du bist ja unersättlich.« Sehr jäh bog er ihren Kopf zurück und küßte sie, er küßte sie, wie sich's eine gute alte Freundin auf jeden Fall verbeten hätte, er küßte sie, als gäbe es keine Ruth und kein Schwefelholz und kein Heer verliebter Klavierschülerinnen.
Dann geschahen zwei Dinge auf einmal: Das Telefon klingelte, und das Paulinchen schrie.
Er ging zum Telefon, sie zum Paulinchen.
Das war alles.
Leider.

Am nächsten Morgen tat er, als sei nichts geschehen, er schob seine mürrische Schweigsamkeit, seinen Widerstand, vor sich her wie einen ausgedienten Tretroller. Er sagte lediglich, mit drei Räusperern in der Stimme, Ruth habe ein paar Adressen von Vermietern erhalten, die ihre Appartements auch alleinstehenden Frauen mit Kind vermieteten. Sie habe bereits Besichtigungstermine vereinbart, Teresa möge sich doch bitte mit ihr in Verbindung setzen. Die Wohnungen seien günstig gelegen, nicht zu teuer, und Kinderkrippen befänden sich auch in der Nähe.

»Ruth hat also wieder alles im Griff?«

»Das hat sie.«

Unausgesprochenes türmte sich auf wie ein Berg schmutziger Wäsche. Teresa sagte bitter: »Ihr paßt gut zusammen. Du, der junge, begabte Künstler, und sie, die reife Mäzenin. Ihr werdet es weit bringen, ihr zwei.« Sie zwang sich zu lächeln, aber weiß Gott, noch nie war ihr ein Lächeln so schwergefallen. Am Nachmittag telefonierte sie mit Ruth. Das sei ja wunderbar mit diesen Adressen, ach, wenn es doch nur klappen wollte mit einer Wohnung, dann hätte Wolfgang sie endlich nicht mehr am Hals, ja, sie brenne darauf, daß Wolfgang sie nicht mehr am Hals hätte, obwohl er sehr am Paulinchen hänge, ob Ruth das auch schon bemerkt habe?

Ruth hatte alles bemerkt. Etwas in ihrer Stimme änderte sich. »Kinder passen gar nicht in sein Leben. Wenn wir verheiratet sind, werden wir viel reisen. Kultur tanken«, sagte sie.

»Verheiratet?« Teresa erschrak zu Tode. »Sie wollen heiraten?«

»Warum nicht?«
»Hat er Ihnen einen Antrag gemacht? So mit allem Drumherum?«
Ruth Blessing lachte. »Was für eine indiskrete Frage. Nein, natürlich hat er keinen formellen Antrag gemacht. Wäre ein bißchen altmodisch. Aber ich glaube, wir beide wissen, daß wir uns ideal ergänzen.«
Also ein unformeller Antrag! Dreimal durfte man raten, wie und wo. »Er ist aber ein... ein Weiberheld.«
»Nicht mehr, wenn er mit mir verheiratet ist«, sagte Ruth kühl.
Nein, dann nicht mehr, dachte Teresa deprimiert. »Ob Künstler überhaupt heiraten sollten?«
»Wolfgang ist in erster Linie Lehrer und gibt verwöhnten Töchtern aus reichem Haus Musikstunden. Komposition... Das mag ja eine sehr schöne Freizeitbeschäftigung sein...«
»Das ist nicht wahr. Er ist in erster Linie Komponist. Und wenn er erst den Job im Rundfunk annimmt...«
»Das soll er schön bleibenlassen. Wär' er ja wirklich dumm, wo er doch als Lehrer eine feste Anstellung hat.«
»Aber das bremst ihn doch nur. Er ist so begabt. Sein Ballett an Weihnachten – das er im Rahmen des Jugendkulturprogramms aufgeführt hat –, das war ein Riesenerfolg. Seine *Sieben Todsünden* werden demnächst im Funk gesendet, er hat Stipendien bekommen, sogar in der Zeitung stand ein Artikel über ihn...«
»Schon mancher hat Opern und Sinfonien geschrieben und lebt doch nur in einer Fußnote weiter...«

Das mußte sie irgendwo gelesen haben! Ruth hatte so gar nichts Aphoristisches an sich. »Wolfgang lebt nicht in einer Fußnote weiter. Er wird Erfolg haben. Das weiß ich.«

»Was regen Sie sich eigentlich so auf?« fragte Ruth. »Ist doch nicht Ihr Bier...«

Teresa regte sich schon auf. Sie verabschiedete sich, streckte Ruths Bild, das auf Wolfgangs Schreibtisch stand, die Zunge heraus und ging in ihr Zimmer. Kraulte Mäxchens Fell. Zupfte welke Nadeln vom Asparagus. Betrachtete das schlafende Paulinchen. Räumte hin. Räumte her. Knipste, als es dunkelte, die Lampe an. Kramte die Tarotkarten hervor. Der *Mond*. Erfahrungen von Träumen, Ängsten, Halluzinationen. Sofort hatte sie Halluzinationen. Wolfgang in Frack und Zylinder am Altar der Sankt-Anna-Kirche. Daneben eine siegreich lächelnde Ruth. Klavierschülerinnen, die einen Girlandenbogen bildeten. Das Schwefelholz im Seidenhemdchen. Veronika, Ingeborg, Anna, Blumen streuend. Sie selbst, einer Ohnmacht nahe, hinter einem blühenden Berberitzenstrauch. Oder blühten Berberitzen gar nicht?

Sie berief einen Stammtisch ein.

»Du mußt sie halt alle auf einmal loswerden«, sagte Ingeborg.

»Ist ein toller Knabe, der Wolfgang«, sagte Veronika.

»Paß bloß auf, daß du nicht gleich wieder ein Kind kriegst«, sagte Anna.

»Wie viele mußt du denn in die Flucht schlagen?« fragten alle drei.

»Das Schwefelholz ... mit dem techtelt er wieder seit einiger Zeit. Und Ruth. Die andern seufzen ihm nur hinterher.«

»Der Wolfgang hat was übrig für knisternden Sex«, sagte Veronika.

»Du mußt es ja wissen«, antwortete Teresa eifersüchtig.

»Ist diese Ruth sexy?«

»Weiß ich nicht.«

»So etwas sieht man doch«, sagte Anna und zog ihren Pullover über die Hüften.

»Sie ist ... vornehm, mondän.«

»Hat sie Busen?«

»Lange Beine?«

»Einen schönen Po?«

»Verdammt noch mal!« schrie Teresa. »Der Wolfgang ist nicht bei der Fleischbeschau. Ja, sie hat Busen und lange Beine, ihren Po kenne ich nicht, sie trägt immer Faltenröcke. Aber viel schlimmer als Busen ist der Gegenpol, versteht ihr?«

»Was ist der Gegenpol von Busen?«

»Sie sorgt für einen Hauch reifer Eleganz in seinem chaotischen Künstlerleben. Das ist der Gegenpol. Und das ist es wahrscheinlich, was ihn so reizt.«

»Vielleicht auch nicht«, sagte Ingeborg. »Mensch, Teresa! Er ist dir doch praktisch Tag und Nacht ausgeliefert.«

»Du redest schon wie Frau Mittermaier.«

»Wer ist Frau Mittermaier?«

»Eine auf ein X-Chromosom wartende Ewiggebärende. Was heißt schon, Tag und Nacht ausgeliefert?«

»Der Einfallsreichtum einer unglücklich Verliebten scheint beträchtlich eingeengt zu sein.«

»Einfallsreichtum! Dann hör mal zu! Vormittags sitzt Wolfgang in der Schule. Nachmittags tanzen seine Klavierschülerinnen an. Abends ist Ruth da. Soll ich vielleicht nachts im Mondschein händeringend um sein Bett wandeln? Außerdem ist Ruth auch nachts da. Oft. Also, was soll ich tun?«

»Das muß Schlag auf Schlag gehen«, sagte Ingeborg. »Zuerst mußt du die beiden Weiber vertreiben. Dann, wenn er so richtig schön einsam ist, vergrößerst du das Gefühl der Einsamkeit. Sagst, du hättest eine Wohnung in Aussicht. Packst deine Koffer.«

»Und wenn er mir dabei hilft? Und heilfroh ist, daß er mich los wird?«

»Dann kannst du es sowieso nicht ändern.«

»Okay, okay. Wie vertreibe ich seine Frauen? Beim Schwefelholz mag's ja noch angehen, das bricht schon mittendurch, wenn man's scharf ansieht. Aber ehe einer diese Ruth vertreibt...«

Alle schwiegen. Da begannen Veronikas Augen zu glitzern.

»Es ist nur eine Frage der Strategie«, sagte sie und holte eine Flasche Champagner.

Champagnerstrategien... Teresa fiel dazu nur die *Fledermaus* ein. Da war auch alles schiefgelaufen...

Ein Teil des Planes bestand darin, Wolfgang klarzumachen, daß nicht nur die teure Ruth eine selbstbewußte, tüchtige Frau war.

So stattete Teresa dem Modesalon Thurau einen Besuch ab und führte eine lange Unterredung mit Gabriela Thurau. Sie vereinbarten, daß Teresa noch bis zum Sommer als Schnittdirectrice in Heimarbeit tätig sein sollte. Auf Gabrielas Frage, wie es denn Wolfgang Engel gehe, ob er sich über sein Kind freue, antwortete Teresa: »Ja, sehr.« Sie packte Zeichenpapier und Schnittmuster hastig in eine Mappe und verabschiedete sich.
Als Wolfgang am Nachmittag nach Hause kam, sah er Teresa bereits bei der Arbeit. »Nanu? Du machst ein Gesicht, als wolltest du die ganze Welt umkrempeln.«
»Das will ich auch.«
»Was wird es?«
»Ein Etuikleid.«
»Gnädige Frau tragen einen so entzückenden Müllsack«, spöttelte er.
Soviel zu Strategie Nummer eins.

Sie besichtigte die von Ruth angepriesenen Wohnungen. Ein Appartement mit abgetrennter Schlafnische gefiel ihr auf Anhieb. Sie bat darum, mit einem Bekannten, der ihr beim Umzug behilflich sein würde, die Wohnung noch einmal besichtigen zu dürfen. Man sagte zu. Dann verabredete sie sich mit Victor. Es überkam sie ein seltsames Gefühl, als sie, vielleicht zum letztenmal, das weiß-goldene Wohnzimmer betrat, ihm ihren Mantel reichte (den er sofort auf einen Bügel hängte), nachdenklich die Porzellanfiguren betrachtete, die Grätenschale, das Bambusbett, das Moskitonetz. Alles wirkte steril wie immer, nichts hatte sich geändert, nichts würde sich je ändern. Der Duft des herben Rasierwassers, das er benutzte, vermischte sich mit dem Geruch keimfreier Sauberkeit, und Teresa setzte sich auf die Couch und dachte daran, wie oft sie hiergewesen war und die Rolle des charmanten Kindes gespielt hatte, sie dachte an das Bett, das nebenan stand, spürte die kühlen Laken und die fiebernde Unruhe, wenn sie Victor erwartete, sie spürte und konnte doch nicht mehr begreifen. Und als sie vergeblich in seinem Gesicht, das unter der Bräune die ersten Spuren des Alters zeigte, nach Erinnerungen suchte, die ihnen beiden gemeinsam wären, überkam sie Trauer. Und Mitleid. Er führte, trotz aller Aktivität, ein so einsames Leben, er kannte nur Handlung, hatte aber Angst davor, Erkenntnisse aus diesen Handlungen zu ziehen, er verkroch sich, einer enttäuschten Ehefrau gleich, im Spinnennetz übertriebener Hygiene, er erlebte Leidenschaft nur nach außen und dachte, solange er die Welt bewege, bewege sie sich auch in ihm.

»So nachdenklich?« Victor entkorkte eine Flasche Wein. »In memoriam«, sagte er, und sie nippte an ihrem Glas und lächelte in seine blauen, blauen Augen hinein. »In memoriam«, antwortete sie und lauschte ein letztesmal der Täuschung ihrer Gefühle nach. Dann sagte sie unvermittelt: »Hilfst du mir, Paulinchen einen richtigen Vater zu geben?«

Er nickte, vorsichtige Abwehr im Gesicht. »Was soll ich tun?«

»Schick mir jeden Tag einen Rosenstrauß. Ruf mich an, Tag und Nacht. Komm in die Wohnung und beguck dir das Paulinchen. Das ist alles.«

»Wen willst du damit eifersüchtig machen?«
»Wolfgang Engel.«
»Der Freund, bei dem du wohnst?«
»Ja.«
»Findest du diese Tricks nicht unmoralisch?«
Teresa lachte. »Fandest du es unmoralisch, als du mich mit all deinem Charme und deinen Geschenken hierhergelockt hast? Wenn Wolfgang mich nicht will, werden alle meine Manöver nichts nutzen.«
»Warum bedienst du dich dann dieser Manöver?«
»Manchen Männern muß man Entscheidungshilfen geben. Und das klappt nur mit Scheinmaßnahmen.«
Er zuckte die Achseln. »Gut, wenn du meinst...«
Als sie ging, schob er ihr mit verlegenem Gesicht einen Scheck in die Manteltasche. »Für dein Paulinchen«, sagte er. »Eröffne ein Konto und gib mir die Nummer. Für... weitere... Für Weiteres.«
Er sah ihr nach, als sie die Treppen hinunterlief. Er stand in der Tür, er lächelte und winkte.
»Teresa?«
Sie wandte sich nochmals um.
»Wir bleiben Freunde. Und vielleicht sogar... ein bißchen mehr?«
Das hatte er schon einmal gesagt. Vor langer, langer Zeit. Sie starrte ihn an. Sein Lächeln wirkte traurig. Als ahnte er, wie leer seine Worte waren.
Sie sagte, erfüllt von dem Verlangen nach Aufrichtigkeit: »Ja, natürlich. Wir bleiben Freunde.«
Doch sie ahnte, daß es mehr als leerer Worte bedurfte, um das Gespenst der erlebten Enttäuschungen zu vertreiben.

Zwölf

Am anderen Tag, als Wolfgang die Tasche mit den Beethoven-Biographien in die Ecke warf und sich seufzend in die Küche begab, wurde der erste Rosenstrauß geliefert.

»Für mich?« fragte er hocherfreut.

»Für Frau Teresa Gärtner. Eine Karte ist auch dabei«, sagte der junge Mann in Jeans.

Teresa nahm den Strauß entgegen.

»Von wem kriegst du Rosen?«

Sie lächelte nur geheimnisvoll.

Wolfgang nahm ihr die Karte aus der Hand. »›In Liebe – Dein Victor.‹ Sag bloß, der Typ meint, er kann sich jetzt wieder einschleimen, nachdem er sich vor jeder Verantwortung gedrückt hat.«

»Das ist es ja: Jetzt will er sich verantworten.«

»Was heißt das?«

»Er kann ohne mich nicht leben.«

»Dieser Lustgreis?«

»So alt ist er gar nicht.«

»Zwanzig Jahre älter als du.«

»Zwanzig Jahre weiser und zwanzig Jahre reicher.«

Wolfgang warf ihr einen Blick zu, den sie schwer deuten

konnte. »Sieh mal, Teresa, es geht mich ja nichts an... Aber laß die Finger von diesem Kerl. Der hat's auf *dich* abgesehen, auf das Paulinchen pfeift der doch.«
Das Telefon klingelte.
»Hallo, Victor«, rief Teresa, »diese wundervollen Rosen!«
»Hallo, Victor«, äffte Wolfgang sie nach.
»Und Dank auch für den netten Abend.«
»Und Dank auch für den netten Abend«, äffte er weiter.
»Können wir gern mal wiederholen.«
»Weiber!« Wolfgang schoß in die Küche. Riß die Kühlschranktür auf und lunchte ein Helles. Und einen Schnaps.

Der nächste Tag begann mit heftigen Regenschauern.
»Typisches Aprilwetter«, meinte die Bäckerin, bei der Teresa jeden Morgen die frischen Semmeln holte. »Kriegen wir sonst noch was?«
»Einen Bienenstich.«
»Einen Bienenstich. Für den Herrn Engel, wenn ich nicht irre.«
»Sie irren nicht.«
»Sagen S' mal...« Die Bäckerin wischte ein paar Brösel in ihre Hand. »Wohnen Sie beim Herrn Engel zur Untermiete, oder...« Das »Oder« schob sich recht scheinheilig über den Ladentisch.
»Er ist mit mir befreundet... Wie mit anderen auch.«
»Ja ja, der Herr Engel. Ein so ein netter Mensch. Und allerweil hat er's Schlamassel mit den Frauen. Er ist halt zu

weichherzig, der Herr Engel. Übrigens – Käsesahne hätt' ich auch frisch.«

Teresa wollte keine Käsesahne, und am liebsten hätte sie auch den Bienenstich wieder abbestellt. Er ist halt so weichherzig! Wie sollte sich der weibliche Horizont bei solch eklatanten Fehleinschätzungen je erweitern?

Wolfgang blickte voller Abscheu auf das Kuchenpäckchen. Er warf mit Märtyrermiene einen Beutel Kamillentee in eine Tasse. Er war blaß, er strich sich mit den Knöcheln seiner Daumen um die Augen und stöhnte. »Wahnsinn. Ich möchte bloß wissen, woher diese scheußlichen Kopfschmerzen kommen.«

»Ja ja, der Wein ist gut«, trällerte Teresa. »Hast du heute nacht im Treppenhaus gesungen. Du warst, scheint mir, in den Reben des Herrn. Oder war es mehr die Holledauer Hopfengegend?«

»Nein, es waren die Reben. Sehr geschwefelte Reben anscheinend.«

»Mit wem warst du in den geschwefelten Reben?«

»Mit Iris.«

»Was sagt denn deine Ruth dazu?«

»Iris ist eine Berufskollegin.«

»Wieso? Tanzt du jetzt auch? Den sterbenden Schwan?«

»Ich komponiere, sie tanzt. Ein neues Ballett. Solche Dinge wollen eben gut und gründlich besprochen sein.« Er grinste.

»Allmählich dürfte Iris zu alt werden für das Jugendkulturprogramm. Und zu... aufgeklärt.«

»Emma, Emma, sei doch nicht so giftig. Im übrigen weißt du ja, wie anfällig und wehrlos ich werde, wenn man mich umgarnt. Zum Beispiel mit Schinkenbroten und Bier. Und *Miami Vice*, sitzend auf dem Teppich.«
Teresa wurde blaß vor Wut. Dieser eingebildete Affe! Da war man so aufmerksam und strich ihm ein paar Brote und netzte seine Lippen mit einem kühlen Bier, und dann zog er die falschen Schlüsse! Er sollte bloß nicht so tun, als habe sie ihn vergewaltigt. Sitzend auf dem Teppich! Er hatte *sie* geküßt, nicht wahr? Und war am nächsten Tag herumgeschlichen wie ein geprügelter Hund! Weil er diesen Kuß bedauerte! Dabei küßte er sich in einem fort durch die Gegend, er küßte Iris, Eva, Hella, Beate, Jeanette und Barbara, redete dabei von Kantaten, Kanzonen und Lamento – natürlich, ein schauriges Lamento war angebracht, wenn er die Hühnchen, presto, presto, auf sein rotes Verlobungssofa zog. Weil Hühnchen auf den Grill gehörten! Was dem Dr. Bondi das mörderische Wachsfigurenkabinett, war ihm das rote Verlobungssofa! Und ausgerechnet er fühlte sich verführt von Schinkenbroten und Bier, haha! Von seiner Untermieterin. Jawohl! Untermieterin! Die Bäkkerin hatte recht. Genau das war sie für ihn! Eine Untermieterin, die sich aus Dankbarkeit für das bißchen Dach überm Kopf hatte küssen lassen. Von einem bindungsunfähigen, pubertären, infantilen Feigling!
»Scher dich zum Teufel, du Angeber«, schrie sie, weil Schreien für seinen Brummschädel bestimmt reinster Sadismus war. Dann ging sie in ihr Zimmer zurück und scheuchte Kater Mäxchen, der mit eifersüchtigem Fun-

keln in den Augen vor Paulinchens Wiege lauerte, auf den Flur. Männer! Zur Hölle mit ihnen!
Am Spätnachmittag klingelte es Sturm, und Iris, der die geschwefelten Reben des Herrn zu einem außerordentlich blühenden Aussehen verholfen hatten, stürmte mit strahlendem Lächeln in die Wohnung.
»Das Wolferl da?« fragte sie neckisch, sie hatte das letzte Wochenende in Wien verbracht und pflegte vorübergehend den Wiener Charme. Wolfgang begrüßte sie verlegen, murmelte Teresa ein »Dankeschön fürs Türöffnen« hinterher und verschwand mit Iris im Klavierzimmer. Zu einem leidenschaftlichen Dakapo! Mit *den* Kopfschmerzen! Aber bei dem von ihm bevorzugten primitiven Liebesleben war sogar die sparsamste Verwendung des Kopfes überflüssig!
Teresa legte sich ins Bett und starrte auf ein paar Spinnweben an der Decke. Was hatte Veronika gemeint?
»Du brauchst nichts anderes zu machen, als zu einer gewissen Stunde nichts zu machen.« Was bedeutete, daß sie, sollte Ruth heute anrufen, nicht, wie sonst, das Blaue vom Himmel schwindelte, nur um ihn zu schützen. Daß sie ihn, ganz im Gegenteil, in die Falle hetzte. Das blöde Gesicht, das er machte, wenn Ruth ins Klavierzimmer eilte und ihn in den Armen einer anderen fand, wollte sie fotografieren. Um es der Nachwelt zu erhalten. Wolfgang, der Schlaue, ertappt. Con brio und furioso und in flagranti.
Teresa setzte sich auf. Lauschte. Im Klavierzimmer totenähnliche Stille! Waren sie im Liebesrausch verendet? Als das Telefon dann tatsächlich diese verdächtige Stille

zerriß, schrak sie so schuldbewußt zusammen, als hätte nicht er, sondern sie etwas zu verbergen.
Sehr leise nahm sie den Hörer ab. »Apparat Wolfgang Engel.«
»Hier ist Ruth. Ich wollte nur fragen, ob Wolfgang zu Hause ist. Ich habe Forellen besorgt... Forellen mag er doch so gern.«
Sie hatte Forellen besorgt, Forellen mochte er doch so gern! O Strategie! O Veronika! Und im Klavierzimmer noch immer diese verdächtige Stille.
»Hallo? Teresa? Sind Sie noch dran?«
Und im Klavierzimmer ein zufriedenes, sattes Lachen. Das Lachen einer zufriedenen, satten Frau. Teresa sagte entschlossen: »Ja, doch. Ich bin noch dran. Und Wolfgang ist da.«
»Wunderbar. Sagen Sie ihm, ich sei schon unterwegs.«
Und im Klavierzimmer wieder verdächtige Stille.
Teresa stand in nervösem Schweigen im dunklen Flur und focht einen kurzen, zornigen Kampf. Laß sie kommen, dachte sie voll heißblütiger Schadenfreude, dann hast du erreicht, was du wolltest. Doch ihr Gewissen, ihr Gewissen! Nein, du machst es nicht, flüsterte ihr Gewissen. Es ist unfair. Ihm gegenüber, Ruth gegenüber, du spielst nicht Schach und opferst die Königin, weil du auf den König scharf bist. Du hast es mit Menschen aus Fleisch und Blut zu tun, wag dich nicht in ihr Leben hinein.
Sie klopfte an die Tür, heftig und laut. Rief, daß Ruth auf dem Weg sei, zwei sehr tote Forellen unterm Arm. Und wenn man hier nicht ein Forellenquintett (Paulinchen

war schließlich auch noch da), inszenieren wolle, sei es angebracht, das Sofa schleunigst zu verlassen.
Wolfgang öffnete.
»Kämm dich. Und wisch dir den Lippenstift aus dem Gesicht. Albern siehst du aus, wirklich.«
Er fuhr sich mit den Fingern durchs zerzauste Haar, und Teresa sah aus den Augenwinkeln, wie das Schwefelholz seine verdammten Proportionen geraderückte, in die Schuhe schlüpfte und sich ans Klavier stellte.
Als Ruth zwei Minuten später kam, sprach Wolfgang von der wunderbaren Welt des Balletts, vom *Feuervogel* und seiner Partitur der brennenden Farben, von der Musik voll poetischer Inspiration.
Teresa saß, Knie an Knie, auf dem Hühnchengrill.
Das Schwefelholz stand, Knie an Knie, am Klavier.
»Große Versammlung?« fragte Ruth enttäuscht.
»Was dagegen?« fragte das Schwefelholz bissig zurück.
Teresa sagte hastig: »Iris wollte eigentlich das Paulinchen bewundern. Aber nun ist sie geblieben, um mit Wolfgang über die neuen Ballettpläne zu sprechen.«
»Ich wußte gar nicht, daß welche existieren.« Ruths Gesicht verdunkelte sich. »Tja... Leider habe ich nur zwei Forellen.«
Teresa verabscheute Fisch naturell sowieso. Wegen der Augen. Nur sehr kaltblütige, herzlose Menschen können sich an einem Tier delektieren, dem die Todesangst in den schreckgeweiteten Augen sitzt. So kaltblütige Menschen wie Wolfgang und Ruth.
»Ich geh' das Paulinchen baden und wickeln«, sagte sie.
»Kann ich mitkommen?« fragte Wolfgang, der infantile

Feigling. Drei Frauen und zwei Forellen überforderten anscheinend seine erotischen Kapazitäten!
»Und ich?« fragte Iris.
»Du gehst heim«, sagte er brutal. Das erste vernünftige Wort, das er sprach an diesem Tag.

Die nächsten zwei Wochen blieben ereignislos. Seit dem denkwürdigen Abend, da Wolfgang mit Ruth in der Küche gesessen und sich an Gräten und scharfen Blicken verschluckt hatte (Teresa wurde nun klar, warum so kultivierte Menschen wie Victor eine Meißener Grätenschale besaßen), war er schweigsam und in sich gekehrt. Teresa bemerkte, daß er sie manchmal ganz sonderbar anschaute, aber sie hatte keine Freude daran. Wahrscheinlich überlegte er, wann endlich sie eine eigene Wohnung beziehen würde.
Dann kam Veronikas Hochzeit mit Eddi. Das Lokal hatte eine »Wegen beidseitiger Versklavung geschlossene Gesellschaft« und war gerammelt voll.
Wolfgang saß am Klavier, als Teresa eintraf, er spielte Jazz, eine Band packte ihre Instrumente aus.
»Siehst du, wer da drüben ist?« flüsterte ihr Ingeborg zu.
Teresa wandte sich um. »Victor? Wie kommt er hierher?«
»Veronika hat ihn eingeladen, nachdem du so versagt hast in Sachen weiblicher Raffinesse.«
»Was soll ich mit ihm?« fragte Teresa grantig.
»Du sollst nichts mit ihm. Wolfgang soll. Nun geh schon und setz dich zu Victor an den Tisch.«

Teresa nahm ihr Weinglas und ging zu Victor hinüber. Er sah ihr mit aufrichtiger Freude entgegen. Er erhob sich, rückte einen Stuhl gerade und behandelte sie so anständig und nett, daß sie ihn dankbar anlächelte.
»Weißt du, daß manchmal aus einem Spiel auch Ernst werden kann?« fragte er nach einer Weile. Er legte eine Hand auf ihren Arm, sehr zärtlich und vertraut. In Teresa dehnte sich nicht enden wollende Müdigkeit. »Und das Paulinchen?«
»Sieh mal, wir brauchen nichts zu überstürzen. Ich habe eine Eigentumswohnung. Hübsch. Drei Zimmer mit Balkon... Die Mieter haben gekündigt. Ich könnte dir die Wohnung überlassen.«
Teresa sah ihn an. In seinen Augen der zarte Schleier der Erinnerung, eine Art Widerschein des Glücks. Und trotzdem... Der Ausdruck seines Gesichts... Er hatte ein Gesicht, dem nichts unter die Haut ging. Glatt. Vorsichtig. Abwägend.
»Was soll es werden? Eine Kosten-Nutzen-Beziehung?«
Er war verletzt. »Ich liebe dich, und es war ein Fehler... Alles, was ich gemacht habe das letzte Dreivierteljahr, war ein Fehler. Doch damals konnte ich mir einfach nicht vorstellen, in meinem Alter... eine Frau mit Kind... Ich meine, nun ja... ich bin nicht gerade der ideale Vater.«
Und heute? War er es heute? Sie entsann sich seiner Schleiflackmöbel, seiner blitzenden Puppenküche, seines männlich-eleganten Schlafzimmers. Und nahm einen Pinsel und malte das Paulinchen hinein in die blit-

zende Puppenküche, malte Bauklötze neben die Porzellanschäferinnen, Marmeladenhände auf die Couch, einen Wickeltisch ins Bad, eine Wiege neben das Moskitonetz... »Entschuldige mich einen Moment«, murmelte sie und ging auf den kalten Flur. Stand am Fenster und rauchte eine Zigarette. Sie rauchte selten, doch seit sie dieses drückende Gefühl einer Last mit sich trug und die Tränen so locker saßen, brauchten ihre Finger etwas, mit dem sie sich beschäftigen konnten. Sie sehnte sich nach dem Paulinchen, das sie zu Oma Neutze gebracht hatte und das jetzt, rosig und zufrieden, im alten Wäschekorb lag und schlief. Beglückende Freude stieg in Teresa auf bei dem Gedanken an das Paulinchen. Ihre Tochter. Sie hatte eine Tochter. Was kümmerten sie Heiner, Victor und Wolfgang? Sie hatte eine Tochter, die bei Oma Neutze im Wäschekorb lag, und sie hatte zum erstenmal im Leben eine Aufgabe, die mehr erforderte als ein rasches Lächeln oder schnoddrige Schlagfertigkeit oder beruflichen Ehrgeiz. Sie warf die Zigarette zu Boden und trat sie aus. Eine kleine Melodie wehte aus einem der Fenster zu ihr herüber. *Trois petites notes de musique...*

»Teresa?«

Sie schrak zusammen. Victor. Schon wieder Victor. Er versuchte sie an sich zu ziehen. »Ich meine es wirklich ernst... Habe ich denn keine Chance mehr? Gar keine? Unter keinen Umständen?« Er hatte sie gehabt. Unter gewissen Umständen... *Trois petites notes de musique...* Wolfgang schlenderte, eine Flasche Sekt unterm Arm, auf sie zu. »Es lebe die Liebe«, rief er. Er war nicht mehr

nüchtern. Mit einem Ruck riß er Silberpapier, Draht und Korken vom Flaschenhals. »Auch einen Schluck?«
Victor schüttelte stumm den Kopf. Er, der seine Weine und Champagnersorten zelebrierte wie ein Pfarrer die Messe, litt Qualen bei derart ordinärer Behandlung. Aus der Flasche trinken? Wie ein Bauarbeiter?
»Rufst du mich wegen der Wohnung an?« fragte er, Wolfgang geflissentlich übersehend.
Vielleicht würde es gutgehen mit ihm, dachte sie. Meine Fröhlichkeit – seine Lebenserfahrung... Und finanzielle Sorgen hätte ich auch nicht mehr. Es gab ihr einen feinen Stich. Seit wann bist du käuflich, Teresa?
»Ich rufe dich an«, sagte sie. »Bestimmt rufe ich dich an.«
Er ging ins Lokal zurück.
»Es gibt nichts Schlimmeres als einen fünfzigjährigen Lackaffen. Wie der sich aufgebügelt hat, er sieht aus wie Gamaschen-Ede«, sagte Wolfgang.
»Soll er in Jeans rumlaufen?«
»Wie ist es? Tut ihr euch wieder zusammen?«
»Wenn es nach ihm ginge – sofort.«
»Ich habe nicht nach ihm gefragt.«
»Für das Paulinchen wäre es sicher gut.«
»Das glaube ich nicht. Der würde dem armen Kind ein Kindermädchen besorgen und später ein gutes Internat. Armes Paulinchen.«
»Du meinst, das Paulinchen und ich sind besser dran, wenn wir alleine bleiben?«
»Ich bin auch allein«, sagte er und lachte in seinen Schluckauf hinein.

»Du? Du bist so allein wie ein Fußballfan im ausverkauften Stadion.«

»Aber in meinem Herzen, Emma, in meinem Herzen...«

»Ja ja«, sagte Teresa. »Nach einer Sektorgie krieg' ich auch immer die Sentimentalität.«

Er reichte ihr die Flasche. Stützte sich schwer auf ihren Arm. »Prost, Emma«, sagte er. Sonst nichts. Nur: »Prost, Emma.«

Am Montag der folgenden Woche bat sie ihn, mit ihr eine Wohnung zu besichtigen. Er habe ein geübteres Auge, sagte sie, und wenn sie die Wohnung nehme, könne man auch gleich die Räume ausmessen.

»Räume? Wie groß ist die Wohnung denn?«

»Ein Zimmer, eine Schlafnische, Bad, Toilette.«

»Und wo soll das Paulinchen hin?«

»In die Schlafnische. Sie hat ein Fenster und eine Schiebetür.«

»Ist das nicht viel zu klein für euch beide?«

»Es ist gerade noch richtig für meinen Geldbeutel. Victor hat mir ja auch eine Wohnung angeboten. Drei Zimmer und Balkon. Aber ich möchte mich ohne jede Abhängigkeit entscheiden können, ob... Und mit Heiner habe ich schon gesprochen. Ich hole mir ein paar Möbel ab. Den Hausrat teilen wir.«

»Ach! Wird der lasche Biofreak auch einmal tätig? Zeit wurde es ja.«

Teresa lachte. »Du würdest ihn nicht lasch nennen, wenn du ihn gesehen hättest. Er wandelt auf Freiersfüßen. Er hat ein Pendant gefunden. Fünfundzwanzig, Lehrerin und Vorsitzende eines Recycling-Vereins.«

»Was für ein Ding?«

»Recycling im Haushalt. Außerdem spielt sie Squash, Tennis, lehnt Schwangerschaften ab, hat sich Paracelsus in die Küche gehängt... *Der Mensch ist, was er ißt* und beherrscht den Schnüffel-Atem aus dem Effeff.«

»Aber Heiner kann sie doch gar nicht heiraten. Er ist immer noch mit dir verheiratet.«

»Wir haben die Scheidung eingereicht. Ist nur eine Frage der Zeit.«

»Wieso erzählst du mir das nicht? Daß ihr die Scheidung eingereicht habt?«

»Ich wußte nicht, daß du dich dafür interessierst«, sagte Teresa sanft.

»Es interessiert mich schon, wenn sich ein Freund von mir scheiden läßt. Übrigens – meinetwegen brauchst du dich nicht so zu beeilen mit dem Auszug. Die Wohnung ist wirklich groß genug. Wenn du weg bist, werde ich mir vorkommen wie in der Einöde.«

»Und Ruth?«

Er schwieg. Dann sagte er: »Sag mal... Kommst du eigentlich mit dem Geld zurecht?«

»Ich arbeite als Schnittdirectrice in Heimarbeit. Es klappt ganz gut mit dem Geld.«

»Geht denn das? Schnittdirectrice in Heimarbeit?«

»Es ist nicht ideal, aber es geht. Zu Hause schneide ich zu und nähe, die Mannequin-Anproben werden im Salon gemacht, die Änderungen wieder bei mir zu Hause. Gabriela Thurau ist wirklich sehr großzügig. Sie tut alles, damit ich weiter für sie beschäftigt sein kann.«

»Weil du tüchtig bist.«
Teresa sagte rasch: »Außerdem zahlt Heiner ja freiwillig eine ordentliche Unterstützung. Und wenn später das erbbiologische Gutachten... Oder wenn ich Victor heirate...« Sie schluckte. Mit nassen Augen. »Es sind bloß die Nerven«, entschuldigte sie sich. »Dr. Wagenbauer sagt, alle Frauen haben nach der Geburt nah am Wasser gebaut.«
»Was ist so schlimm am erbbiologischen Gutachten? Oder kommen dir die Tränen, wenn du an eine Heirat mit dem Gamaschen-Ede denkst?«
»Victor hat sich sehr verändert. Das gibt es doch, daß Menschen sich ändern. Nein, nein, seinetwegen weine ich nicht. Aber stell dir vor, das Paulinchen erfährt die Wahrheit, später mal...«
Er fuhr ihr mit einem tröstenden »Na, na, na« durchs Haar. »Halt die Ohren steif, Emma«, sagte er. »Wenn das Paulinchen wird wie du, lacht es drüber.«
»Wie bin ich denn?«
Er meinte, sehr vorsichtig: »Soweit ganz nett.«
Dann fragte er, was es zum Essen gebe.

Die Wohnung fand er überteuert. Er sagte auch zum Makler, daß er die Wohnung überteuert finde.
Wer die Wohnung miete – er oder die junge Dame? fragte der Makler.
»Und dann diese hohe Parasitengebühr. Finden Sie das vielleicht in Ordnung? Für zehn Minuten Arbeit zwei Monatsmieten zu verlangen?«
»Wenn mich Frau Blessing, Ihre Verlobte, nicht so inständig gebeten hätte...«, antwortete der Makler eisig.

»Sie ist nicht meine Verlobte«, fauchte Wolfgang.
»Wie schön, zu hören. Ich schätze Frau Blessing nämlich sehr.« Er wandte sich an Teresa. »Die Wohnung ist zum 15. Mai frei. Sind Sie damit einverstanden?«
»Nein, das ist sie nicht. So nötig hat sie die Wohnung auch nicht.«
»Lassen Sie uns einen Moment allein?« fragte Teresa ruhig. Der Makler meinte, daß er noch im dritten Stock zu tun habe. Im Hinausgehen warf er Wolfgang einen vernichtenden Blick zu. Die schöne, kühle Frau Blessing... Und dieser ungehobelte Flegel!
»Was hast du gegen die Wohnung?« fragte Teresa.
Wolfgang vergrub zwei zornige Fäuste in den ausgebeulten Hosentaschen. »Sie ist zu klein. Wo willst du schlafen, wenn das Paulinchen die Nische kriegt?«
»Im Wohnzimmer, wie tausend andere junge Frauen auch, die ein Appartement haben. Und was soll dein Gequatsche: So nötig hat sie die Wohnung nicht? Natürlich habe ich sie nötig. Ich kann doch nicht ewig bei dir bleiben. Und wenn du dich mit Ruth zusammentust, wo soll ich dann hin?«
Im Film wäre nun unweigerlich jener Moment gekommen, in dem die Geigen einsetzen und *Er* auf *Sie* zutritt, mit rauher Stimme gestehend, daß er sich ein Leben ohne *Sie* und das *Kind* nicht mehr vorstellen könne... und so weiter. Im Film.
Wolfgang drehte sich um. Sagte, sehr zufrieden: »Vorhangschienen sind schon da. Die müßtest du allerdings nicht mehr kaufen.«
Teresa nahm den Vertrag, legte ihn aufs Fensterbrett und unterschrieb.

Epilog

Liebe Oma Neutze,
erinnerst Du Dich noch daran, wie wichtig es mir einmal war, mit Glitzerherzchen auf der Stirn der Welt größte Designerin zu werden?
Nun, Designerin bin ich zwar geworden – ich sitze im sonnigen Italien, im Wohnzimmer unserer geliehenen Villa, und strichle an der neuen Garderobe für die »Seventeen«-Leute – aber die größte? Nein, die größte nicht. Wie könnte ich auch – wo mich das Paulinchen mit dem Temperament ihrer im Fränkischen lebenden Namensvetterin in Trab hält, Kater Mäxchen uns die saftigsten Mäuse der Umgebung bringt und mein Ehemann auf der Terrasse im Gartenstuhl ruht und von Minute zu Minute mehr dem Charme einer rassigen Nachbarin verfällt. Der Frau eines Industriellen aus Rom.

Wir feiern heute unseren zweiten Hochzeitstag, hast Du daran gedacht? Er *hat nicht daran gedacht! Wird ihn ganz schön was kosten, sein schlechtes Gewissen hinterher.*
Zwei Jahre! Kannst Du Dich noch an unsere spektakuläre Verlobung erinnern? Als er klingelte und mir befahl, ein weißes Kleid anzuziehen, und mich und das Paulinchen zu einem Taxi schleppte? Das uns zum Nationaltheater brachte? Die

Macht des Schicksals... *Erinnerst Du Dich an die Königsloge (mein Kindertraum – das weiße Kleid und die Königsloge!!)? An den Champagner? An seine launige Ansprache, als er Euch und, so ganz nebenbei, auch mir, verkündete, es sei an der Zeit, daß ich wieder unter die Haube komme und der Standesbeamte endlich den wahren Vater Paulinchens ins Register eintragen könne – nämlich ihn? Weißt Du noch, wie er mich vor sehr interessiertem Opernpublikum küßte und die Korken knallen ließ und Streit mit dem Logendiener kriegte? Weil dem Paulinchen die* Macht des Schicksals *zu laut war?*
Zwei Jahre! Zwei Jahre voller Aufregungen und Überraschungen und Kräche und Versöhnungen! Und zwei lange Jahre auch für die anderen. Für Ingeborg, die nun in meiner kleinen Wohnung haust und ihren Traum vom progressiven Zusammenleben begräbt, für Veronika, die zur neuen Spielsaison eine Hauptrolle an der »Kleinen Komödie« bekommt, für Anna, die sich Monat für Monat in einen anderen verliebt – zur Zeit ist es praktischerweise ein junger Kinderarzt, für Heiner, der ins Schulreferat versetzt wird und nicht mehr unterrichten muß, für Wolfgang, den Schwerenöter, der sich ins Ehejoch begeben hat und als Komponist und Dirigent große Karriere macht, für Ruth, für das Schwefelholz, für Victor, für mich, für Dich.

Aha! Nun verabschiedet sich das Rasseweib. Mit reinrassigem Taubengurren in der Stimme. Und der von ihr so Umgarnte schüttelt bedauernd den Kopf. Ob er sich noch an mich erinnert? Und an unseren zweiten Hochzeitstag? Siehst Du, meine liebe Mechthild, ich habe nämlich eine Überraschung für